光文社古典新訳文庫

モーリス

フォースター

加賀山卓朗訳

kobunsha classics

光文社

目次

モーリス

一九一三年に始まり
一九一四年に終わった
より幸せな一年に捧げる

第1部

1

一学期に一度、男子生徒全員に、教師三人も加わって、学校全体で遠足に出かける日があった。たいてい愉《たの》しい小旅行になるので、誰もが心待ちにし、その日ばかりは成績のことも忘れてみな思い思いに羽を伸ばした。ただ、校内の規律が乱れないように、実施する日は、先生がいろいろ大目に見ても悪影響が残らない長期休暇のまえと決まっていた。催しそのものは、学校行事というより家庭でもてなされるような雰囲気だった。校長の奥さんのエイブラハムズ夫人が、行き先のお茶のできる場所で仲間の婦人たちと待っていて、母親のように世話を焼いてくれたからだ。

エイブラハムズ氏は、昔気質《かたぎ》のプレパラトリー・スクール[1]校長だった。学業にもスポーツにも興味はないが、生徒たちにはしっかり食べさせ、非行がないよう気をつける。あとは親まかせで、親からどれだけのものをまかされているかは顧みなかった。大人たちがお世辞を言い合っているうちに、健康だが未熟な少年たちは卒業し、パブリック・スクールに進んで、その無防備な肉体に世界から最初の一撃を受けることになった。校長の教育への無関心については多々言うべきことがあるけれども、長い目で見れば生徒たちはそこそこうまくやっており、やがてみずからも親になって、息子を母校に送りこんでくることもあった。

主幹教諭のリード氏もエイブラハムズ校長と似たようなタイプだが、校長より愚かだった。教頭のデューシー氏はいわば刺激剤で、学校の経営全般が眠ってしまうのを防いでいた。みなデューシー先生のことがあまり好きではないが、学校に必要な存在だというのはわかっていた。伝統を重んじる有能な教師でありながら世故にも長《た》け、つねに問題の両面を見ることができたからだ。デューシー先生は、親たちや頭の悪い生徒たちとはそりが合わないものの、一年生の教え方はうまく、進学先の学校で奨学金を得るまで生徒の成績を伸ばしたこともあった。行事の仕切りもそつがない。エイブラハムズ校長は、手綱を握っているふりをしつつ、リード先生をひいきにしていると見せかけてじつはデューシー先生に自由にやらせ、最終的には彼を学校の共同経営者にした。

1　パブリック・スクール進学をめざす生徒のための私立小学校。ここでは寄宿制。

デューシー先生はつねに何かを気にかけていた。この日目をつけていたのは、ホールという名の、まもなく卒業してパブリック・スクールに進む生徒で、遠出のあいだに彼と折り入って話がしたいと思っていた。校長もリード先生も、デューシー先生がホールにかかりきりになると、自分たちの引率すべき生徒が増えるので反対した。校長は、ホールとはもう話したし、あの子にとっても最後の遠足なのだから友だちと歩きたいだろう、と言ってみた。おそらくそのとおりだが、デューシー先生は正しい行動をとることにためらう人間ではなく、微笑《ほほえ》んだきり黙っていた。

リード先生は、デューシー先生の折り入っての話が何か知っていた。デューシー先生と知り合ってまもないころ、教育上のある話題について意見交換したことがあったのだ。そのときリード先生は同意せず、「危なっかしい」と指摘した。校長はなんのことか知らないし、知りたいとも思わない。十四歳で次の学校に送り出す生徒たちが大人の男になっていることなど忘れていた。校長にとって、彼らはニューギニアのピグミーのように小さくとも完成された〝わが生徒たち〟であり、だがまだ結婚もしていないし、めったに死ぬこともないので、ピグミーよりずっとわかりやすい。そんな独身で不死の生徒たちが二十五人から四十人の長い列をなして、校長のまえを通りすぎていった。

「教育書など役に立ちませんよ。少年は教育などというものが考案されるまえから存在していたのだから」とデューシー先生は微笑む。彼は進化論を信奉していた。

生徒たちに眼を移すと――

「先生、手を握ってもいいですか……だって先生、約束したよ……エイブラハムズ先生は両手がふさがってるし、リード先生の手もみんな……先生、いまの聞いた？ こいつ、リード先生には手が三本あるって……そんなこと言ってないよ、ぼくは〝指〟って言ったんだ。うらやましいんだろ！ こいつ、うらやましがってる！」

「さあ、そろそろいいかな――」

「先生！」

「先生はホールとふたりで歩くからね」

いっせいに不満の声があがった。残るふたりの先生は、もはやしかたないと生徒たちを呼び集め、崖の端に沿って草の丘のほうへ先導しはじめた。ホール少年は誇らしい気分でデューシー先生に駆け寄ったが、手を握るには年長になりすぎていると思ってやめた。ぽっちゃりした愛らしいこの少年は、これといって目立つところがない点で父親に似ていた。ホールの父親は二十五年前にこの遠足の列に並び、パブリック・スクールへと消え、結婚し、息子ひとりと娘ふたりをもうけて、最近肺炎で世を去っていた。ホール氏は善良な市民だったが、鈍重で熱意に欠けていたという。デューシー先生は、ふたりで歩くまえにその情報を仕入れていた。

「さて、ホール、これは説教だと思っているかな。どうだ？」

「わかりません。エイブラハムズ先生には、お説教だけじゃなくて、『かの聖地』[2]をもらいましたけど。校長の奥様からはカフスボタンを。友だちからはグアテマラの切手を二ドル分。ほら、柱にオウムがとまってる絵柄です」

「すばらしいね。じつにいい！　校長先生はなんと言ってた？　きみは哀れな罪人だと言ったんじゃないかな？」

　少年は笑った。いま言われたことは理解できなかったが、デューシー先生が笑わそうとしたのはわかった。最後の登校日なので、気持ちにも余裕があった。かりに取りちがえたとしても、叱られることはないはずだ。それに、エイブラハムズ先生からも褒められていた。〝ご子息はわが校の誇りです。サニントンでも活躍して、本校に栄誉を与えてくれるでしょう〟――校長から母親に宛てた手紙の冒頭にはそう書いてあった。仲間からはプレゼントを山のようにもらい、きみは勇敢だと言われた。そこは大きな勘ちがいだった。彼は勇敢ではない。じつは暗闇が怖いのだが、誰もそのことは知らなかった。

「さあ、校長先生はどう言った？」砂浜に着くと、デューシー先生は質問をくり返した。どうも長い話になりそうな予感がして、ホール少年は友だちと崖の上にいたいと思ったが、大人相手に自分の希望を言っても意味がないのはわかっていた。

「校長先生は、お父さんのようになりなさいと言いました」

「ほかには？」

「お母さんに見られて恥ずかしいことは決してしてはならない。そうすればまちがいない、と。それから、パブリック・スクールはこの学校とはぜんぜんちがう、とも」

「どんなふうにちがう？」

---

2 サミュエル・マニング（一八二二―八一）が一八七四年に出した、挿絵の豊富なパレスチナ旅行記。

「ありとあらゆる困難がある――ここより世の中に近い、と」

「世の中がどういうところか説明してくれた？」

「いいえ」

「きみのほうから訊《き》かなかったのか」

「ええ」

「それはあまり賢くなかったな、ホール。物事ははっきりさせないと。校長先生も、私も、きみの質問に答えるためにいるのだから。世の中とは、つまり大人の世界のことだが、どういうところだと思う？」

「わかりません。子供なので」少年は素直にそう答えた。「とても危険なところですか？」

デューシー先生はその質問に興を覚え、きみはどんな危険を目にしたのだと尋ねた。ホール少年は、大人は子供にはそれなりにやさしいけれど、大人同士ではいつもだまし合っているのではないのですかと答えた。彼は生徒にふさわしい態度を忘れ、ただ子供らしく空想の世界に入って愉しげに話しはじめた。デューシー先生は砂の上に寝そべると、パイプに火をつけて空を見上げ、少年の話を聞いた。寄宿学校のある小さな海辺の保養地ははるかうしろ、残りの生徒たちはずっと前方にいた。曇って風のない日で、ほとんど雲と太陽の見分けがつかなかった。

「きみはお母さんと暮らしているんだろう?」少年の話しぶりに自信が出てきたのを見て、デューシー先生が言った。

「はい」

「お兄さんはいるのかね?」

「いいえ。妹のエイダとキティだけです」

「おじさんは?」

「いません」

「すると、大人の男はあまり知らないわけだ」

「母が御者と庭師のジョージを雇ってますけど、きっと先生が言ってるのは、身分のある人のことですね? 家事手伝いのメイドも三人いますが、すごく怠け者で、エイダのストッキングも繕えないんです。エイダは上の妹です」

「きみは何歳だ?」

「十四歳と九カ月」

「ふむ。無知なちびすけというわけだ」ふたりは笑った。間ができ、デューシー先生が言った。「私がきみぐらいの歳だったときに、父があることを教えてくれてね。それがあとでとても役立った。大いに助かったのだ」それは嘘だった。先生の父親は何ひとつ教えていなかったが、これから言うことの前置きが必要だった。

「そうですか」

「何か教えようか」

「お願いします」

「しばらくきみのお父さんになったつもりで話をするぞ、モーリス！　だからこっちの名前で呼ぶことにする」そしてデューシー先生は、非常にわかりやすく丁寧に、性の神秘について解説した。原初の地上を人間で満たすために神様が男と女を創造したことや、男と女がその力を得る時期について。「きみはいま大人の男になろうとしている、モーリス。だからこの話をしているのだ。お母さんがしてやれる話ではないからね。お母さんにも、ほかのどんな女性にも言わないように。そして、もし次の学校で友だちにこういうことを話されたら、もう知っていると言って黙らせるのだ。これまで聞いたことはあったかね？」

「いいえ、ありません」

「ひと言も?」

「はい」

デューシー先生は相変わらずパイプを吸いながら、砂の平らなところを選んで、杖で絵を描き、「こうするほうが簡単だ」と言った。

少年はぼんやり見ていた。その絵は彼の経験とまったくつながらなかった。しっかり注意は払い——授業中に生徒が自分ひとりだったら当然そうする——まじめな話題であること、自分自身の体にかかわることはわかったが、己のこととして考えられなかった。デューシー先生がまとめて説明したとたんに、むずかしい足し算のように頭のなかでばらばらになってしまう。少年はそれでも懸命に耳を傾けたが、無駄だった。冬眠している脳が目覚めようとしなかった。思春期には入ったものの、まだ知性は十全ではなく、大人の男になる時期だけが、みなと同じようにひそかに近づいていた。その夢心地の状態に外から他人が割りこんだところで、何も起きようがない。どれほど科学的に、気持ちを寄り添わせて説明しても意味がない。少年はうなずくだけで、また眠りに引きこまれ、しかるべき時が来るまでまわりがどう誘おうと目覚めないのだ。

デューシー先生は、科学のほうはどうあれ、気持ちを寄り添わせることはできた。むしろ同情するあまりモーリスに教養人の感性を期待し、何も理解できないのではないかとか、ショックが大きすぎるのではないかとは考えてもみなかった。「まあ、すべて面倒くさいと言えば面倒くさい」先生は言った。「だが、誰しも乗り越えなければならないことだ。秘密にしておくわけにはいかない。そこからすばらしいことが始まるのだから――愛とか、人生がね」

先生は饒舌《じょうぜつ》だった。以前にも少年たちにこの話をしたことがあり、どういう種類の質問が来るのかも知っていた。ところがモーリスは質問せず、ただ「わかります。わかります」と言うだけなので、デューシー先生は、本当はわかっていないのではないかと不安になった。試しに訊いてみると、ちゃんとした答えが返ってくる。少年の記憶力はよく、大人の知性の輝きに導かれてちらちら浮かび上がる光のような、まがいものの知性すら発達させていた。人の精神構造は不思議なものだ。デューシー先生は最後に、性に関する質問をいくつかした。答えは的確で、先生は大いに満足した。

「そのとおり。もうこれで、きみはまごついたり悩んだりすることはないぞ」

とはいえ、愛と人生が残っていた。デューシー先生は色のない海の波打ち際をのんびりと歩きながら、それらについて語った。禁欲主義で独身を貫く男の理想、そして女性のすばらしさについてもひとしきり話した。先生自身が婚約しているせいか、温かみにあふれ、度の強い眼鏡の奥の眼が輝き、頬が紅潮していた。高貴な女性を愛し、守り、仕えること――それこそ人生の頂点だと少年に言った。「いまはわからないだろうが、いつかわかる。それが理解できたときに、最初にきみを導いた哀れな老教師のことを思い出してくれたまえ。すべてが収まるべきところに収まるだろう。あらゆることがね。神、空にしろしめす。なべて世はこともなし。[3]男と女！　ああ、なんとすばらしい！」

「ぼくは結婚しないと思います」モーリスは言った。

「十年後のこの日、私はきみときみの奥さんをわれわれ夫婦の食事に招待するよ。受けてくれるかね？」

「先生！」モーリスは喜びの笑みを浮かべた。

3　ロバート・ブラウニング（一八一二―八九）の劇詩『ピッパが通る』の一節。

「よし、決まりだ！」

ともあれ気の利いた冗談で話が終わった。モーリスはうれしくなって、結婚のことを考えはじめた。しかし、また少し歩いたところでデューシー先生は足を止め、歯が全部痛みだしたかのように頰を押さえた。うしろを振り返って、はるかに続く砂浜を見やった。

「あのけしからん図を消すのを忘れた」先生はゆっくりと言った。

入江の端から何人かが、やはり波打ち際を歩いてきた。そのまま進むと、ちょうどデューシー先生がセックスを図解した場所に差しかかる。ひとりは女性だった。先生は恐怖に冷や汗をかいて、もと来た方向に走りだした。

「先生、大丈夫じゃないですか？」モーリスは叫んだ。「もう波が消してますよ」

「おお、神よ……ありがたい……満ち潮だ」

ふいに、ほんの一瞬だが、少年は先生を軽蔑した。〝嘘つき〟と思った。〝嘘つき、いくじなし、あんなのはでたらめだったんだ〟……また闇がせり上がってきた。それは原初の闇だったが、永遠には続かず、やがて痛みをともなう夜明けへとつながる。

2

モーリスの母親は、ロンドン近郊の松林に囲まれた快適な家に住んでいた。モーリスと妹たちが生まれたのもその家で、父親は毎日そこから仕事にかよっていた。そろそろ引っ越そうかというころに教会ができ、何事についてもそうだが、彼らはその教会にも慣れ、便利だとすら感じるようになった。教会はホール夫人が唯一出かけなければならない場所だった。買い物は店が配達してくれた。駅も遠くないし、娘たちがかようまずまずの学校もある。なんでも労せず手に入り、目立った成功者も失敗者もいない、万事恵まれた土地だった。

モーリスは自分の家が好きで、母親を切り盛りの天才だと思っていた。彼女がいなくては、ふかふかの椅子も、食べ物も、愉快な気晴らしもない。あらゆるものを与えてくれる母親をありがたく思い、愛していた。彼は妹たちも好きだった。モーリスが家に着くと、ふたりは黄色い声をあげて飛び出してきて、兄のコートを脱がせ、玄関ホールに置きっぱなしにした。あとは使用人が片づける。モーリスとしても、そうやってちやほやされ、学校のあれこれを自慢するのは気分がよかった。持ち帰ったグアテマラの切手は感心され、校長にもらった『かの聖地』や、デューシー先生にもらったホルバインの絵の写真も好評だった。

お茶の時間のあと空が晴れ、ホール夫人はオーバーシューズ[4]をはいて、モーリスと敷地内を散歩した。ふたりは互いにキスをしては、とりとめのない会話をした。

「モーリー……」

「ママ……」

「久しぶりだから、あなたにはすてきな時間をすごしてもらわないとね」

「ジョージはどこ？」

「エイブラハムズ先生があなたの成績をずいぶん褒めてくださってるわ。亡くなったお父様を思い出すって……さて、この休暇には何をしましょうか」

「家にいるのがいちばんいいな」

「愛しいわが子……」夫人はかつてないほどの愛情をこめて息子を抱きしめた。「みんな、わが家ほどすばらしいものはないって気づくのよね。そう、トマトもあるし――」夫人は野菜の名前を次々と口にするのが好きだった。「トマト、ラディッシュ、ブロッコリー、タマネギ――」

「トマト、ブロッコリー、タマネギ、紫芋、ジャガイモ」少年も抑揚のない声でつき合った。

「カブの葉――」

「お母さん、ジョージはどこ？」

「先週やめたわ」

「どうしてやめたの？」モーリスは尋ねた。

「大きくなったからね。ハウエルはかならず二年ごとに手伝いの子を替えるから」

「ああ」

「カブの葉」夫人は続けた。「ジャガイモ、これはさっき言ったわね、ビートの根――ところでモーリー、お祖父《じい》さんとアイダおばさんからお誘いがあったら、ちょっと顔を出してあげてほしいの、いいわね？　あなたにはこの休暇を本当に愉しくすごしてほしい。あなたはこれまでとてもいい子だったけれど、エイブラハムズ先

4　防水・防寒のためにふつうの靴の上にはく靴。

生もとてもいいかた。ほら、お父様も先生の学校にかよったでしょう。このあとあなたは、お父様が卒業したパブリック・スクール、サニントンに行くの。あらゆる面で敬愛するお父様のように育ってもらいたいから」

すすり泣きの声が夫人の話をさえぎった。

「モーリー、あなた――」

少年は泣いていた。

「わたしの可愛い子。どうしたの?」

「わからない……ぼく……」

「どうして、モーリー……」

モーリスは首を振った。夫人も息子を喜ばせられなかったことが悲しくて泣きはじめた。娘たちが家から駆け出してきて、「お母様、モーリスはどうしたの?」と叫んだ。

「来るな」モーリスは涙声で言った。「キティ、あっち行け――」

「疲れすぎたのよね」ホール夫人は言った。どんなことでもそう説明する。

「疲れすぎたんだ」

「部屋へ行きましょう、モーリー。ああ、かわいそうに。本当にひどいことになって」

「ううん、大丈夫」モーリスは歯を食いしばった。すると、体の奥からこみ上げて彼を圧倒していた悲しみが少しずつ引いていった。心のなかに沈んでいく感じがして、気づくともうなくなっていた。「大丈夫」モーリスは険しい表情でまわりを見て、潤んだ眼をぬぐった。「ハルマ[5]でもしようかな」駒を並べ終わるころには、もういつもどおり話していた。子供じみた感情の爆発はすぎ去った。

モーリスはゲームでエイダとキティを負かした。エイダは兄を褒めそやしたが、キティは淡々としていた。モーリスはまた庭に走り出て、御者を見つけた。「ごきげんよう、ハウエル。ミセス・ハウエルはどうかな？　ごきげんよう、ミセス・ハウエル」などと、身分の高い人たちに話しかけるときとはちがう生意気な声で言った。そしてまたいつもの調子に戻って、「あれが新しい庭番の子？」と訊いた。

「さようです、モーリス様」

5　チェッカーに似たボードゲーム。

「ジョージは大きくなりすぎたの？」

「いいえ、モーリス様。もっといい仕事につきたいということで」

「自分からやめたいと言ったの？」

「さようでございます」

「母さんが、ジョージは大きくなりすぎたから暇を出されたって」

「いいえ、ちがいます、モーリス様」

「これでかわいそうなわたしの薪の山も喜びますよ」ハウエル夫人が言った。モーリスと、いなくなった庭番の少年はよく薪の山で遊んでいたのだ。

「あの薪は母さんのだよ、あなたのじゃなくて」モーリスはそう言って家のなかに戻った。ハウエル夫妻は互いに機嫌を損ねたふりをしたが、じつは損ねていなかった。ふたりとも生まれたときから使用人で、主人たるもの気取った御仁でなければならないと思っていたのだ。「あの旦那にはもういっぱしの風格があるよ」夫妻は料理人に話した。「父上に似ていなさる」

食事に呼ばれたバリー夫妻も同じ意見だった。医師のバリーは家族の古くからの友人、というより隣人で、一家にそれなりに関心を抱いていた。そもそもホール一家にただならぬ関心を抱く人はいない。バリーは、気の強そうなところが見て取れるキティが好きだったが、娘たちはもう寝ていた。モーリスも寝ていればよかったのに、と彼はあとで夫人に言った。「そして人生が終わるまでベッドにいるのだ。いずれそうなるだろう、あの子の父親みたいにね。ああいう連中はなんのためにいるんだろうな」

たしかにその夜、モーリスはベッドに入ったが、本当は入りたくなかった。昔から寝室が怖くてたまらないのだ。ひと晩じゅう一人前の男のようにふるまってはいたものの、母親におやすみのキスをされたとたんにいつもの感情が甦《よみがえ》った。いちばんの問題は鏡だった。鏡で自分の顔を見たり、天井に自分の影が映ったりするのはかまわない。だが、天井で揺らめく自分の影が鏡に映るのは心底怖かった。それを避けるために蠟燭《ろうそく》を別の場所に動かしたりもするが、やがて覚悟してもとの位置に戻すと、また恐怖に取り憑《つ》かれる。しょせん影だとわかっていた。怖《おそ》るるに足らず。なのに怖かった。しまいにモーリスは蠟燭を吹き消してベッドに飛びこむ。完全な闇ならまだましだが、なお都合の悪いことに、部屋の真向かいに街灯が立っていた。運のいい夜にはその光がカーテン越しに柔らかく入ってくる。ところが、家具の上に髑髏《されこうべ》が散らばったような影ができることもあった。そうなると胸がドキドキして、家族がすぐそばで寝ているというのに、モーリスはベッドで恐怖に震えるのだった。

その夜も眼を開けて、髑髏模様が小さくなったかどうか確かめたとき、ふとジョージを思い出した。心の計り知れない深みで何かが動いた。モーリスは「ジョージ、ジョージ」と囁《ささや》いた。ジョージとは誰だ？　誰でもない。ただの使用人だ。母さんやエイダやキティのほうがはるかに大切だ。しかし、そう考えるには幼すぎた。悲しみに身をゆだねると、もはや幽霊めいたものも怖くなくなっていたが、それにも気づかず彼は眠りに落ちた。

3

サニントンがモーリスの人生の次の舞台だった。彼はそこを、とくに注目されることもなく通りすぎた。成績優秀とはいかず、かといって本人が言うほど悪くもなく、スポーツでも大活躍はしなかった。モーリスの存在に気づいた者は好感を抱いた。もとより人好きのする明るい顔立ちで、注目されればそれに応《こた》えたからだ。ただ、似たような少年は山ほどいた。彼らはみな学校の背骨ではあったが、椎骨《ついこつ》はいちいち見分けられない。

モーリスの学校生活はいたって平凡だった——つまり、居残りをさせられ、一度は鞭《むち》打ちの罰も受け、古典を学びながらひとつずつ進級し、危なっかしく六年生までたどり着いた。そのあと寮の監督生、次いで学校の監督生になり、ラグビー・チームのレギュラーも務めた。不器用ながら体力はあって思いきりもよかったが、クリケットはあまり得意ではなかった。新入生のころいじめられたので、落ちこんだり弱ったりしている生徒を見つけるといじめた。根が残酷なわけではなく、そうするのが正しかったからだ。要するに、彼はありきたりな学校のありきたりな学生で、人にはわずかに好ましい印象を残していった。「ホール？　ちょっと待って。どのホールだっけ？　ああ、そうだ、思い出した。そこそこいいやつだよ」

そんな印象の裏でモーリスは当惑していた。それまで奇跡のように明快で美しい答えを導き出し、宇宙を変容させ、説明してくれていた、子供時代の早熟な聡明さが失われてしまったからだ。〝なんじは嬰児《おさなご》ちのみごの口により力の基《もとい》をおきて敵にそなえたまえり〟[6]だが、十六歳の少年の口はもう力にならない。モーリスは自分に性がなかった時代を忘れてしまった。成熟するうちに、幼いころの感覚がどれほど正しくて明晰だったかに初めて気づいた。もはや彼はその感覚のはるか下に沈み、〝人生の影の谷〟を下っていた。低い山と高い山に挟まれたその谷を通り抜ける者は、垂れこめた霧を吸いこまずにはいられない。モーリスはほかのたいていの少年より長いあいだ、そこを手探りで進んでいた。

すべてがあいまいで現実離れしているその状態にいちばん近いのは、夢だ。モーリスは学校でふたつの夢を見ていた。それで彼という人間が理解できるだろう。

最初の夢のなかで、モーリスはひどく腹を立てていた。正体不明の相手とラグビーをしていて、そいつが憎らしくてたまらない。変われと念じると、相手はあの庭師のジョージに変わった。だが注意していないと、また正体不明のやつが現れる。ジョージはフィールドをモーリスのほうに駆けてきた。裸で薪の山の上を飛び越えて。「今度ジョージが変なやつに変わったら、頭がおかしくなる」とモーリスは言う。ところが、タックルをした瞬間にそうなって、すさまじい失意とともに目が覚める。モーリスはこの夢をデューシー先生の説教と結びつけて考えず、まして二番目の夢と関連させたりはしなかった。が、自分は病気になるのだと思い、のちには、これは何かに対する罰だと考えた。

二番目の夢はもっと伝えるのがむずかしい。何も起きないのだ。顔もほとんど見えないし、声もほとんど聞こえない。その声が、「あれがおまえの友だちだ」と告げる。それで終わり、モーリスは美しさに満たされ、やさしさを教えられる。この友だちのためなら死んでもいい、この友だちが自分のために死ぬことも受け入れられる、と思う。互いのためにどんな犠牲も厭《いと》わない。まわりの世界はないに等しく、死も、地図上の距離も、不機嫌も、ふたりの仲を裂くことはできない。〝これがぼくの友だち〟だからだ。ほどなくモーリスは堅信礼[7]を受け、あの友人はキリストにちがいないと信じこもうとした。だが、キリストにはみすぼらしいひげがある。ならばギリシャの神だろうか、古典の辞書に挿絵がのっているような？　もっとありそうなのは、ただの人間だ。そうとしか考えられない。モーリスはそれ以上夢を解釈するのをやめた。すでにその夢を人生に取りこんでいた。あの男に会うことも、あの声を聞くことも二度

6　旧約聖書、詩篇第八篇第二節（以下、聖書からの引用はすべて文語訳）。
7　キリスト教で洗礼を受けた信者が、信仰告白をして教会の正会員となる儀式。

となないだろうが、どちらの夢も彼が知っている何よりも現実らしく思えて――

「ホール！　またぼんやりしてるな。罰として書き取り百行！」

「先生――あ、独立与格です」

「またぼんやりだ。いまごろ答えても遅い！」

――真っ昼間でもモーリスを引きずりこみ、幕をおろしてしまうのだった。するとまた顔が見える。「あれがおまえの友だちだ」という声が聞こえ、憧れと、やさしさと、みんなに親切にしたい気持ちがこみ上げてくる。なぜなら、彼の友だちが望んでいるからだ。モーリスをもっと好きになりたいから、いい人になってほしい、と。そのときの幸福感には、どこかみじめさが混じっていた。友だちがいると感じられるのと同じくらい、友だちなどひとりもいない気がして、モーリスはどこか人気《ひとけ》のない場所を見つけては涙を流し、百行の書き取りのせいにするのだった。

そろそろモーリスの秘密の生活が理解できるだろう。それは肉欲的であり、観念的だった。ちょうど彼の夢のように。

体が発達すると、とたんに性欲が湧いてきた。何か特別な呪いにかけられた気分だったが、どうしようもなかった。聖餐《せいさん》[8]式においてすら淫らな考えが次々と頭に浮かんだ。サニントンの校風は高潔だった。モーリスが入学する直前に、眼を覆いたくなるほど醜悪な事件があったのだが、問題児は放校になり、残った学生たちは日中しごかれ、夜は監視されていたので、幸か不幸か、モーリスに学友とその手の経験を語り合う機会はほとんどなかった。猥談がしたくてたまらなかったが、耳にすることはめったにないし、ましてみずから切り出すわけにもいかず、不品行はもっぱら彼の心のなかにあった。たとえば、書物。学校の図書館は無垢そのものだが、モーリスはある日、祖父の家でたまたまローマの詩人マルティアリス[9]の無修正の本を見つけ、耳を赤くして読み耽った。そして想像の世界には、人には言えない考えを少しばかり蓄えていた。あの行為については、発見の目新しさがなくなると、快感よりむしろ疲れをもたらすことがわかったので、きっぱりやめた。

理解しがたいかもしれないが、それらはみな夢現《ゆめうつつ》の出来事だった。モーリスは影の谷の底、両側の峰のはるか下方に眠っていて、そのことも、ほかの学友がやはり同

8 キリスト教でイエスの最後の晩餐を象徴するパンと葡萄酒を会衆に分け与える儀式。
9 ラテン語詩人。代表作は十二冊の風刺詩集で、一世紀後半のローマの生活や人々のスキャンダラスな行動を明るく描いた。

じように眠っていることも知らなかった。

モーリスの人生のもう半分は猥褻《わいせつ》からかけ離れていた。進学するにつれ、彼は特定の少年を信奉するようになった。年長であれ年少であれ、その少年がいるところでは大声で笑い、馬鹿なことを口にして、勉強が手につかなかった。相手にやさしく接するわけではないし――そんなことはありえない――まして褒めことばを発したりはしない。すると、さほどたたないうちにその憧れの少年に振られ、ふてくされる。もっとも、復讐する手立てはあった。ほかの少年から好かれることもあって、それに気づいたときには振ってやったのだ。互いに敬愛の念を抱くこともあり、そうなるとふたりでよくわからないものに憧れるのだが、結果は同じで、数日のうちに口喧嘩をして終わった。

結局、この混沌のなかから現れたのは、最初の夢で感じた美しさとやさしさだけだった。そのふたつの感情は年ごとに大きくなり、葉ばかりで花が咲きそうもない植物のように生い茂った。サニントンでの教育が終わりに近づくころ、その成長は止まった。いろいろ進んでいた複雑なことが、あるときぴたりと止まり、沈黙が訪れ、そして若者は恐る恐る自分のまわりを見はじめた。

4

モーリスは十九歳になるところだった。

年間学業優秀賞の授与日に演壇に立ち、みずから作文したギリシャ語の演説を暗唱していた。講堂は学生と父兄たちで埋め尽くされていたが、モーリスはハーグの万国平和会議[10]の参加者に話しかけるつもりで、彼らの手法の愚かさを指摘した。「おお、アンドレアス・エウロペニキ[11]、戦争の廃絶について話すとはなんたる愚行！　なんだというのか。軍神アレスは主神ゼウスの息子ではないか。しかも戦争は四肢を鍛え、諸君を敵のようにひ弱ではなく頑健にしてくれるというのに」

ギリシャ語自体はひどいできだった。モーリスはその〝発想〟で賞を獲得したのだ、それもかろうじて。試験官の教師は、彼が卒業すること、まじめな生徒だったこと、

10　一八九九年と一九〇七年にオランダのハーグで開かれた国際会議。
11　演説のなかでモーリスが呼びかけた架空の人物。

ケンブリッジに入学することを勘案して甘い点をつけた。校名の入った賞品の本が学寮のモーリスの本棚に並べば、自分の学校の宣伝になる。

かくしてモーリスは、拍手喝采のなかでグロートの『ギリシャ史』[12]を授与された。母親の隣の席に戻ると、自分がまた人気者になっているのに気づき、どうしてだろうと思った。拍手は鳴りやまず、やがて大喝采になった。エイダとキティも母親の向こうで顔を紅潮させ、懸命に手を叩いていた。卒業する同級生の一部が、「受賞スピーチ！」と叫んだ。式次第にないことなので教師たちに黙らされたが、校長その人が立ち上がって、ホール君は当校の仲間のひとりであり、われわれは永遠にそう感じるだろう、と短く挨拶した。当を得たことばだった。全員がここまで称賛したのは、モーリスが抜きん出ていたからではなく、人並みだからだった。モーリスの姿に己を見て祝福したのだ。式が終わるとみな彼に駆け寄り、涙を流さんばかりに、「すばらしかったよ、きみ」と言った。「きみがいなくなると、こんな穴蔵にいてもつまらない」とまで。

モーリスの家族もこの快挙を分かち合った。モーリスはそれまで家族が訪ねてくると冷たく接していた。ラグビーの試合のあと、泥にまみれ栄光に包まれた彼に近寄ってきたときには、「悪いけど母さん、妹たちといっしょに離れて歩いて」とさえ言った。エイダは泣きだしてしまったが、この式の日には、いかにも如才なく生徒会長とおしゃべりし、キティもケーキを受け取り、母親は、暖房の設置がうまくいかなかったと嘆く寮長夫人の愚痴に耳を傾けていた。まわりの人も物も、突然何もかもが調和していた。これが世界なのか？

数メートル先には、故郷の隣人であるバリー医師がいた。モーリスと眼が合うと、ぎょっとするいつもの大声で呼びかけた。「おめでとう、モーリス。立派だった。圧倒された！　乾杯させてもらうよ」と手にしたものを飲み干し、「このとんでもなくまずいお茶で」と続けた。

モーリスは笑って、少し申しわけない気持ちで医師に近づいた。良心が痛んだのだ。医師から、その学期に入学したばかりの甥《おい》と仲よくしてやってくれと頼まれていたのに、何もしていなかった。そういうことはする気がしない。が、一人前になった気

12　ジョージ・グロート（一七九四―一八七一）はイギリスの歴史家。銀行家でありながら、歴史や古典を研究し、引退後に『ギリシャ史』十二巻を著した。

分のいま、振り返ると、遅まきながら、勇気を出して親切にしてやればよかったと思った。

「それで、きみの栄えある人生の次の舞台はなんだね？　ケンブリッジかな？」

「そのようです」

「そのようですとは、まるで他人事《ひとごと》じゃないか。自分ではどう思う？」

「わかりません」学校の英雄は愛想よく答えた。

「ケンブリッジのあとは、ん？　証券取引所か？」

「だと思います。父の昔の共同経営者が、順調に運べば雇ってやってもいいと言ってくれていますから」

「その父上の昔の共同経営者に雇ってもらったあとは？　美人の奥さんをもらう？」

モーリスはまた笑った。

「待ちかねた世界にモーリス三世を授けてくれるわけだな？　そして年老いて、孫ができ、最後はヒナギクに囲まれた墓のなか？　そういう人生行路を考えているのか。私はごめんだな」

「先生はどんなお考え？」キティが訊いた。

「弱きを助け、悪しきを正しだよ」バリーはキティのほうを向いて答えた。

「皆さんそう考えますわね」寮長夫人が言い、ホール夫人もうなずいた。

「いえいえ、ちがいます。私だっていつもそう考えているわけではない。いつも考えているのなら、この華やかな場面に立ち会う代わりに、ディッキーの面倒を見ています」

「ぜひ可愛いディッキーをここに連れてきて、話をさせてくださいな」ホール夫人が言った。「あの子のお父様もいらしているのかしら」

「お母様！」キティが囁いた。

「さよう。弟は昨年亡くなりました」バリー医師は言った。「お忘れになられたようですな。戦争は、モーリスの演説のようには彼の体を頑健にしてくれなかった。腹に弾を受けましてね」

医師は去っていった。

「バリー先生は皮肉屋になるときがあるわね」エイダが言った。「妬《や》いてるんだと思う」

エイダは正しかった。かつて色男で鳴らしたバリー医師は、若い男が次々と世に出ることを苦々しく思っていたのだ。モーリスは寮長夫人に別れの挨拶をしていたときに、あいにくまた医師に捕まった。夫人は凜《りん》とした美人で、上級生にはとりわけ丁寧に接した。彼女と温かい握手を交わして振り返ったモーリスに、バリー医師の「ああ、モーリス、若さというのは戦争でも恋愛でも無敵だな」という声が届き、ひねくれた一瞥《いちべつ》が投げられた。

「おっしゃる意味がわかりませんが、バリー先生」

「はっ、きみたち若いのときたら！　いまどきみな猫をかぶっておる。おっしゃる意味がわかりません！　取りすまして、箱入り娘のようだ。率直になりたまえ、きみ、率直に。誰もだませんぞ。率直な心、すなわち純粋な心だ。私は医師で老人だ。それは認めよう。女から生まれた男は、女とうまくつき合っていかなければな、人類存続のために」

モーリスは離れていく寮長夫人のうしろ姿を見つめ、突然激しい嫌悪を覚えて顔を真っ赤にした。デューシー先生が砂に描いた絵を思い出した。悲しみのように美しくない苦悩が、心の表面に浮かび上がって醜い姿をさらし、沈んでいった。その正体が何なのか、モーリスは自分に問いかけなかった。まだその時期は来ていない。とはいえ、ぞっとする予感はあって、学校の英雄はもう一度幼い少年に戻りたいと願わずにはいられなかった。永遠に夢心地のまま色のない海の波打ち際を歩いていたかった。バリー医師は説教を続け、その友人ぶったことばと裏腹に、モーリスに大きな苦痛を与えた。

5

モーリスはほかのサニントン卒業生、わけても親友のチャップマンが気に入っている学寮《コレッジ》を選び、最初の年は不慣れな大学生活でほぼ何も経験せずにすごした。ＯＢクラブに入ってスポーツに興じ、お茶や昼食をともにし、仲間内の言いまわしや訛《なま》りを受け継いだ。食堂で肘と肘を触れ合わせて坐《すわ》り、通りも互いに腕を組んで歩いた。ときには酔っ払って、女性のことを曰《いわ》くありげに自慢したりもするが、見た目は依然として十五、六歳で、一生そのままの者もいた。仲間同士やほかの集団とのあいだに諍《いさか》いがないのはいいけれど、彼らは小さくまとまりすぎて大学内であまり知られず、凡庸すぎて主導権を握ることもなかった。ほかのパブリック・スクールから来た学生たちと、あえて交流を図ろうともしなかった。

それらはすべてモーリスには好都合だった。生来面倒くさがりだったからだ。彼の悩みは何ひとつ解決していないものの、新しい悩みが増えていないことが重要だった。静けさが続いていた。猥褻な夢想に悩まされることも減った。暗闇のなかで手探りをするのではなく、そこにじっと立っていた。まるで、体と魂があれほど苦労して準備してきたことの終点にたどり着いたかのように。

二年目に変化が訪れた。コレッジ内に移ってからの影響が現れはじめたのだ。日々同じようにすごしていても、夜になって門が閉まると、別の営みが始まる。一年生のときにも、大人の男は別段事情がないかぎり互いに礼儀正しくふるまうものだという重大な発見があった。三年生が何人か下宿を訪ねてきた際に、どうせ皿を割られ、母親の写真をからかわれるのだろうと覚悟していたら、そんなことはなかったのだ。おかげで、仕返しに彼らの皿をどう割ってやろうかと企てる時間を節約できた。

指導教官《ドン》たちの態度にはもっと驚かされた。モーリスは自分が柔和になれるそういう雰囲気を長く切望していた。非情かつ無礼にふるまうのは好きではなく、そもそも性に合わなかったが、パブリック・スクールではそうしなければ逆にやられるおそれがあり、大学の広い戦場ではなおさらそうする必要があると思いこんでいた。

ところが、大学に入ってみると発見が相次いだ。みんなが生きているのがわかった。それまでモーリスは、人の実体はただの見せかけ——さながら決まった型に切り抜かれた厚紙——と考えていた。しかし夜、大学の中庭を歩いていると、窓の向こうで誰かが歌い、別の誰かが議論し、また別の誰かが本を読んでいるのが見えて、論理的思考を駆使するまでもなく、彼らも自分と似たような感情を持つ人間なのだと確信できた。モーリスはエイブラハムズ先生の学校の時代から正直に生きたことがなく、バリー医師に言われてからもそれを変えようとはしなかった。他人《ひと》をだましながら自分もだまされ、空っぽの人間と見られたいあまり、彼らも同じように空っぽだと誤解していた。ちがう、彼らにも中身はある——〝でも神様、ぼくみたいな中身ではありません〟。

ほかの人を生きた人間ととらえたとたん、モーリスは謙虚になり、己の罪を意識した。あらゆる創造物のなかで自分ほど卑しい存在はない。ただの厚紙のふりをしてきたのも当然だ。本当の自分を知られたら、この世界から追い出されてしまう。一方、モーリスは、あまりにも大きな存在である神について悩むことはなかった。神の審判より、階下《した》に住むジョーイ・ファンショーの審判のほうが怖かったし、地獄のつらさもコヴェントリーの町ぐらいだろうとしか考えられなかった。[13]

その発見のあと、モーリスは、学生監[14]を務めるコーンウォリス氏の昼食に呼ばれた。

客はほかにふたりいた。チャップマンと、学生監の親戚のリズリーというトリニティ・コレッジ[15]の文学士だった。リズリーは浅黒く、上背があって気取った男だった。紹介されると派手な身ぶりで挨拶し、しゃべるときには、というより、しゃべりどおしだったのだが、力強いがどこか女々しい表現を使った。チャップマンはモーリスと眼が合うと鼻孔を広げ、この新参者をふたりでやりこめようぜと誘いかけた。モーリスは少し様子を見ることにした。他人を傷つけたくない気持ちが強くなっていたし、リズリーを嫌うべきかどうかわからなかったからだ。まずまちがいなく、それもすぐに嫌いになるだろうとは思ったけれど。

しかたなくチャップマンはひとりで挑んだ。リズリーが音楽を愛好しているのがわかると、それをけなしはじめ、「上流ぶるのは好きじゃないね」と言ったりした。

「ぼくは好きだな！」とリズリー。

「ほう、そうか。だったら仲間にはなれない」

「まあまあ、チャップマン。きみは腹が減ってるんだろう」コーンウォリス氏はそう呼びかけたが、この昼食はおもしろくなりそうだと内心喜んだ。

「ミスター・リズリーは減ってないでしょうね。ぼくがつまらない話で白けさせてしまったから」

一同は席についた。リズリーはクスクス笑いながらモーリスのほうを向いて言った。

「あんなこと言われても、どう答えればいいかまったくわからないよ」リズリーはどの文でも、ひとつの単語だけをやたらと強く発音した。「じつに屈辱的だな。〝ノー〟じゃだめだし、〝イエス〟もだめ。どうすればいい?」

「いっそ何も言わないとか?」学生監が言った。

13 「社会からの排斥」を意味するSent to Coventryという成句がある。由来は、一六四〇年代のイングランド内戦で捕虜になった王党派の多くが、議会派の一大拠点だったコヴェントリーの町の監獄に送られたことと言われる。

14 コレッジで学部生を監督する責任者。多くは教員。

15 一五四六年創立。ケンブリッジ大学を代表するコレッジで、アイザック・ニュートン、フランシス・ベーコン、バイロン卿らが学んだ。

「何も言わない？　最低ですね。正気の沙汰じゃない」

「ふと思ったんですけど、あなたはいつもしゃべってるんですか」チャップマンが尋ねた。

リズリーはそうだと答えた。

「飽きたりしない？」

「まったく」

「ほかの人を飽きさせることも？」

「ま、まったくないね」

「不思議だな」

「きみを飽きさせたと言いたいのか。ちがうとも、ぜんぜんちがう。ほら、ニコニコうれしそうじゃないか」

「だとしても、あなたに対してじゃない」カッとなりやすいチャップマンは言った。

モーリスと学生監は笑った。

「また止まってしまったよ。会話というのはじつにむずかしいものだね」

「あなたはぼくたち全員よりうまくやってると思いますけど」モーリスが言った。それまでひと言も発しておらず、小さいがしわがれたモーリスの声に、リズリーはぶるっと体を震わせた。

「当然だ。それがぼくの強みだから。これだけは大切にしてる、つまり会話をね」

「本気ですか」

「ぼくが言うことはすべて本気だよ」

モーリスには、なぜかそのことばが真実だとわかった。リズリーは本気で言っているのだとすぐに感じた。

「きみは本気なのか」

「ぼくに訊かれても」

「それなら本気になるまで話しつづけることだね」

「くだらない」学生監が切り捨てた。

チャップマンが大声で笑った。

「くだらないか？」チャップマンはモーリスに訊いた。モーリスはその質問の意味を汲んで、ことばより行動が大切だと答えた。

「どこがちがう？　ことばこそが行動だよ。きみはコーンウォリスの部屋に五分いて何も影響を受けなかったというのか。たとえば、ここでぼくと会ったことを忘れられるのか?」とリズリー。

チャップマンが不満げにうなった。

「彼は忘れない。きみもだ。それなのに何か行動すべきだと言うんだな」

ここで学生監がサニントンの卒業生ふたりを助けに入り、親戚の若者に向かって言った。「それは記憶というものを正確にとらえていない。きみは何が重要かということと、何が記憶に残るかということを混同している。チャップマンもホールも、きみと会ったことを片時も忘れることはないさ。それはまちがいないが――」

「ここでカツレツを食べたことは忘れるんですね。たしかに」

「だが、カツレツは彼らにとって有益だが、きみはちっともそうではない」

「とんだ蒙昧主義だ[16]!」

「まるで本のなかの会話だな」チャップマンが言った。「だろう、ホール?」

「いやつまり」リズリーは続けた。「カツレツはきみたちの潜在意識の生活に、ぼくは顕在意識の生活に影響を与えるのさ。そこははっきりさせておくぞ。そしてぼくはカツレツより記憶に残るだけでなく、重要でもある。ここにいる学生監は中世の闇のなかに住んでいて、きみたちを引きずりこもうとしている。きみたちの潜在意識、本人に悟られずに触れることのできるその一部だけが重要なふりをしてね。彼は毎日のように睡眠薬を――」

「こら、黙れ」学生監が言った。

「一方、ぼくは光の子で――」

「口を閉じなさい」そして学生監はふつうの会話を始めた。リズリーはつねに自分のことを話題にするが、利己的ではなく、他人の話には割りこまなかった。無関心を装ったりもしない。ほかの三人の話の進路を妨げず、イルカのように跳ねまわってどこへでもついていった。戯れているが、真剣だった。三人が前進を重んじるのと同じくらい、リズリーには行きつ戻りつすることが大切で、仲間のそばにいるのが愉しくてたまらない様子だった。数カ月前ならモーリスもチャップマンに同調していただろう。だが、いまやこの男にも中身があると確信し、もっとよく知るべきだろうかと迷っていたので、昼食のあと、リズリーが階段の下で待っていたのはうれしかった。

---

16 意図的にあいまいな言い方をしたり、物事の解明を妨げたりする態度を指す。

リズリーは言った。「気づかなかったか。わが親戚の彼には人間らしさがなかった」

「ぼくたちには充分親切でしたよ。まちがいなく」チャップマンが怒りもあらわに言った。「本当にいい人だ」

「まさにね。宦官はみなそうだ」そしてリズリーは去っていった。

「いやぼくは――」チャップマンは叫んだが、イギリス人の自制心で次の動詞は口にしなかった。彼は打ちのめされていた。適度な刺激はかまわないが、これは行きすぎだ、とモーリスに言った。無作法で紳士らしくない、あいつはパブリック・スクールを出ていないにちがいない。モーリスも同意した。身内をクズ呼ばわりするのはかまわないにしても、宦官《かんがん》はひどすぎる。なんと不愉快な態度！　しかし同時に、おもしろがってもいた。その後、学生監に呼び出されたときには、いつもふざけた不謹慎な考えが湧くことになった。

6

その日から翌日にかけて、モーリスはどうすればあの変人にまた会えるだろうと考えつづけた。あまり見込みはなかった。上級生を直接訪ねたくはないし、コレッジもちがう。リズリーが弁論部《ユニオン》で有名なのを知り、話を聞けるかもしれないと火曜の討論会にも行ってみた。大勢の学友のまえなら彼ももっとわかりやすく話すのかもしれない。友だちになりたいという意味でリズリーに惹《ひ》かれたわけではないが、助けてくれるのではないかという予感があった。どんなふうに、というのは説明できないにしても。相変わらずモーリスには山々の暗い影が落ちて、すべてが不明瞭だった。頂上で跳ねまわっているリズリーなら、救いの手を差し伸べてくれるかもしれない。

　ユニオンでリズリーに会えなかったので、反抗心が湧いた。もう誰の助けも必要ない。このままでいいのだ。それに、リズリーに我慢できる友人はまわりにおらず、いまいる友人は大切にしなければならない。しかし、そんな反発もすぐに消え、なおさら会いたい気持ちが募った。リズリーはきわめつきの変わり者だが、自分だって変わり者ではないのか。学部生の伝統を思いきり打ち破って、訪ねていったらどうだ。リズリーが言うように、人はみな人間らしくあるべきで、彼を訪ねていくのはまさに人間らしいことじゃないか。

　その発見に意を強くして、モーリスは自分も奔放に生きよう、リズリーに倣って気の利いた演説をしながら部屋に入っていこうと決意した。ふと〝招待基準に満たない客ですが〟という台詞が浮かんだ。できはよくないが、リズリーはこのまえもこちらが自己嫌悪に陥らないように気を遣ってくれた。ほかにいい台詞を思いつかなければ、勇気を出して言ってみて、運を天にまかせよう。

すでにそれはひとつの冒険だった。人は大いにしゃべるべきだと言った男は、不可解な力でモーリスを動かしていた。ある夜、十時になる直前にモーリスはトリニティに忍びこみ、中庭《グレートコート》で門が閉まるのを待った。頭上には夜が広がっていた。モーリスはだいたい美には無頓着だが、このときばかりは〝降るような星空だ！〟と思った。鐘の余韻が消えると、噴水の水音が静かに響き、ケンブリッジじゅうの門と扉が閉ざされていた。モーリスはトリニティの男たちのなかにいた――巨大な知性と文化のなかに。仲間はトリニティを鼻で嗤《わら》うが、その誇り高い輝きを無視することも、誰が見ても明らかな優越性を否定することもできない。モーリスは仲間に知られることなく、謙虚に助けを求めてやってきた。気の利いた台詞もその雰囲気のなかで霞んでしまい、心臓が激しく打った。モーリスは恥じ入り、怖れた。

リズリーの部屋は短い廊下の突き当たりだった。障害物がないので明かりは設けられておらず、訪問者はドアにぶつかるまで壁伝いに歩いていく。思ったより早くドアにたどり着き、衝突してとんでもない音を立ててしまった。板が震えているあいだに、

「あぁくそ」と大声を出した。

「どうぞ」と声がした。モーリスはドアを開けてがっかりした。声の主は自分と同じコレッジのダラムという学生で、リズリーは留守だったのだ。

「ミスター・リズリーに用事かな。よう、ホールじゃないか」

「やあ、リズリーは？」

「知らない」

「そうか、いいんだ。じゃあまた」

「あっちに戻るのか」ダラムは眼を上げずに訊いた。彼は床に城のように積み上がった自動ピアノの巻き取り譜のまえにひざまずいていた。

「そうだね、リズリーがいないから。たいした用事じゃないんだ」

「ちょっと待てよ。ぼくも帰る。悲愴交響曲[17]を探してるんだ」

17 チャイコフスキーの交響曲第六番。

モーリスはリズリーの部屋を見まわした。ここでどんなことが話されたのだろう。机に腰かけて、ダラムを見た。相手は小柄で——とても小さい——気取ったそぶりがなく、整った顔立ちをしている。その顔はふらりと入ってきたモーリスを見て赤らんだ。コレッジ内でダラムは頭脳明晰だが他人を寄せつけないという評判だった。彼が〝外出しすぎる〟ことだけはよく耳に入ってきて、トリニティでばったり出会ったことがそれを裏づけた。

「行進曲[18]が見つからなくて」ダラムが言った。「悪いね」

「いいよ」

「借りていって、ファンショーの自動ピアノにかけたいんだ」

「ぼくの下の部屋だ」

「きみはコレッジに住んでるのか、ホール？」

「そう。二年目になる」

「ああ、そうだったな。ぼくは三年だ」

偉そうな話しぶりではなかった。モーリスは上級生に対する礼儀も忘れて言った。

「三年生というより一年生に見えるね、正直なところ」

「かもな。自分としては文学修士のつもりだけど」

モーリスはじっと相手を見た。

「リズリーはすごい人だよな」ダラムは続けた。

モーリスは黙っていた。

「でもまあ、ときどき会えば充分という感じだけど」

「それでも彼のものを借りるのは平気なんだね」

ダラムはまた顔を上げ、「平気じゃ悪いのか」と訊いた。

「いや、冗談だよ、もちろん」モーリスは机からおりた。「音楽は見つかった?」

「まだ」

「そろそろ行かないと」モーリスは急いでいなかったが、ドキドキしつづける心臓に駆り立てられて言った。

「そうか。わかった」

モーリスは去りたくなかった。「何を探してるの」と訊いてみた。

18 悲愴交響曲の第三楽章。

「悲愴の行進曲だけど——」

「ぼくにはちんぷんかんぷんだ。こういう音楽が好きなんだね」

「ああ」

「ぼくはワルツの名曲のほうが好みだな」

「ぼくも好きだ」ダラムはモーリスと眼を合わせて言った。ふだんならモーリスは眼をそらすが、このときには彼の視線をしっかりと受け止めた。

ダラムが言った。「ほかの楽章は窓のそばのあの山にあるかもしれない。探してみるかな。そんなに時間はかからない」

モーリスはきっぱりと言った。「ぼくは行くよ」

「わかった。ぼくは残る」

モーリスは打ちしおれ、孤独な気分で外に出た。星がぼやけ、夜は雨模様になっていた。門番が門のまえで鍵を探っていたときに、うしろから足早に近づいてくる音がした。

「行進曲は見つかった？」

「いや、探すのはやめて、きみと帰ることにした」

モーリスは黙って数歩歩いたあと言った。「あの、それ運ぶの手伝うよ」

「ちゃんと持てる」

「いいから」モーリスは乱暴に言って、ダラムの腕の下から巻き取り譜を何本か引き抜いた。ふたりはそれ以上何も話さなかった。自分たちのコレッジに戻ると、まっすぐファンショーの部屋へ行った。十一時の鐘までに少し音楽をかける時間があった。ダラムが自動ピアノのまえに坐り、モーリスはその横にひざまずいた。

「きみが美的感覚を磨こうとするとはね、ホール」部屋の主が言った。

「ちがうよ。どういう曲か聞いてみたいだけさ」

ダラムが演奏を開始し、すぐに止めて、5／4拍子[19]にしようと言った。

「なぜ？」

「ワルツに近いから」

「あ、あれは気にしないで。好きなのをどうぞ。わざわざ変えてる時間がもったいない」

19 悲愴交響曲の第二楽章。

しかし今度はモーリスの思いどおりにいかなかった。彼が自動ピアノのローラーに手を置くと、ダラムが言った。「破れるぞ。手をどけて」そして楽譜を5／4拍子につけ替えた。

モーリスは音楽に耳をすました。けっこう好みだった。

「きみはこっちの隅に来いよ」暖炉のそばで勉強していたファンショーが言った。「機械からできるだけ離れて聞くほうがいい」

「そうだね。いまのもう一度かけてもらえないかな、もしファンショーがよければだけど」

「いいとも。かけてくれ、ダラム。愉快な曲だ」

ダラムは断った。モーリスが見たところ、言いなりにならない男だった。「楽章は独立した作品じゃないからね。くり返せない」ややこしい理屈だが、どうやらそれで通用するようだった。ダラムはラルゴ[20]をかけた。それは愉快からほど遠かった。十一時の鐘が鳴り、ファンショーがお茶を淹《い》れた。彼とダラムはともに優等学位試験《トライポス》[21]に向けた勉強をしていて、さかんにその話をした。モーリスは聞いていた。興奮はいっこうにおさまらなかった。ダラムはたんに賢いだけでなく、冷静で秩序立った思考ができることがわかった。自分が読みたい本も、自分の弱点も、大学がどこまで指導してくれるかも知っている。モーリスや仲間が信頼しきっている教師や講師を無条件に褒めず、ファンショーが口にする軽蔑にも同調しなかった。

「年長者からはかならず何か学べるものだよ、たとえ彼が最新のドイツ語の文献を読んでいなくてもね」ソポクレス[22]について少し議論したあと、ダラムは、ソポクレスを無視するのは〝われわれ学部生〟のたんなる見栄であり、『アイアース』[23]を読み直すべきだとファンショーに助言した。著者ではなく登場人物に眼を向ければ、ギリシャの言語についても人生についても学べることが増えるだろう、と。

モーリスにはこの議論のすべてが残念だった。ダラムがもっと偏っていればいいのに、と心のどこかで思っていた。ファンショーは知力も体力もすぐれた尊敬すべき男で、厳しいことばを次々と吐く。かたやダラムは何事も動じずに聞き、欺瞞は退

20 「ゆったりと遅く」を指示する音楽用語だが、悲愴交響曲のなかにはない。終楽章のことか。
21 ケンブリッジ大学の学位取得のための筆記試験。
22 紀元前五世紀のギリシャの悲劇詩人。
23 ソポクレスの悲劇で最古とされる作品。

けたうえで、残りを受け入れる。欺瞞しかないモーリスにどんな希望があるというのか。

怒りがモーリスの体を貫いた。彼はさっと立ち上がり、おやすみと言って部屋の外に出た。とたんに、焦りすぎたと後悔した。外で待つことにしたが、階段の途中に突っ立っているのは間が抜けている。階段の下からダラム自身の部屋までのどこかにしようと思った。中庭に出てダラムの部屋を見つけ、本人はいないとわかっていたがノックまでしてドアを開け、暖炉の火に照らされた家具や絵をひとつずつ見ていった。そしてまた中庭に出て、橋のようなところに立った。あいにくそれは本物の橋ではなく、地面の窪みを見つけた建築家が効果を狙ってかけたものだった。そこに立っていると撮影スタジオにいるようで、手すりはもたれるには低すぎたが、パイプをくわえたモーリスはそこそこ様になり、あとは雨が降らないことを祈るだけだった。

ファンショーの部屋を除いて、すべての明かりが消えた。十二時の鐘が鳴り、十五分がすぎた。もう一時間もダラムを待ったかと思うころ、階段に音がして、ガウンをはおり、手に本を持った小柄な人物が颯爽《さっそう》と駆け出してきた。待ちかねた瞬間だったのに、モーリスは気づくと反対方向に歩いていた。後方でダラムが自分の部屋に向かっている。チャンスが失われる。

「おやすみ」モーリスは叫んだ。調子はずれの声が出て、本人もダラムも驚いた。

「誰だ？　ああ、おやすみ、ホール。寝るまえの散歩か？」

「だいたい毎晩ね。もうお茶は飲みたくないだろうね」

「ぼくが？　いや、もうお茶には遅い時間だろう」そこで、ややおざなりにつけ加えた。「ウイスキーでもやるか？」

「持ってるの？」ことばが飛び出た。

「ああ。入れよ。部屋に置いてる。一階なんだ」

「へえ、ここに」

ダラムが明かりをつけた。暖炉の火は消えかかっていた。ダラムはモーリスを坐らせ、テーブルとグラスを運んできた。「どのくらい飲む？」

「そのくらいで。ありがとう。本当に、ありがとう」

「ソーダを入れようか。それとも生《き》でいく？」

「ソーダを」とモーリスは言ったが、長居はできなかった。ダラムは疲れていたし、礼儀として誘ってくれただけだった。モーリスはウイスキーを飲むと自室に戻り、やたらと煙草を吸ってから、また中庭に出た。
外は静まり返って真っ暗だった。モーリスは神聖な芝生の上を、ひとりで音も立てずに行きつ戻りつした。心に火がともっていた。彼の残りの部分は少しずつ眠りについた。まず彼のもっとも弱い器官である脳から。次いで体が眠り、足が夜明けから逃れるように彼を二階へ運んだ。しかし、心の火は二度と消えることはなかった。ようやくモーリスのなかにもひとつの〝現実〟が生まれたのだ。

翌朝、彼は穏やかにすごした。前夜知らないあいだに雨に濡れて風邪を引いていたし、礼拝と講義ふたつを飛ばすほど寝すごしてしまった。もうふだんの生活には戻れない。昼食のあとラグビーの服に着替え、まだ充分時間があったのでソファに寝転がって、お茶の時間まで昼寝をした。ところが空腹にならず、友人からの誘いを断って町に出て、たまたまトルコ式の風呂[24]があったので入った。それで風邪は治ったが、またひとつ講義に遅れてしまった。

食事の時間になっても大勢のサニントン卒業生に合わせる顔がない気がして、食事欠席の届けは出していなかったが食堂には行かず、ユニオンでひとりで食べた。部屋にリズリーがいたが、関心は湧かなかった。また夜が始まると、頭がすっきりして、六時間分の勉強を三時間で片づけることができ、われながら驚いた。モーリスはいつもの時間にベッドに入り、翌朝は健康で幸せな気分に満たされて目覚めた。意識の奥底にある本能のようなものが、ダラムに関する考えを二十四時間寝かせるようにと助言していたのだ。

ふたりは互いに相手のことがわかりはじめた。ダラムはモーリスを昼食に誘い、モーリスもお返しに誘ったが、誘われた直後にはならないようにした。モーリスの本性にはない慎重さが働いていた。つねにつまらないことには気を配ってきたけれど、今回は事の大きさがちがう。モーリスは用心深くなり、その十月にとった行動はすべて戦争にまつわる用語で表現できそうだった。危険地帯にはあえて立ち入らず、ダラムの強みと弱みを偵察した。とりわけ訓練を積み、持てる力を研ぎすました。

「いったいどういうつもりだ？」と自問せざるをえなくなったら、「ダラムもぼくが学校で興味を覚えた仲間のひとりだ」と答えていただろう。しかし、自問を強いられることはなく、モーリスはただ口と心を閉じて前進した。日ごとに矛盾が深淵へと消

---

24 中東風の蒸し風呂の公衆浴場。

えていき、足元が踏み固められるのがわかる。ほかのすべては些末なことだった。まじめに勉強したり、人づき合いがよくなったりしたのもただの副産物で、本人にとってはどうでもよかった。山腹を登り、誰かの手につかんでもらうまで自分の手を伸ばしつづけるのが目的であり、彼はそのために生まれたのだ。

最初の夜の興奮状態と、もっと奇妙なそこからの回復については忘れてしまった。もうそれらは踏み越えた階段だった。やさしさや感情については考えてもみなかった。ダラムに対しては冷静なままだった。ダラムに嫌われていないことには自信があり、モーリスが望むのはそれだけだった。一度にひとつずつ。希望すら抱かなかった。希望は移ろいやすい。そのうえ、気を配らなければならないことは山ほどあった。

7

次の学期でふたりは一気に親しくなった。

「ホール、休暇中にきみに手紙を書きかけたよ」ダラムがいきなり切り出した。

「そう？」

「でも、長い愚痴になっただろうな。とにかくひどい休暇だったから」

ダラムの口調はあまり深刻ではなかったので、モーリスは訊いた。「何がよくなかった？　クリスマス・プディングを吐いちゃったとか？」

ダラムが腹にすえかねたのは、プディングではなく、別のものだった。家族の大喧嘩があったのだ。

「きみがどう言うかわからないけど、意見を聞きたいな、もし退屈だと思わないなら」

「ちっとも思わない」モーリスは言った。

「宗教上の問題で言い合いになってね」

そこでチャップマンが近づいてきた。

「ごめん。ちょっと相談事なんだ」モーリスが言った。

チャップマンは離れていった。

「話せばよかったのに。ぼくのつまらない話なんかいつでも聞けるんだから」とダラムはたしなめたが、続きをいっそう熱心に語った。「ホール、ぼくの信仰、というか無信仰のことできみを煩わせたくはないんだけど、状況を説明すると、ぼくは異端者なんだ。キリスト教徒じゃない」

モーリスは異端をよしとしなかった。先学期の討論会でも、キリスト教に疑いを抱く者はせめてそれを胸に秘めておく節度を持つべきだと論じていたが、ダラムに対しては、むずかしい大きな問題だと言うにとどめた。

「わかってる。でも問題はそこじゃないんだ。それは別として――」ダラムはしばらく暖炉の火を見つめた。「うちの母親がどう受け止めたかだ。半年前の夏、母にそのことを話したら、気にしないと言った。いつものように馬鹿げた冗談は言ったけど、それだけだった。すんだことだったんだ。ぼくとしては、長年気にしていたからありがたかった。子供のころにもっと自分に役立つものを見つけたから、以来キリスト教は信じてなかったんだけど、リズリーたちと知り合って、どうしても言っておかなきゃならない気がしたのさ。発言に彼らがどれほど重きを置くか、知ってるだろう。それこそ彼らの主張の根幹だ。だから言ってみたところ、母は〝まあ、そうよね、あなたもわたしぐらい歳をとればもっと賢くなるわ〟だ。想像しうるなかでいちばん穏やかな反応だった。だからぼくは喜んで去った。ところが、それが今回またしても話題になったわけだ」

「なぜ？」

「なぜ？　クリスマスだからさ。ぼくは聖餐を受けたくなかった。キリスト教徒は年に三回受けることになってるだろう」

「ああ。知ってる。聖餐式だね」

「――クリスマスにそれがまわってきた。ぼくは受けないと言った。すると母があの人らしくなく、お願いだから今度だけ受けてくれ、わたしのために、とかなんとか言いくるめようとした。かと思うと、あなたの評判もわたしの評判も悪くなると怒りだしたりね。うちは地方の地主で、まわりはあまり文化的じゃない。だけど耐えられなかったのは、母がしまいには、ぼくが邪悪だと言いだしたことだ。それを半年前に言ってれば、こっちだってあの人の体面を考えたかもしれないが、いまさら！　ぼくが信じてもいないことをやらせるために、いまさら邪悪だの善良だのと宗教くさいことばを持ち出すなんて！　ぼくにはぼくの聖餐式があるんだと言ってやったよ。〝母さんたちがやってるようなことをしたら、こっちの神様に殺される！〟とね。きつすぎたかもしれないけど」

モーリスはよくわからず訊いた。「それで、行ったの？」

「どこへ」

「教会へ」

ダラムは弾かれたように立ち上がった。顔が嫌悪にゆがんでいた。唇を嚙み、うっすらと微笑んだ。

「いや、教会には行かなかったよ、ホール。当然わかってくれると思ったが」

「ごめん。坐ってくれないか。怒らせるつもりはなかったんだ。ぼくはものわかりが悪くて」

ダラムはモーリスが坐っている椅子の近くの敷物に屈みこんだ。ややあって、「チャップマンとは長い知り合いかい？」と尋ねた。

「まえの学校から、五年間」

「へえ」ダラムは考えているようだった。「煙草をもらえるかな。口にくわえさせて。ありがとう」

話は終わったとモーリスは思ったが、ダラムは煙をくゆらせたあとで続けた。「ほら、きみにはお母さんと妹がふたりいるんだろう。うちも母と姉ふたりだ。ぼくは口論のあいだじゅう、きみがぼくの立場ならどうしただろうと考えてた」

「そっちのお母さんは、うちとはぜんぜんちがうはずだよ」

「きみのところはどんなふう?」

「どんなことについても口論なんてぜったいしない」

「それはきみがお母さんの認めないことを何もしてないからだと思う。きっとこれからもしない」

「いやいや、ちがう。うちの母は心の負担になるようなことはしないんだ」

「それはどうかな、ホール。とくに女性はね。ぼくは自分の母親にはうんざりだ。そこをきみに助けてもらえたらと心から思う」

「そのうちお母さんも態度を変えるよ」

「まさにそのとおり。だけど、こっちも変えるべきなのか? ぼくはいままであの人のことが好きなふりをしてたんだな。今回の喧嘩でその嘘がばれてしまった。とっくに嘘をつくのはやめたと思ってたんだけど。彼女の性格には虫酸《むしず》が走る。嫌でたまらない。さあ、世界でほかの誰も知らないことをきみに話したぞ」

モーリスは拳を握ってダラムの頭を軽く打ち、「運が悪いね」と囁いた。

「きみの家について話してくれ」

「話すことなんて何もないよ。日々暮らしてるだけだ」

「それは何よりだ」

「そうかな。きみはきつい冗談を言ってるの、それとも本当にひどい休暇だったのか、ダラム？」

「文字どおりの地獄さ。みじめな地獄」

モーリスの拳が開き、ダラムの髪をぎゅっと握りしめた。

「おい！　痛いじゃないか」ダラムはうれしそうに叫んだ。

「姉さんたちは聖餐式についてどう言ってる？」

「ひとりは牧師と結婚して――こら、痛いよ」

「文字どおりの地獄？」

「ホール、きみがふざけ屋だとは知らなかったな――」ダラムはモーリスの手を取った。「もうひとりは名士のアーチボルド・ロンドンと婚約中で――痛！　やめてくれ。もう帰るぞ」ダラムはモーリスの両膝のあいだに倒れこんだ。

「ならどうして帰らない？」

「帰れないからさ」

モーリスが思いきってダラムと戯れたのはこれが初めてだった。宗教も身内のことも背景に消え、モーリスはダラムを炉辺の敷物の上に転がして、彼の頭を屑籠のなかに突っこんだ。騒ぎを聞いてファンショーが階下《した》から駆けつけ、ダラムを救い出した。

そのあとは悪ふざけが何日も続いた。ダラムもモーリスと同じくらい馬鹿なことをした。ふたりはあらゆる場所で顔を合わせたが、そのたびにぶつかり合い、殴り合うまねをし、友人たちを巻きこんだ。ついにダラムがくたびれた。モーリスより力が弱いので、怪我をすることもあったし、彼の椅子も壊れていた。モーリスはその変化をすぐに感じ取り、おどけなくなった。しかし、ふたりはふざけているあいだに、感情を素直に外に出すようになっていた。互いに腕を組んだり、肩に腕をまわしたりして歩き、坐るときにもたいてい同じ体勢をとった——モーリスが椅子に腰かけ、ダラムがその足元に坐って彼にもたれかかる。そのことは仲間内ではとくに注目されなかった。モーリスはよくダラムの髪に指を通した。

彼らの活動範囲もほかに広がった。その春学期《レント》、モーリスは神学者のようになった。あながち、はったりでもなかった。自分には信じるものがあると思っていたし、慣れ親しんできたことが批判されると本当に痛みを感じた。彼のような中流階級において、その痛みは〝信仰〟の仮面をつけているが、ふだんは感じないから本物の信仰ではない。モーリスにとって心の支えにもならず、広い視野も与えてくれなかった。敵対するものが現れたときにだけ、無用の神経のように痛むのだ。彼らはみな体の内にそういう神経を持ち、神聖視しているが、じつは聖書も、祈禱《きとう》書も、秘蹟も、キリスト教倫理も、果てはあらゆる霊的なものも、生きるよすがにはなっていない。何かが攻撃されると、「どうして人がこんなことを」と嘆いて、それを擁護する団体に加わるだけだ。モーリスの父親は〝教会〟と〝社会〟の柱石になりかけていたときにこの世を去った。似たような状況だったら、モーリスも立派な人間になることだけをめざしていたにちがいない。

しかし、状況はちがった。モーリスにはダラムを感心させたいという圧倒的な願望があった。野蛮な体力だけが取り柄ではないことを、この友人に示したくてたまらなかったのだ。父親なら抜け目なく黙っていたであろうときに、モーリスはしゃべりにしゃべった。「きみはぼくが考えてないと思ってるだろう。けど、考えてるところを見せてやる」

ダラムが何も答えないこともよくあり、モーリスはそのたびに彼を失うのではないかと怯《おび》えた。「ダラムは相手が愉しませてくれるうちはつき合うが、それが終わると見限る」と聞いたこともあり、正統派のキリスト教徒であるところを示すと、避けたい事態を招いてしまう怖れもあった。なのに、モーリスはやめられなかった。ダラムの関心を惹きたい思いは募る一方で、彼はひたすらしゃべった。

ある日、ダラムが言った。「ホール、どうしてそこまでこだわるんだ」

「ぼくにとって宗教は重い意味を持つんだ」モーリスは大げさに言った。「ぼくの口数があまりに少ないから、何も感じないときみは思ってる。でも、ぼくだって大切にしてることはあるんだ」

「だったら、夕食のあとでコーヒーを飲みにこいよ」

彼らは食堂に入るところだった。奨学生のダラムは食前の祈りを唱えなければならず、祈る口調には皮肉が感じられた。食事のあいだ、ふたりは互いに相手を見ていた。ついたテーブルはちがったが、モーリスは友人をときどき眺められる席に巧みに移動した。パン屑を投げ合う段階は終わっていた。この夜、ダラムは深刻そうな顔つきで、隣の学生たちとも口を利いていなかった。考えごとをしているのだ、とモーリスは思った。何を考えているのだろう。

「ここで話したかったんだろう。さあ、望みどおりだ」ダラムが部屋のドアを閉めながら言った。

　モーリスは血の気が引いて、そのあと真っ赤になった。しかし、次に聞こえてきたダラムの声は、モーリスの三位一体[25]に対する意見を批判していた。モーリスは三位一体を信じているつもりだったが、そんなことはいまの恐怖の炎に比べればどうでもよかった。彼は肘かけ椅子でぐったりとした。体じゅうの力が抜け、額にも両手にも汗をかいていた。ダラムはコーヒーの準備に動きまわりながら言った。「気に入らないのはわかってるが、もとはと言えば、きみ自身が招いたことだ。ぼくがずっと口を閉じてると思ったら大まちがいだ。ときには言いたいことを言わせてもらうぞ」

「どうぞ」モーリスは咳《せき》払いをして言った。

「話すつもりじゃなかったんだ。人の意見を笑わず、できるだけ尊重するほうだからね。でも、きみには尊重すべき意見がないように思える。どれも中古の札がついてるな。いや、中古どころか太古だ」

　立ち直ってきたモーリスは、ずいぶん厳しいことばだねと返した。

「きみはいつも〝大切にしてる〟と言う」

「大切にしてないと言うのか。なんの根拠があって？」

「たしかにきみは何かを大切にしてるよ、ホール。だがそれは三位一体じゃない」

「だったら何？」

「ラグビーだ」

モーリスはまた一撃を食らった。手が震え、コーヒーを肘かけにこぼしてしまった。

「ちょっと不公平だな」気づくとそう言っていた。「せめて人を大切にしてると言う思いやりが欲しかった」

ダラムは虚を衝《つ》かれたようだが、言った。「とにかくきみは三位一体なんか大切にしていない」

「はっ、三位一体なんてくそくらえだ」

ダラムは大声で笑った。「まさしくね。けっこう。では次の点に移ろうか」

「話してなんになる？　いずれにせよ、ぼくの頭はいまだめだ。頭痛がするんだ。得

25　唯一神は「父」と「子」と「聖霊」という三つの位格を持つひとつの実体であるという教義。

られるものはないよ、こんな……話をしても。たしかにぼくには証明できない、三位の神が一体であり、一体が三位である取り決めについては。ただ、これは無数の人にとって大きな意味があるんだ。きみがなんと言おうと。そしてみんな三位一体を手放す気もない。それを胸の奥深くで感じている。神は善なるものだ。そこが肝心なところだよ。どうして脇道にそれる？」

「どうして脇道を胸の奥深くで感じる？」

「え？」

ダラムはモーリスのためにもっとわかりやすく説明した。

「いやつまり、全体がひとまとまりなんだよ」モーリスは言った。

「すると、三位一体がまちがいだったら、全体が無効になるんだな？」

「いや、そうは思わない、まったく」

モーリスは形勢不利だった。しかし本当に頭が痛く、額の汗をぬぐっても、またすぐに吹き出した。

「たしかに、ぼくにはうまく説明できない。なぜって、ラグビーしか大切じゃないからさ」

ダラムがモーリスに近づき、おどけて椅子の端に腰かけた。

「気をつけて。またコーヒーをこぼしてるぞ」

「くそ。本当だ」

モーリスはコーヒーをふき取りながら気持ちを鎮め、中庭を見た。そこを離れて何年もたった気がした。もうダラムとふたりきりでいたくないと思い、庭にいた何人かの仲間に声をかけた。いつもどおりのコーヒーの語らいが始まった。が、仲間たちが部屋から去るとき、モーリスは先ほどと同じくらいの強さで、今度は部屋から出ていきたくないと思った。そこでまた三位一体を持ち出した。「あれは神秘だ」

「ぼくは神秘だとは思わないけど、心からそう信じている人の意見は尊重する」

モーリスは居心地が悪くなり、厚くて浅黒い両手を見おろした。自分にとって三位一体は本当に神秘だろうか。堅信礼のときを除いて、あれを考えるために五分でも時間を割《さ》いたことがあっただろうか。仲間たちとすごしたせいで頭はすっきりしていた。もう感情的にならずに己の心を一瞥することができた。彼の心は手と似ていた——当然ながらまだ使用に耐えて、健康で、発展の余地があるけれど、洗練に欠け、神秘はおろかほかの多くのことにも触れていない。それは厚くて浅黒かった。

「ぼくの立場を言おう」しばらくしてモーリスは宣言した。「ぼくは三位一体を信じていない。そこは譲る。でも、さっき全体がひとまとまりと言ったのは正しくなかった。そうじゃない。三位一体を信じないからといって、キリスト教徒でなくなるわけじゃない」

「きみは何を信じる？」ダラムが追い討ちをかけた。

「……本質を」

「どんな？」

低い声でモーリスは答えた。「イエスの贖《あがな》い」

そのことばを教会の外で発したのは初めてで、感動がこみ上げた。しかし、モーリスはもはや三位一体と同じくらいそれも信じておらず、ダラムに悟られるのもわかっていた。イエスの贖いは手札のなかで最強のカードだったが、切り札ではなく、彼の友人は切り札の二でそれに勝つことができた。

するとダラムはひと言、「ダンテ[26]は三位一体を信じていた」と言い、本棚から『神曲』の天国篇を取って、最後の部分をモーリスに読んで聞かせた。三つの虹が重なり、そこに人の顔が浮かび上がるところだ。詩はモーリスを退屈させたが、終わり近くで彼は叫んだ。「それはいったい誰の顔だい?」

「神の顔さ。わからないのか」

「だけど、その詩は夢という前提じゃないの?」

ホールは頭が鈍い。ダラムはそこをあえて解明しようとは思わなかった。モーリスがパブリック・スクール時代に見た夢と、「あれがおまえの友だちだ」と告げた声のことを考えているのも知らなかった。

「ダンテはたぶん夢ではなく、覚醒だと言うだろうね」

「するときみは、そういうことは正しいと思うわけ?」

「信念はつねに正しい」ダラムは答え、本を棚に戻した。「正しいと同時に、取りちがえようがない。人はみなどこかに、そのためになら死ねるほどの信念を持っている。ただ、両親や庇護者に言われたから信じてるなんてことは、ありえないだろう? そういう信念があるなら、肉体と精神の一部になってるはずじゃないか? それを見せ

26 ダンテ・アリギエーリ(一二六五―一三二一)。イタリアを代表する詩人、哲学者、政治思想家。叙事詩『神曲』、詩集『新生』が有名。

てくれ。贖いだの三位一体だの、決まり文句ばかりひけらかさないで」

「もう三位一体は信じてないと言った」

「だったら贖いだ」

「攻めに攻めるね」モーリスは言った。「ぼくが馬鹿なのは昔からわかってる。きみにはリズリーたちのほうが向いてるよ。彼らと話せばいい」

ダラムは奇妙な顔つきになった。モーリスがとうとう答えに窮し、肩を落として去るのを、何も言わずに見送った。

翌日、ふたりはいつものように会った。まえの日の出来事は不和というより登り坂のようなもので、登ってしまえばおりるのは格段に早かった。彼らはまた神学について語り、モーリスが贖いを弁護して、負けた。キリストの存在も、その善性も証明できず、キリストのような人がいたらむしろ残念だということがわかった。キリスト教への嫌悪感が増し、深く大きくなった。モーリスは十日間で聖餐を断り、三週間できっぱり礼拝に出なくなった。ダラムはその勢いに困惑した。ふたりとも困惑していた。そしてモーリスは、自分の意見をすべて否定されて相手に屈したにもかかわらず、じつのところ勝利していて、前学期からの流れが続いているという不思議な感覚を抱いた。

なぜなら、ダラムが彼に退屈しなくなったからだ。ダラムはもはやモーリスなしではいられれず、四六時中モーリスの部屋に坐りこんで議論に耽った。節度があって、さほどの雄弁家ではない彼には似つかわしくないことだった。モーリスの意見を攻撃するときの理由は、「くだらない意見だ、ホール。ほかのみんなは立派な裏づけがあって信じているのに」だった。本当にそれだけだったのだろうか。ダラムの新しい態度と猛烈な偶像破壊の裏には、別の理由がなかったか？　ある、とモーリスは思った。外見上は撤退しつつ、モーリスは、自分の信仰はチェスでいえば捨て駒だと思っていた。ダラムはそれを取ることによって、心をむき出しにしている。

その学期の終わりごろ、彼らはさらにデリケートな問題に踏みこんだ。学生監の翻訳の講義のなかで、学生のひとりが小声で課題を読み進めていると、コーンウォリス氏がそっけなく、「そこは省略。口にするのも憚《はばか》られるギリシャ人の悪徳に関するところだから」と言ったのだ。ダラムはあとで、あんな偽善者は大学から追放すべきだと言った。

モーリスは笑った。

「純粋に学問的な見地から赦《ゆる》せない。ギリシャ人には、まあ全員ではないとしても、ああいう傾向があるんだよ。あれを省くのは、アテネ社会の中心的な考え方を省くということだ」

「そうなの？」

「プラトンの『饗宴』[27]を読んだことは？」

モーリスは読んでいなかった。かつてマルティアリスに手を出したことは黙っていた。

「あそこにみんな書かれてる。もちろん子供向けじゃないけど、きみは読むべきだ。今度の休暇中に読めよ」

そのときにはそれで終わったが、モーリスにはまたひとつ話題が増えた。それまで誰にも話したことがなく、話せるとも思わなかった話題だった。陽に照らされた中庭のまんなかでダラムがそれを持ち出したとき、モーリスは自由の息吹に触れた気がした。

8

家に帰ると、モーリスはダラムのことを語りつづけ、ついに家族も彼に友人ができたことをしっかりと心に受け止めた。エイダは、そのかたは知り合いのミス・ダラムのお兄さんかしら——ただ、彼女はひとりっ子だったはずだけれど——と言い、ホール夫人は、ダラムをカンバーランドという名の指導教官と混同した。モーリスは深く傷ついた。むらむらと嫌悪の念が湧き起こり、女たちに対する苛立《いらだ》ちがひたすら募った。それまで母や妹との関係はささやかながら安定していたが、彼にとって全世界より大きな意味を持つ男の名前を言いまちがえるのは、ひどすぎた。家というところは、あらゆるものを陳腐にしてしまう。無神論についても同じだった。家族の誰もモーリスが期待したほどまじめに考えて

27 古代ギリシャ哲学者プラトンの対話篇のひとつで、祝賀饗宴に集まった人々が次々とエロス（愛）讃美の演説をおこなう。

いなかった。彼は若さゆえの不敵な態度で母親を呼びつけ、母さんたちの宗教的な偏見はこれからも尊重するけれど、自分の良心に照らして、教会にかようことはもうできないと宣言した。母親は、これほど不幸なことはないと言った。

「母さんが怒るのはわかってた。でも、どうしようもないんだ、申しわけない。ぼくはこういう人間だ。議論しても無駄だよ」

「あなたの気の毒なお父様は、いつも欠かさず教会にかよってたわ」

「ぼくは父さんじゃない」

「モーリー、モーリー、なんてことを」

「でも、お兄さんの言うとおりよ」キティが快活な声で言った。「だってそうでしょ、お母様、本当に」

「まあ、キティ、いいから」ホール夫人は大声を出した。不信心を認めるわけにはいかないのだが、息子にそれを言いたくなかった。「あなたが口を出す話題じゃありませんよ。それに、あなたはまちがってる。モーリスはお父様に生き写しなんだから」

「そのバリー先生もおっしゃってたわ」

「そのバリー先生も教会には行かないよ」モーリスが言った。ごちゃごちゃと入り乱れて話す家族の癖が彼にも移っていた。

「先生はとにかく賢い男性なの」ホール夫人はきっぱりと言った。「先生の奥様もね」

母親のこのことばにエイダとキティは笑い転げた。ふたりとも、バリー夫人が男性であるかのような母親の言い種に笑いが止まらず、モーリスの無神論は忘れ去られた。結局モーリスは復活の主日[28]に聖餐を受けず、ダラムの家族のようにひと悶着あるだろうと覚悟したが、誰ひとり気にかけなかった。町の郊外ではもはやキリスト教を強制しなくなっていたのだ。モーリスはそのことに嫌悪を覚えた。社会を新たな目で見るようになった。社会は一方で道徳や思いやりの大切さを説きながら、じつのところ何も気にしていないのではないか？

モーリスはたびたびダラムに手紙を書いた。感情の陰影を丁寧に表そうとした長い手紙だった。ダラムはそこがほとんど理解できず、そのように書いて返した。とはいえ、彼の返事も同じくらい長かった。モーリスはダラムの手紙を絶えずポケットに忍

28 イースター（復活祭）のこと。春分の日後、最初の満月の次の日曜日で、教会暦のなかでもっとも重要な日。

ばせ、服を着替えるたびに移し替え、寝るときにはパジャマにピンで留めるほどだった。目覚めると手紙に触れ、街灯の光が部屋のなかに反射するのを見つめて、子供のころそれがどれほど怖かったかを思い出した。

グラディス・オルコットにまつわる話。

オルコット嬢は、ときおりホール家を訪ねる客だった。とある温泉保養地でホール夫人とエイダに親切にしたのがきっかけで、一家に招待されてからのつき合いだった。少なくとも女たちが言うには、可愛らしい娘で、男の訪問客たちも当主の息子をつかまえては、きみは運がいいなと言った。モーリスは笑い、彼らも笑った。モーリスは当初、オルコット嬢を無視していたが、そんなこともあって注意を払うようになった。

彼は本人も気づかないうちに魅力的な若者になっていた。体を鍛えたせいで、不器用さも目立たなくなった。体重はあるが敏捷《びんしょう》で、顔も体に負けじと精悍《せいかん》になってきたようだ。ホール夫人は、それを口ひげのせいにした。「口ひげがモーリスの顔の特徴になりそうね」という感想は、夫人自身が思っていたより的を射ていた。たしかに、細くて黒いひげは顔全体を引き締め、笑ったときにのぞく白い歯を引き立てた。

服も似合っていた。ダラムに言われて、日曜でもフランネルのズボンをはくことにしたのだ。

モーリスはオルコット嬢に笑みを送った。そうすべきだと思ったからだ。彼女も笑みで応じた。モーリスはたくましいところを見せようと、新しいオートバイのサイドカーに彼女を乗せて遠出した。草地ではオルコット嬢の足元に大の字で寝そべった。彼女が喫煙者であることがわかると、食事のあとダイニングルームに残ってもらい、ぼくの眼を見てとうながした。青い煙が揺れ、切れ切れになって消えていく幕を作る。それに合わせてモーリスの思考もたゆたい、換気のために窓が開けられると、思考もたちまち消え去った。彼にはオルコット嬢が喜んでいるのがわかった。家族や使用人たちがみな興味津々でいることも。そこで、もうひと押ししようと決意した。

ところが、すぐに何かがおかしくなった。オルコット嬢の髪だのなんだのがすばらしいとモーリスがお世辞を並べると、彼女はやめてと言う。しかしモーリスは無神経で、相手を困らせていることに気づかず、女は男にお世辞を言われるとかならず嫌なふりをするものだと何かで読んだことがあったので、しつこくつきまとった。滞在の最後の日に、オルコット嬢が遠出は遠慮したいと言うと、モーリスは強引な男を演じた。彼女は招待客の務めとして、しかたなくついてきた。モーリスは、ロマンティックだと彼が考える眺めのいいところにオルコット嬢を連れていき、その小さな手を自分の手で包みこんだ。

オルコット嬢は手を握られたことに反発したのではなかった。ほかの男に握られたこともある。モーリスもやり方さえ知っていれば握れたはずだった。しかし、彼女は何かおかしいと感じた。モーリスに触れられて、ぞっとしたのだ。死人の手のようだった。思わず跳び上がって叫んだ。「ミスター・ホール、馬鹿なことはおやめになって。本当にやめてください。こんなことを申し上げるのは、これ以上馬鹿なことをしていただきたくないからです」

「ミス・オルコット――グラディス――あなたを不快にするくらいなら死んだほうがましだ――」モーリスは大声で応じて、その場を取り繕おうとした。

「帰らなければ、汽車で」オルコット嬢は泣きだしていた。「いますぐ。本当に申しわけありません」彼女はモーリスより先に家に入り、頭痛がする、眼に埃《ほこり》が入ったなどともっともらしい言いわけをしたが、ホール家の面々は、どうやらよからぬことがあったのだと察した。

そんな事件はあったものの、休暇は総じて愉しくすぎていった。モーリスは指導教官というより友人の助言にしたがって、いくらか本を読み、いくつかの点で自分は成長したと信じるに至った。母親はモーリスに急《せ》き立てられて、外の仕事をすっかりとどこおらせていたハウエル夫妻を解雇し、馬車の代わりに自動車を買い入れた。当のハウエル夫妻も含めて、これには誰もが感心した。モーリスは父親のかつての共同経営者も訪ねた。父親からビジネスの才覚と資金を多少受け継いでいた彼は、ケンブリッジ卒業後、〈ヒル・アンド・ホール証券会社〉に試用社員として雇われることになった。

モーリスはイギリスが彼のために用意していた適所に踏み入ろうとしていた。

9

前学期に尋常でない高みに達したモーリスの精神は、休みのあいだにパブリック・スクールにいたころのレベルまで引き戻されていた。気がゆるみ、こうふるまうべきだと自分で思うとおりに、また行動しはじめた。想像力の足りない人間には危険な離れ業だ。モーリスの心は、つねにぼんやりはしていないにせよ、たびたび雲にさえぎられた。オルコット嬢は去ったものの、彼女に近づいたときの不誠実さは残っている。原因はおもに彼の家族にあった。モーリスは、彼女たちが自分より強く、計り知れないほどの影響を与えるのに気づいていなかった。三週間いっしょにすごしたことで、がさつでだらしなく、個々のことではすべて勝っているのに全体としては負けている人間になってしまった。考え方だけでなく話し方まで母親やエイダのようになって、大学に戻ってきた。

ダラムが到着するまで、モーリスは自分が堕落していることに気づかなかった。ダラムは体調を崩し、数日後に帰ってきた。いつもより顔色の悪い彼が部屋の入口からのぞくと、モーリスは突然絶望に駆られ、自分たちがまえの学期にどうなっていたかを懸命に思い出し、切れた活動の糸をもう一度撚《よ》り合わせようとした。自分はたるんでいたと感じ、動きだすのが怖かった。彼の最悪の部分が表面に浮かび上がって、喜びより癒やしを求めよとしきりにうながしていた。

「やあ、きみ」モーリスはぎこちなく言った。

「どうした？」

「別に」勘が鈍っていた。前学期ならダラムが黙って入ってきたときに、その意味がわかっていたはずだった。「まあ、坐ってよ」

ダラムはモーリスから手の届かない床に坐った。昼下がりだった。五月学期のさまざまな音や、ケンブリッジの花盛りの季節のにおいが窓から入ってきて、モーリスに「おまえはここに不似合いだ」と告げていた。自分が死者同然で、よそ者で、アテネにいる田舎者だというのはわかっている。ここで、こんな友人といっしょにいられる人間ではない。

「ところで、ダラム――」

ダラムはモーリスに近づいた。モーリスは手を伸ばし、ダラムの頭がもたれかかるのを感じた。言おうとしていたことを忘れてしまった。音とにおいが、「きみはわれわれだ。われわれは若さだ」と囁いた。モーリスはできるだけそっと髪をなで、ダラムの頭脳を包みこむように髪のなかに指を通した。

「ダラム、元気にしてた?」

「きみは?」

「元気なもんか」

「手紙には元気だと書いてた」

「本当はちがった」

声に真実が表れて、体が震えた。「ひどい休暇だったけど、そのことがわからなかった」いつわかるべきだったのだろう。また霧がおりてくるにちがいないという感じがした。モーリスはやるせないため息をつき、ダラムの頭を膝に引き寄せた。まるで曇りのない生活を送るためのお守りか何かのように。頭は動かなかった。モーリスはさらに、かつてないやさしさで、ダラムのこめかみから喉にゆっくりと指をおろしていった。そして両手を離すと、自分の体の横におろし、坐ったままため息をつきつづけた。

「ホール」

モーリスはダラムを見た。

「困ったことでもあるのか?」

モーリスはまたダラムの顔をなでたあと、手をおろした。友だちがいるのと同じくらい、いないようにも感じられた。

「例の娘に関することか?」

「いや」

「手紙には、好きだと書いてあった」

「好きじゃなかった——好きじゃない」

いっそう深いため息がもれた。喉が震えてうめき声になった。頭をのけぞらし、膝にダラムの頭が触れていることを忘れた。混乱して苦悩する自分の姿をダラムが見ていることも。モーリスは口をすぼめ、眼を細めて天井を見つめた。わかっているのは、人は天の助けがなくとも苦痛と孤独を感じるように創られているということだけだった。

今度はダラムが手を伸ばしてモーリスの髪をなでた。ふたりは固く抱き合った。すぐに胸と胸を合わせて横たわった。頭が肩にのり、頬と頬が触れ合ったそのとき、誰かが中庭から「ホール！」と呼ばわった。モーリスは答えた——他人に呼ばれたら、かならず答える。ふたりはさっと離れ、ダラムは暖炉のまえに飛んでいって炉棚に頬杖をついた。ふざけた仲間たちが大きな音を響かせて階段を上がってきた。お茶を飲ませろと言うので、モーリスは茶器を指差し、彼らとの会話に引きこまれて、ふと見るとダラムはいなくなっていた。あれはふつうの会話だった、とモーリスは自分に言い聞かせた。感情が昂《たかぶ》りすぎただけだ、と。そして、次に会うときにはそうなるまいと気持ちを切り替えた。

その機会はすぐに訪れた。食事のあとでモーリスが五、六人の仲間と映画を見にいこうとしていると、ダラムが訪ねてきた。

「休みのあいだに『饗宴』は読んだろう？」ダラムは低い声で言った。

モーリスは不安になった。

「だったらわかるな――これ以上言わなくても」

「どういうことだい？」

ダラムは待てなかった。まわりに人がたくさんいたが、痛いほど青い眼で見つめて囁いた。「きみを愛してる」

モーリスは衝撃を受け、震え上がった。田舎者の魂の根底まで揺さぶられて、叫んだ。「くだらない！」ことばも態度も押さえこむまえに飛び出していた。「ダラム、きみはイギリス人で、ぼくもそうだ。馬鹿なことを言わないでくれ。腹は立たないよ、きみが本気じゃないことはわかってるから。けど、この話題だけは完全に越えてはならない一線を越えてる。わかるだろう。考えられるなかでも最悪の犯罪だ。二度と口にしないでくれ。ダラム、本当に最悪の考え――」

だが、友人は去っていた。あとは何も言わずに風のように中庭を走っていった。春めいた学内の音のなかから、ダラムの部屋のドアがバタンと閉まる音がした。

10

モーリスのように性格がのんびりしていると、鈍感に見える。何かを感じることにさえ時間がかかるからだ。いいことも悪いことも起きなかったと本能的に考え、侵入してくるものには抵抗する。しかし、ひとたび心をとらえられると感覚は鋭くなり、ことに愛情は深くなる。時間さえかければ、恍惚を知ることも与えることもできる。時間さえかければ、地獄の奥底にも沈んでいける。モーリスの苦悩も、だから最初は小さな後悔から始まった。そのあと眠れない夜と孤独な昼が続き、苦悩は狂おしいまでに深まって彼を苛《さいな》んだ。それは彼の内面を侵して、ついには体と魂の両方が生まれ出る源、それまで隠すことを学んできた〝自我〟に達し、気づいたときには力が倍加して、人間を超越したものになっていた。なぜならそれは、喜びにも変わりうるものだったからだ。そうしてモーリスのなかに新しい世界が開け、彼は広大な廃墟のただなかから、失ってしまった恍惚――強い感情の結びつき――を見た。

ふたりはそれから二日間話さなかった。ダラムとしてはもっと時間を置きたかったが、いまや友人がほとんど共通していたので、ふたりは顔を合わせるしかなかった。それがわかったダラムは、モーリス宛に、公の場では何もなかったかのようにふるまうのがいいという冷たい手紙を書いた。そして、〝ぼくの犯罪的病状を誰にも言わないでいてくれるとありがたい。聞いたときのきみの分別のある態度から、そうしてくれると信じている〟とつけ加えた。モーリスは返事を書かなかったが、ダラムのその手紙をまず休暇中に受け取った手紙の束に加え、あとで全部焼き捨てた。

モーリスは、苦悩の絶頂はすぎたと思っていた。しかし、あらゆる現実に照らして、彼はまだ本物の苦悩を知らなかった。本当につらいのはそれからだったのだ。二日目の午後、ふとしたきっかけでふたりがテニスのダブルスの試合をすることになると、拷問さながらの苦しみが襲ってきた。モーリスはほとんど立っていることも、見ることもできなかった。ダラムのサーブを返すと、腕に重い衝撃が走った。そのうちペアを組まされ、プレー中にぶつかると、ダラムはたじろいだが、どうにか昔どおりに笑ってみせた。

おまけにテニスのあとでは、ダラムがモーリスのサイドカーに乗って大学に帰るのが便利だという話になった。ダラムは文句も言わず乗りこんだ。二日寝ていなかったモーリスは、くらくらする頭でオートバイを脇道に入れ、全速力で走った。前方に女をたくさん乗せた荷車がいた。モーリスはそこにまっすぐ突進したが、女たちの悲鳴を聞いてブレーキを踏み、危うく難を逃れた。ダラムは何も言わなかった。手紙で指示したとおり、まわりに人がいるときにだけ話し、ほかのやりとりはいっさいなくなった。

その夜、モーリスはいつものように枕に頭をのせるや涙が滝のように流れ出した。彼は怖れた。大の男が泣いている! しかし、ベッドに横たわった。聞こえるのではないか。シーツで声を殺して泣いた。キスを想像して身悶えし、ファンショーに頭を打ちつけ、陶器を叩き割った。誰かが本当に階段を上がってきた。モーリスは即座に押し黙り、足音が消えたあとも、もう騒がなかった。蠟燭に火をともし、パジャマが破れ、手足が震えているのを見て驚いた。モーリスは泣きつづけた。止められなかった。だが、自殺寸前の段階はすぎていて、彼はまたベッドを整えて横になった。

やがて眼を開けると、破壊された部屋を雑用係が片づけているところだった。雑用係まで巻きこんでしまったのは妙な感じだった。何か怪しまれるだろうか。しかしモーリスはまた眠った。二度目に目覚めたときには、床の上に手紙があった。一通は祖父のグレイス氏からで、モーリスが成人したらパーティを開こうという内容だった。二通目は、寮長夫人からの昼食への招待だった(〝お話がしやすいように、ミスター・ダラムもお呼びしています〟)。もう一通はエイダから。グラディス・オルコットについて書いていたが、彼はまた眠りに落ちた。

狂気は万人のためになるわけではないが、モーリスのそれは雲を蹴散らす稲妻だった。嵐は三日前に始まったと思いこんでいたが、すでに六年にわたって力を増していたのだ。どんな目も届かない存在の暗がりのなかで少しずつ育ち、まわりの環境のせいで強大になって一気に吹き荒れたけれど、モーリスは死ななかった。いまや彼は天日の輝きに包まれ、若さに暗い影を投げかける山脈の上に立って、下界を見おろしていた。

日中のほとんどは眼をしっかり開けて坐っていた。まるで自分が越えてきた谷をのぞきこむかのように。もはやすべてが明快だった。彼は嘘をついていた。いわば〝嘘を食べて育った〟のだ。ただ、嘘は少年が自然に口にする食物である。モーリスは貪欲に食べてきた。彼がまず決意したのは、これからはもっと慎重になろうということだった。まっすぐに生きよう。それが誰かにとって重要だからではなく、人生というゲームのために。みずからを欺くのはほどほどにする。女性が好きなふりをするのはやめよう。たしかに試練ではあるが、自分が惹かれるのは同性だけなのだから。男が好きなのだ。昔からそうだった。男たちを抱きしめ、自分と彼らの存在をひとつにしたいと憧れている。愛を返してくれる相手を失ったいま、モーリスはそのことは認めた。

11

この危機を経て、モーリスは一人前になった。もし人の価値が測れるものなら、それまでの彼は誰からも愛される価値がなかった。世間に縛られ、狭量で、他人に不誠実。というのも、自分に対して不誠実だったからだ。いまや彼は最高の贈り物を差し出すことができた。少年時代からの理想と劣情がついに結びつき、撚《よ》り合わさって、愛情が生まれたのだ。そんな愛情など誰も望まないかもしれない。しかし、モーリスはもう恥じることがなかった。それが〝自分〟だ。体か心かの択一でもないし、体と心の並列でもない。両方に働きかける〝自分〟がいた。まだ苦しみは消えないが、ほかのところで勝利したという感覚があった。苦痛によって、世界の審判の届かない場所がわかり、そこに逃げこむことができた。

まだ学ぶべきことはたくさんあった。モーリスが自己存在の深淵をいくつか探検するのは――どれも怖ろしいが――何年も先になる。しかし、やり方はわかっていて、もう砂に描かれた図を見ることもなかった。幸せになるには目覚めが遅すぎたが、力は得られ、さながら帰る家はないが完全武装で立っている戦士のように、禁欲的な喜びを感じることはできた。

その学期のなかば、モーリスはダラムに話しかけようと心に決めた。遅まきながら、ことばの貴重な価値に気づいたのだ。ことばで解決するかもしれないときに、なぜ苦しみ、友人も苦しめなければならない？　「ぼくはきみを心から愛している。きみがぼくを愛しているように」と言い、ダラムが「そうなのか？　だったら赦すよ」と答えるのが頭のなかで聞こえた。

若い情熱をもってすれば、そんな会話もできそうだったが、なぜかそれが喜びにつながるとは思えなかった。実際に何度か言おうとしてみたものの、モーリスもダラムも内気だったためにうまくいかなかった。意を決して行くとドアが閉まっていたり、ほかの仲間がなかにいたり、モーリスが入っても、ダラムがほかの客といっしょに出ていったりした。ダラムを食事に誘っても、いつも都合がつかない。テニスに行くなら乗せていくがと提案しても、言いわけが聞こえてきた。中庭で会ったときでさえ、ダラムは何か忘れたふりをしてモーリスを追い越していったり、走り去ったりした。そんなふたりの変化に友人たちが気づかないのには驚いたが、もとより観察眼の鋭い大学生はまれだ——己のなかのものを見つけるのに忙しすぎる。気づいたのはひとりの指導教官だけで、ダラムはあのホールという学生と仲よくするのをやめたなと論評した。

ふたりが所属する討論会のあとで、モーリスにチャンスが訪れた。優等学位試験《トライポス》があるからとダラムは脱会を申し出たが、会員のみんなに自分なりのお礼をしたいので部屋を訪ねてほしいと提案していた。いかにもダラムらしい心遣いだった。誰に対しても恩を受けたままでいるのが嫌なのだ。モーリスも彼の部屋を訪ね、最後まで退屈な夜をすごした。招待主のダラムを含めて一同が外の空気を吸いにぞろぞろと出ていっても、モーリスはひとり残って、その部屋に来た最初の夜を思い出し、過去は戻ってこないのだろうかと考えていた。

ダラムが入ってきた。誰がいるか、すぐにはわからなかったようだった。モーリスを完全に無視して、部屋のなかを片づけはじめた。

「とんでもなく頑固だね」モーリスは思わず言った。「心がむちゃくちゃになるということがわからないから、そこまで頑《かたく》なになれるんだ」

ダラムは聞きたくないと言わんばかりに首を振った。あまりにも具合が悪そうだったので、モーリスは抱きかかえたいという理不尽な衝動に駆られた。

「ぼくを避けないで、チャンスを与えてくれたっていいだろう。話したいだけなのに」

「ひと晩じゅう話したじゃないか」

「『饗宴』についてだよ。あの古代ギリシャ人の」

「なあ、ホール、馬鹿なことは言わないでくれ。きみとふたりきりでいるのはつらいんだ。わかってくれ。お願いだから蒸し返さないでほしい。終わりだよ。もう終わったんだ」ダラムは隣の部屋に入って服を脱ぎはじめた。「無礼は承知だが、赦してくれ。どうしようもない。この三週間でぼくの神経はずたずただ」

「ぼくもだよ」モーリスは叫んだ。

「哀れだな」

「ダラム、ぼくは地獄にいる」

「そのうち抜け出すさ。そこはたんに嫌悪感の地獄だ。きみは何も恥ずべきことはしてないんだから、本当の地獄はまだ見てない」

モーリスは悲痛な叫び声をあげた。まさに悲痛そのものだったので、ふたりのあいだのドアを閉めようとしていたダラムは言った。「わかった。いいだろう。きみが議論したいなら、しよう。どうした。何かのことで謝りたいように見えるけど。なぜだ？ ぼくに迷惑をかけたような態度だが、きみがどんな悪いことをした？ 最初から最後まで誠実だったじゃないか」

モーリスは反論したが、ダラムは取り合わなかった。

「実際、誠実すぎて、ぼくはきみのふつうの友情を取りちがえてしまった。とてもやさしくしてくれたから――とくにぼくが訪ねたあの午後――友情ではなく別のものだと思ってしまった。ことばでは言い尽くせないほど申しわけないと思ってる。本や音楽の領域から踏み出す権利はなかったのに、きみと出会ってそうなってしまった。謝罪なんて、ぼくから出てくるもののなかでいちばん欲しくないだろうけど、ホール、本当に心から謝るよ。きみを侮辱したことを永遠に後悔するだろう」

弱々しい声だが、はっきりと聞こえた。ダラムの顔は剣のように鋭かった。モーリスは愛に関して役にも立たないことばを並べ立てた。

「これで終わりだ」ダラムは言った。「さっさと結婚して忘れてくれ」

「ダラム、きみを愛してる」

ダラムは苦々しく笑った。

「本当に——ずっとまえから」

「おやすみ。さあ、おやすみ」

「信じてほしい。本当に、これを言いにきたんだ。きみとまったく同じで、ぼくも昔からギリシャ人のようだった。そのことがわからなかった」

「どういうことだい」

たちまちことばが出てこなくなった。モーリスは話を要求されていないときにだけ話せるのだ。

「ホール、見苦しいことはやめよう」ダラムは手を上げて、叫びだしたモーリスを制止した。「ぼくを慰めてくれようとするのは、またしても誠実なきみらしいが、限界がある。ぼくにもひとつふたつ、呑みこめないことはある」

「見苦しいなんて――」

「それも言うべきじゃなかった。だから帰ってくれ。相手がきみでよかったと感謝してる。たいていの男なら、ぼくを学生監か警察に突き出すだろう」

「地獄に堕ちればいい。きみにふさわしいのはそこだけだ」モーリスは叫び、中庭に駆け出して、出てきたドアがまた閉まる音を聞いた。彼は怒りに燃えて橋の上に立った。最初の夜のように霧雨が降り、星がかすかにまたたいていた。自分らしくなかった拷問の三週間にも、ひとりが隠し持っていた毒がもうひとりに別の害を及ぼすことにも、耐えられなかった。最後に別れたときから友が変わってしまったのにも腹が立った。十二時の鐘が鳴った。一時、二時。モーリスは言うこともなくなり、議論の源も断ち切られたのに、まだ何を言おうか考えていた。

どうにでもなれという乱暴な気分のまま、雨でびしょ濡れになって、ダラムの部屋の窓が夜明けの最初の光に照らされるのを見た。心臓が生き返って跳ね上がり、彼の全身を揺さぶった。モーリスの心臓は、「おまえは愛し、愛されている」と叫んでいた。モーリスは中庭を見まわした。庭は「おまえは強い。彼は弱くてひとりぼっちだ」と叫んで、モーリスの意志を動かした。やるべきことに恐怖を感じながらも、モーリスは窓の桟をつかんで跳び越えた。

「モーリス――」

部屋の床におり立ったときに、夢のなかから名前を呼ばれた。モーリスの心から暴力が消え、代わりに想像もつかなかった純粋な気持ちが宿った。友が彼の名を呼んだ。モーリスは一瞬、陶然と立ち止まったが、すぐに新しい感情に満たされ、枕にそっと片手を置いて答えた。「クライヴ!」

第2部

12

クライヴ・ダラムは少年時代、ほとんど戸惑うことがなかった。その誠実さと強い正義感によって、むしろ自分は呪われていると信じこんだ。信仰心が篤く、神の御許《みもと》に行き、神を喜ばせたいと日々願っていたので、明らかにソドム[29]に由来するもうひとつの願望に気づいて、早い時期から自己を否定していた。その願望が何であるか、疑いは抱かなかった。彼の感情はモーリスより堅固で、劣情と理想に引き裂かれることもなく、その大きな隔たりを埋めようと何年も無駄に費やすことはなかった。身の内には、低地《くぼち》の邑《まち》を滅したい衝動があった[30]。肉欲を許してはならない。それなのになぜ、数多《あまた》のキリスト教徒のなかでよりによって自分が罰を受けることになったのか。

最初は神に与えられた試練にちがいないと思った。神を冒瀆《ぼうとく》しなければ、最後にはヨブのように救われるにちがいない。そこでクライヴは頭《こうべ》を垂れ、断食し、少しでも好きになりそうな相手には近づかなかった。彼の十六年間は終わりなき拷問だった。誰にも打ち明けず、ついには体を壊して学校から離れるしかなかった。回復期には、車椅子を押してくれたいとこに、いつしか恋愛感情を抱いていた。既婚の男である。希望などなく、クライヴはやはり呪われていた。

こうした恐怖はモーリスにも訪れたが、彼のほうはぼんやりとしか感じなかった。クライヴの恐怖は明白で途切れることがなく、教会の聖餐《せいさん》式でとりわけ強烈に感じられた。おぞましい欲望は抑えこんでいたものの、その恐怖を取りちがえることはなかった。体は制御できても、穢《けが》れた魂が彼の祈りをあざ笑うのだった。

クライヴ少年はつねに学者肌で、本の虫だった。やがて聖書が呼び起こした恐怖をプラトンが和らげてくれた。初めて『パイドロス』を読んだときの感激は忘れられない。そこには彼の病がひとつの情熱として克明に記されていた——ほかのあらゆる情熱と同じように、善いほうにも悪いほうにも導けるものとして。許可は必要とされていなかった。クライヴは最初、わが幸運が信じられなかった。どこかに誤解があるにちがいない。自分とプラトンが同じことを考えているわけがない。しかし、その柔和

29 旧約聖書の創世記に出てくる背徳の都市。逸脱した性行為を意味する「ソドミー」の語源。
30 創世記第十九章で、神が住民の道徳的な腐敗と肉欲を戒めて、ソドムなどの低地の邑を滅ぼしたことを指す。

な異教徒が本当に彼を理解し、聖書と対立するのではなく、その横をすり抜けて人生に新しい指針を与えてくれていることがわかった。〝己が持つものをもっとも活かすには〟、叩きつぶしたり、ほかのものであってほしいと無益に願ったりするのではなく、神も人間も困らせない方法で育てることだ、と。

とはいえ、キリスト教とは縁を切らざるをえなかった。自分がどうあるべきかということにではなく、あるがままの自分にもとづいて行動を決める者は、最終的にその宗教を捨てるしかない。もとより、クライヴの例の気質とキリスト教は俗世で相容れなかった。頭脳明晰な人間は、そのふたつを結びつけることができない。彼の気質については、法律的には、〝キリスト教徒のあいだで話題にしてはならない〟し、伝説によれば、キリスト降誕の朝、その気質を持つ者はことごとく死滅した[31]という。クライヴはそれが残念だった。彼の家族の多くは弁護士や地方の判事で、みな善良で有能な男たちだ。その伝統からは遠ざかりたくなかった。キリスト教が多少譲歩してくれるところもあるのではないかと、聖書のなかに救いのことばを探したところ、ダビデとヨナタンがいた。[32]〝イエスの愛したまう一人の弟子[33]〟という表現まであったが、教会の解釈は彼とはちがった。かくして、魂を損なわずに教会に安らぎを見出すことはできそうになく、クライヴは年を追うごとに古典の高みに引きこもるようになった。十八歳になるころには、並はずれて成熟し、自制心を発達させていたので、魅力を感じるどんな相手とも仲よくなれた。禁欲が調和に取って代わられた。ケンブリッジでは、ほかの学生たちにやさしい気持ちを抱き、それまで灰色だった人生にうっすらと暖かい色が差した。慎重に、分別を働かせて、彼は前進した。その用心深さにせせこましいところはまったくなかった。みずから正しいと思えば、さらに進む覚悟ができていた。

二年生のときに、〝その道〟の男リズリーと知り合った。いともあっけらかんと告白したリズリーに対して、クライヴは自身の秘密を打ち明けなかった。リズリーやその仲間たちもとくに好きではなかったが、刺激は受けた。同種の人間がいることがわかってうれしく、彼らの率直さに意を強くして、母親に自分の不可知論[34]の話をした。

31 中世イタリアの大司教ヤコブス・デ・ウォラギネの著した、聖人列伝『黄金伝説』の記述。
32 旧約聖書、サムエル前書第十八章第一節。〝ヨナタンの心ダビデの心に結びつきてヨナタンおのれの命のごとくダビデを愛せり〟。
33 新約聖書、ヨハネ伝福音書第十三章第二十三節、第十九章第二十六節など。

話せるのはそこまでだった。世慣れたダラム夫人は、ほとんど異を唱えなかった。問題が生じたのはクリスマスだった。教区で唯一の地主であるダラム家は、ほかの住民とは別に聖餐を受ける。村じゅうの人が見ているまえで、長い会衆席のまんなかにクライヴ抜きで娘たちとひざまずくことが、母親には無性に恥ずかしく、そのつらい思いが怒りに変わったのだ。ふたりは口論した。クライヴは母親の真の姿——しなびて、思いやりがなく、空疎——を見た。幻滅のなかで、いつしかホールのことをあざやかに思い出していた。

モーリス・ホール。彼はクライヴが好感を抱く数人のうちのひとりにすぎなかった。たしかにホールも母親と女きょうだいふたりの家庭に育っていたが、クライヴはそんな共通点が彼らの唯一のつながりではないと冷静に判断していた。自分で思っているよりホールのことが好きにちがいない、少し愛してさえいる、と。出会っていきなりそういう感情が湧き起こり、どうしようもなく親しみを覚えたのだ。ホールは中流階級で、未成熟で、愚かだった——胸の内を打ち明ける相手としては最悪だ。しかし、クライヴはホールがチャップマンを追い払ったことに、ふだんなら考えられないほど感激して、自分の家庭の問題を打ち明けた。ホールがふざけはじめると、彼も夢中になった。ほかの仲間はクライヴをまじめ人間と見なして、そういう行為は控えていたのだ。クライヴはたくましくハンサムな若者に投げ飛ばされるのが気に入った。髪をなでられたのもうれしかった。部屋のなかにふたりでいると、互いの顔は消えていった。坐ってホールの脚にもたれ、頰がそのズボンのフランネル生地に触れると、温かみが体を駆け抜けた。そういう感情を誤解することはなかった。自分がどんな喜びを得ているのかわかっていて、素直に受け止め、どちらにとっても害にはならないと確信していた。ホールが女しか好きにならないことは、ひと目見ればわかった。

その学期の終わりごろ、ホールが特別に美しい表情を見せるようになったのに気づいた。たまにしか見られないが、体のずっと奥にひそんでいる、とらえにくい表情だった。最初に気づいたのは、神学論争をしていたときだ。愛情にあふれてやさしく、そこは自然なのだが、それまで見たことのなかった何かが混じっていた。あえて言えば——厚かましさ？　断定はできないが、クライヴはそれが好きだった。その

34　神や究極の真理など、超経験的なものの存在や本質は認識不可能であるとする立場。

表情はふたりが突然会ったときや、黙っているときにまた現れた。「すべてこのままでいいんだ。きみは賢い。わかってる――でも来て！」と理性を越えて誘いかけてきた。クライヴは取り憑《つ》かれたようになり、頭脳と舌を忙しく動かしながらもそれを待ちつづけ、ついに現れた瞬間、こう答えていると感じた。「行くよ――知らなかったんだ」

「きみはもう抵抗できない。来るしかない」

「抵抗なんてしたくない」

「だったら来いよ」

クライヴはついていった。すべての障壁を打ち倒して。といっても、一日で壊せる家には住んでいなかったから、すぐにではなかったが。その学期中、そして休暇が始まると手紙をつうじて、道を切り開いた。ホールに愛されていると確信するなり己の愛情も解放した。それまではただの悪ふざけ、一時的な心と体の快楽だった。いまや彼はそれを軽蔑した。愛とは調和であり、無限の広がりを持つものだ。そこに彼は品位と豊かな人間性をつぎこんだ。そうして落ち着いた魂のなかで、品位と人間性はひとつになった。クライヴに自己卑下はなかった。己の価値がわかっていて、愛なしで生きていくつもりだったときには、自分ではなくまわりの状況のせいだと思っていた。ホールは美しく魅力的だが、彼もクライヴを見下すような態度はとらなかった。次の学期には対等な立場で会えるはずだった。

だが、クライヴは書物を重んじるあまり、書物がほかの人をどれほど当惑させるかを忘れていた。生身の体を信頼していれば大惨事を招くことはなかっただろう。しかし、自分たちの愛情を過去の書物と結びつけることによって現在にも結びつけ、友の心に因習と法に対する恐怖を呼び起こしてしまった。クライヴにはそこがまったく理解できなかった。ホールが言ったことは本気だったにちがいない。でなければ、そもそもなぜ言う？　ホールはぼくが嫌いなのだ。「くだらない！」と言ったではないか。そのことばはどんな蔑《さげす》みよりもクライヴを傷つけ、何日も彼の耳で鳴りつづけた。ホールは健康で正常なイギリス人だ。何が起きているのかをこれっぽっちも理解していない。

苦痛は大きく、悔しさも募ったが、さらにひどいことが待っていた。愛する相手と同化しすぎて、自己嫌悪に陥ったのだ。人生哲学のすべてが崩れ、その廃墟に罪悪感がまた生まれ、回廊を這《は》いまわった。ホールは彼を犯罪者呼ばわりした。知られてしまったにちがいない。ぼくは呪われている。もう二度と若い男と友だちになるのはやめよう。相手を堕落させてしまう。ホールにキリスト教の信仰を捨てさせただけでなく、純潔さまで奪おうとしたのではなかったか。

続く三週間でクライヴはがらりと変わり、議論を受けつけないところまでいったが、そんなときにあのお人好しで粗忽者《そこつもの》のホールが慰めようと部屋に入ってきて、あれこれ試して失敗したあげく、急に機嫌を損ねて出ていった。「地獄に堕ちればいい。きみにふさわしいのはそこだけだ」それより真実を衝《つ》いたことばはなかったが、愛する者からの提言としては受け入れがたい。クライヴの敗北感は募った。もう自分のなかには、粉々に吹き飛ばされた人生をふたたび組み立てて、邪悪なものを打ち払う力は残っていない。そこで出した結論は、〝おまえは馬鹿な男だな。あいつを愛したことなどなかったのに。穢れた心のなかで勝手にイメージを作り上げただけだ。神よ、これを消し去ることにお力添えを〟だった。

しかし、そのイメージは眠っているときにも訪れ、クライヴにその名を囁《ささや》かせた。

「モーリス……」

「クライヴ……」

「ホール！」彼は息を呑み、完全に目覚めた。温かいものが体にのってきた。「モーリス、モーリス……ああ、モーリス――」

「わかってる」

「モーリス、愛してる」

「ぼくもだ」

ふたりは考えるより早くキスをした。そしてモーリスは、入ってきたときと同じように、窓を乗り越えて消えていった。

13

「もうふたつ講義をサボってる」モーリスがパジャマ姿で朝食をとりながら言った。

「ほっとけよ。外出禁止にされるだけだ」

「サイドカーで外に出ようか」

「ああ、でも遠出がいいな」クライヴが煙草に火をつけながら言った。「この天気だ。ケンブリッジにはいられない。町の外に思いきり出て、泳ごう。勉強は途中できる──あ、まずい！」

階段に足音が聞こえた。ジョーイ・ファンショーがドアからのぞいて、きみたちのどちらか、午後いっしょにテニスをしないかと声をかけた。モーリスは承諾した。

「モーリス！　なぜあんなことを。だめだろう」

「さっさと追い払うためさ。クライヴ、二十分後に車庫で会おう。つまらない本を持って、ジョーイのゴーグルも借りてくるといい。ぼくは服を着ないと。あと、昼に食べるものを何か持ってきて」

「それとも、馬に乗っていくか？」

「のろすぎる」

ふたりは打ち合わせたとおりに落ち合った。ジョーイのゴーグルは、本人が外出していたのでわけなく借りられた。ところが、オートバイで大学前のジーザス・レーンを走っていたときに、学生監に呼びかけられた。

「ホール、講義があったんじゃないか？」

「寝すごしました！」モーリスは見下すように叫んだ。

「ホール！　ホール！　私が話しかけているときには停まりなさい」

モーリスは走りつづけた。「議論するだけ無駄だ」

「まったくな」

ふたりはつむじ風のように橋を渡り、イーリーへと続く道に入った。モーリスが言った。「さあ、地獄へ行くぞ」

エンジンは力強く、モーリスはもとより無謀である。オートバイは飛び跳ねて湿地に入り、どこまでも広がる蒼穹《そうきゅう》の下を走った。ふたりして、もうもうと舞う土埃《つちぼこり》に、悪臭に、世界を驚かす轟音になったが、吸いこむ空気は新鮮で、耳に入ってくる音は長々と続く風の歓声だけだ。彼らはほかの誰も気にかけず、人間界の外にいて、たとえ死が訪れたとしても、逃げていく地平線を追うことはやめられなかった。塔が、イーリーの町が、うしろに流れ、まえには同じ空があって、ついに海が近いことを告げるように色が薄くなった。また「右に曲がれ」、次は「左だ」、「右だ」とくり返すうちに、方向感覚が完全に失われた。何かが裂け、こすれる音がした。モーリスは気にしなかった。両脚のあいだで千もの小石が振られてぶつかるような音がした。事故にはならなかったが、オートバイは暗い野原のまんなかで停まって動かなくなった。ヒバリの歌が聞こえ、後方で土埃がおさまりはじめた。彼らはふたりきりだった。

「昼にしよう」クライヴが言った。

ふたりは用水路の草の土手で食べた。上流では水が静かに流れ、はるか先まで続くヤナギの並木を映していた。この景色を作り出した人間の姿はどこにも見えない。昼食のあと、クライヴは勉強しなきゃと言った。持ってきた本を広げたが、ほんの十分で眠りこんでしまった。モーリスは川辺に寝転んで煙草を吸った。農夫の荷車が現れ、彼はふと、いまどこにいるのか訊《き》いてみようかと思ったが、結局何も言わなかった。農夫のほうもモーリスに気づかなかったようだ。クライヴが目覚めたときには三時をすぎていた。「じきにお茶の時間だな」クライヴは提案した。

「わかった。それなら、あのぼろバイクを直せるかい？」

「もちろん。何か詰まったんじゃないか？」クライヴはあくびをしてオートバイのほうに歩いていった。「いや、直せない。モーリス、きみは？」

「無理だね」

ふたりは頬を触れ合わせて笑いだした。故障が突然、とてつもなく可笑《おか》しく思えた。しかも、お祖父《じい》ちゃんの贈り物だ！　八月に成人になる[35]前祝いとして祖父からもらったバイクだった。クライヴが言った。「これは置いといて、歩いて帰るとか？」

「そうだね。誰も悪さなんてしないだろう。上着もほかのものも、なかに置いておこう。ジョーイのゴーグルも」

「ぼくの本は?」

「それも」

「食事のあとで必要にならないか?」

「知るか。お茶のほうが食事より大事だ。かなりの見込みで――何笑ってる?――この水路をずっとたどっていけば、パブがあるだろう」

「そりゃそうだ。この水でビールを薄めてるからな」

　モーリスはクライヴの脇腹を小突いた。そこから十分間、ふたりは木々のあいだで戯れた。話もせずにふざけていた。そしてまた押し黙り、互いに寄り添うように立ち、オートバイをノイバラの茂みに隠して歩きはじめた。クライヴはノートを持っていくことにしたが、結局使い物にならなくなる。たどっていた用水路がふた手に分かれ、水に入らなければならなかったからだ。

35　イギリスの成人年齢は一九六九年まで二十一歳だった。現在は十八歳。

「ここは川を渡らなきゃな」クライヴは言った。「迂回はできない。遠まわりしてもどこへも行けない。モーリス、ほら、南にまっすぐ進まないと」

「わかった」

その日、ふたりのどちらが提案するかは重要ではなかった。もう一方はかならず同意した。クライヴが靴と靴下を脱ぎ、ズボンの裾をまくり上げた。そして茶色の水面に足を踏み入れたとたん、姿が消えた。次に現れたときには泳いでいた。

「こんなに深いとは！」水を吹きながら土手に這い上がった。「モーリス、わからなかった。きみはどうだ？」

モーリスは、「ぼくはちゃんと泳ぐぞ」と叫んで、そのとおりにした。彼が脱いだ服はクライヴが運んだ。空の光がまばゆく輝きはじめた。ふたりは農場にたどり着いた。

農夫のおかみさんは無愛想で意地悪だったが、ふたりはあとで彼女のことを〝ものすごく親切〟だったと話した。たしかにお茶は出してくれたし、クライヴが台所の火の近くで服を乾かすのも認めてくれた。彼女はふたりに〝代金を請求〟し、彼らが支払いすぎたときですら、ぶつぶつ不満を言った。しかし、ふたりの上機嫌を損なうものは何もなかった。彼らの意気込みがあらゆるものを変えた。

「さようなら、本当にありがとうございました」クライヴは言った。「もしここで働く人たちがオートバイを見つけたら――置いてきた場所をきちんと説明できればよかったんですが――とにかく、友人の名刺を置いていきますので、それをくりつけて最寄りの駅にでも運んでもらえませんか。駅があるのかな、わかりませんけど、その駅長がぼくたちに電報で知らせてくれるはずですから」

駅は八キロ先だった。彼らがそこに着いたのは日暮れどきで、ケンブリッジに戻るころには学生の食事の時間は終わっていた。その日の最後の部分も完璧だった。なぜか列車は満席で、ふたりは体をくっつけて坐り、まわりの騒音のなかで静かに話し、微笑《ほほえ》んでいた。別れ方はいつもどおりで、どちらも衝動に駆られて特別なことを言ったりはしなかった。ふだんと変わらない一日だったが、ふたりのどちらもそれまで体験したことがなく、その日がまたくり返されることもなかった。

14

学生監はモーリスを停学処分にした。

コーンウォリス氏は決して厳しい学生監ではないし、ホールの過去の記録も許容範囲だった。それでも、これほどの規律違反を見逃すわけにはいかなかった。「私が声をかけたときになぜ停まらなかった、ホール？」

ホールは答えず、悪びれる様子もない。しかも眼に反抗心をくすぶらせていたので、コーンウォリス氏はかなり苛立《いらだ》ちながらも、一人前の男を相手にしているのだと思った。無情で冷たい思考のなかで、何が起きたのか思い描いたりもした。

「昨日、きみは礼拝と私の翻訳の授業も含めて講義四つをさぼり、食堂にも来なかった。まえにも似たようなことをしている。目上の者への無礼な態度は言うに及ばず。どうだね？　返事なしか？　家に帰って母上に自分で理由を説明したまえ。私のほうからも伝えておく。私に謝罪の手紙を書くまで十月の復学は推薦できない。十二時の汽車で帰りなさい」

「わかりました」

コーンウォリス氏は手を振って退出をうながした。

クライヴ・ダラムに罰はなかった。優等学位試験《トライポス》のためにすべての講義の出席を免除されていたし、少々怠けたところで心配はないと学生監は考えた。学年で古典の成績がいちばんよく、特別待遇だったのだ。これ以上ホールに煩わされなくなるのも好都合。コーンウォリス氏は、つねづねこの種の友情を怪しんでいた。性格や趣味のちがう男ふたりが親密になるのは不自然だ。小中学生とちがって、大学生は表向きは正常にふるまっているけれど、教官たちは一定の警戒を怠らず、恋愛行為を阻止できる場合にはそうするのが正しいと感じていた。

クライヴはモーリスの荷造りを手伝い、出発を見送った。まだ気持ちが昂《たかぶ》っている友人を落ちこませてはいけないと、ほとんどしゃべらなかったが、心は沈んだ。四年に上がることは母親が認めないので、クライヴにとってはこれが最後の学期で、つまりケンブリッジではモーリスと二度と会えないということだった。彼らの愛情はケンブリッジ、とりわけふたりの部屋と結びついていて、ほかの場所で会っているところなど想像できなかった。モーリスが学生監にあまり強く出なければよかったのにと遅まきながら思った。オートバイもなくなっていなければいいが。クライヴにとってオートバイは強い感情と結びついていた——テニスコートでの苦悶や、まえの日の喜びと。ふたりで同じ振動を感じたとき、ほかのどこにいるよりも近づいた気がした。オートバイ自体に命が宿り、そこで彼らは出会って、プラトンの説く調和を理解したのだ。それがなくなり、モーリスの汽車も行ってしまうと——文字どおり手と手が引き離された——クライヴは気落ちし、部屋に戻って、熱い思いと絶望を便箋に縷々《るる》書き連ねた。

翌朝、モーリスは手紙を受け取った。彼の家族が始めたことが、それで完成する——モーリスは生まれて初めて、世界に鬱勃《うつぼつ》たる怒りを覚えたのだ。

15

「謝れないよ、母さん。謝ることなんか何もないって、昨日の夜言ったろう。みんな講義をさぼってるのに、ぼくだけ停学にする権利なんてなかった。ただの嫌がらせだ。誰にでも訊いてみればいい。エイダ、ちゃんとしたコーヒーを淹《い》れてくれよ、これじゃ塩水だ」

エイダはすすり泣いた。「モーリス、お母さんをこんなに動揺させて。どうしてここまで冷たくてひどいことができるの」

「そんなつもりはないさ。何が冷たいんだか。もうこのまま就職すべきだ、父さんみたいに。あいつらの腐った学位なんかとらずに。それのどこが問題なんだ」

「大事なお父様の話なんてしなくていいでしょう。お父様は不愉快なことなどひとつもしませんでしたよ」ホール夫人が言った。「ああ、モーリー、愛しいわが子。わたしたち、本当にケンブリッジを愉《たの》しみにしていたのに」

「みんなして泣いてもなんにもならないわ」キティが気つけ薬の効果を期待して断言した。「モーリスに自分は偉いって思わせるだけよ、本当はちがうのに。言われなくたって学生監に謝罪の手紙を書くわよ」

「書かないよ。納得いかないから」兄は鉄のように頑固に答えた。

「わけわかんない」

「小さな娘にはわからないことが多いのさ」

「そうかしらね！」

モーリスはちらっとキティを見た。だがキティは、自分を小さな男だと思っている小さな少年よりずっとものはわかっていると言っただけだった。キティはただとりとめもなく話していた。モーリスのなかに生じた、多少なりと敬意の混じった恐怖は消えていった。そう、謝れるわけがない。何も悪いことはしていないし、したと言うつもりもない。正直にふるまったときの爽快感を味わうのは本当に久しぶりだった。正直さは血のようなものだ。モーリスは、妥協なしで生きることは可能だと胸を張りたい気分だった。自分にしたがわないものはすべて無視してやる。クライヴもだ！クライヴの手紙は彼を激怒させた。どうせ自分は愚か者だ。分別のある恋人ならさっさと学生監に謝って、友を慰めに大学へ戻る。だがその愚かさは、少しでも妥協するくらいなら何も要らないという激情に駆り立てられていた。

母たちは話しつづけ、泣きつづけた。ついにモーリスは立ち上がって、「こんなんじゃ、いっしょに食べられない」と言い、庭に出た。母親が食事のトレイを持ってついてきた。モーリスはその軟弱さに腹が立った。愛は人をたくましくする。母親としては、ただやさしいことばをかけ、パンを食べさせればそれで満足なのだ。息子のことも同じように軟弱にしたいだけだから。

ホール夫人は自分の聞きまちがいではないかと尋ねた。本当に謝りたくないの？お父様だったらなんと言うかしら。そこでたまたま彼女は、モーリスの誕生日の贈り物がイースト・アングリア[36]の用水路のそばに放置されていることを知って、真剣に心配した。彼女にとっては、学位の喪失よりそちらの喪失のほうがわかりやすかったからだ。妹たちも気にして、午前中はずっとオートバイのことを悲しんでいた。女たちを黙らせたり、声の届かない場所に追い払ったりすることはいつでもできたが、モーリスは、復活祭の休暇のときのように、あまりはいはいとしたがわれても自分が弱くなるだけだと思って放っておいた。

午後、彼はすっかり滅入ってしまった。クライヴとたった一日しかいっしょにいなかったことを思い出したのだ。それを馬鹿のようにバイクで走りまわることに費やしてしまった——互いの腕のなかにいるべきだったのに！　じつのところ、あの一日は完璧な時間のすごし方だったのだが、モーリスは気づかなかった。ただ触れ合うためめに触れ合っていることなど重要ではないと悟るには若すぎた。友によって箍《たが》をはめら

36　ノーフォーク州、サフォーク州を中心とするイングランド東部の地方名。

れてはいたものの、熱情を燃やしすぎていた。のちに彼の愛が二度目の力を得たとき、運命がどれほど味方してくれていたのかがわかる。闇のなかでの一度の抱擁と、陽光と風のなかでの長い一日は、どちらが欠けても意味のない二本の柱だったのだ。このときモーリスが抱えていた別離の苦悩は、すべて彼を壊すためではなく、完成させるためにあった。

モーリスはクライヴの手紙に返事を書こうとした。書くまえから嘘っぽくなるのが心配だった。夕方、また手紙が来て、〝モーリス、きみを愛している〟と書いてあった。モーリスも〝クライヴ、きみを愛している〟と書いた。そこからふたりは毎日手紙を書き、細心の注意を払ったにもかかわらず、それぞれの心に新たなイメージを作り出した。手紙は沈黙よりさらに速く、現実をゆがめた。何かおかしなことになっているという恐怖にとらわれたクライヴは、試験の直前に許可をとり、あわててロンドンまで出てきた。モーリスとクライヴは昼食をともにした。ひどい再会だった。ふたりとも疲れていて、互いの声すら聞こえないレストランを選んでしまったのだ。「愉しくなかったな」クライヴは別れ際に言った。モーリスは安堵《あんど》した。彼自身も愉しそうなふりをして、いっそうみじめな気持ちになっていたからだ。ふたりは話し合った末、手紙は事実の報告にとどめ、急ぎのときにだけ書くことにした。気持ちの緊張が解け、知らぬ間に熱で頭がぼうっとしていたモーリスは、ようやく幾晩か夢も見ずに眠ることができた。それで体は回復したが、毎日の生活がつまらないのは同じだった。

彼の家での立場は変わった。ホール夫人は自分の代わりに誰かに物事を決めてもらいたかった。モーリスは大人のようにふるまい、復活祭のときにはハウエル夫妻に暇を出すことまでしたが、一方で、ケンブリッジからは追い出され、まだ二十一歳にもなっていない。この家で彼の立場はどうあるべきか。ホール夫人はキティにそそのかされ、強気で言いたいことを言ったが、モーリスは心底驚いた顔をして、途中から聞く耳を持たなかった。夫人は動揺し、息子を愛しているのにバリー医師に相談するというまちがった手段に訴えた。モーリスはある夜、医師から話をしにきなさいと言われた。

「やあ、モーリス。勉強のほうはどうだね。きみの期待どおりではなかったようだが?」

モーリスはまだこの隣人が怖かった。

「母上の期待どおりではなかった、というほうが正確かな」

「誰の期待にも添いませんでした」モーリスは自分の両手を見ながら言った。

バリー医師は言った。「いや、じつはこれがいちばんいいのだよ。大学の学位など取って何をする？　学位など郊外に住む階級にはなんの役にも立たん。聖職者や法廷弁護士や教師になるわけでもなかろう。地方の地主でもない。完全に時間の無駄というものだ。すぐ仕事につきたまえ。学生監を見返してやるのだ。きみは金融街《シティ》の人間だ。母上は――」そこでことばを切って、葉巻に火をつけた。モーリスは何も勧められなかった。「母上には理解できないのだ。たんにきみが謝らないから心配しているだけだよ。私に言わせれば、物事はおのずと正しい方向に進む。きみは自分に向いていない環境に入ってしまった。そしてじつに都合よく、そこから抜け出す最初の機会を得たのだ」

「どういう意味ですか」

「ほう。まだわからないかね。地主貴族だったら、自分が困り者のようにふるまったのがわかったら、とっさに謝るだろう。きみは別の伝統で育っているのだ」

「そろそろ家に帰らなくては」モーリスは多少の威厳とともに言った。

「ああ、そうだろうな。愉しくすごしてもらうためにきみを誘ったのではない。わかってくれると思うが」

「ずいぶん率直に話してくださいました。たぶんいつか、ぼくもそうします。そうしたいものです」

それに医師はカッときて、雷を落とした。

「どれだけ母上につらい思いをさせれば気がすむのだ、モーリス。鞭《むち》打ちで懲らしめるべきだな、この青二才の子犬めが！　母上に赦《ゆる》しも乞わず、ふんぞり返って歩きまわっているとは！　私はみな知っているのだ。母上が眼に涙を浮かべてここに来て、話してやってくれと言われたのだから。母上と妹さんたちは私の大切な隣人だ。私としても女性に頼まれて助けないわけにはいかない。答えなくてよろしい。答えないでもらおう。率直だろうとなんだろうと、きみの話は聞きたくない。きみは騎士道精神に泥を塗った。まったく、この世はどうなることやら。この世は――とにかく私はきみに落胆し、うんざりしている」

ようやく外に出たモーリスは額の汗をふいた。ある意味で恥じ入っていた。母親に対する態度が悪かったこと、俗物根性まる出しであることはわかっていたが、なぜか引き下がることも、改めることもできなかった。轍《わだち》から一度はずれてしまうと永遠に戻れないようだった。〝騎士道精神に泥を塗った〟という非難について考えた。もしサイドカーに乗っていたのが女で、学生監の呼びかけを無視して停まらなかったのだとしたら、バリー医師は彼に謝罪をうながしただろうか。ぜったいそんなことはしなかったはずだ。むずかしいながらも、モーリスはその線で最後まで考えてみた。まだ働かない頭を使うしかなかった。世の中の会話や考えの多くは、一度翻訳しないと理解できなかったから。

母親が家で出迎えた。彼女自身も恥じているようだった。モーリスと同じく母親も、自分が叱るべきだったと思っていた。モーリスはもう大人ね、と夫人はキティに愚痴を言った。子供は親から離れていく、本当に悲しいことだ、と。兄さんはまだ子供よ、とキティは請け合ったが、母親も妹たちも、バリー医師と対面してからモーリスの口や眼や声がどこか変わったと感じていた。

16

ダラム家はイングランド南部のウィルトシャーとサマセットの境目にあった。さほど古い家柄ではないが、四代にわたって土地を所有し、影響力はいまの家族にも引き継がれていた。クライヴの曽祖伯父《そうそはくふ》はジョージ四世時代の首席裁判官で、私財を蓄えた場所がそこ、ペンジだった。その私財も尽きかけようとしている。百年の時が少しずつ財産を減らし、裕福な花嫁が来て補充してくれることもなかったので、屋敷にも地所にも、衰退とは言わないまでも長年の放置の跡が見えた。

屋敷は森のなかにあった。いまはもうない生け垣の畝だけが残っている庭園がまわりに広がり、馬やオールダニー種の牛たちに光と空気と牧草を与えている。その奥から、サー・エドウィンが中心になって共有地を併合し、植樹した森が始まっていた。庭園の入口はふたつあった。ひとつは村に続くもの、もうひとつは駅に続く土の道に面しているもの。昔は駅がなかったので、駅から家までのその道は建物の裏手を通って手入れもされず、いかにもイギリス流の後知恵で作られた風情だった。

モーリスは夕方、ペンジに到着した。バーミンガムの祖父の家でたいしてうれしくもなく成人を迎えたあと、そこから直接行った。停学で面目は失ったものの、バーミンガムで誕生日の贈り物が取り消しになることはなかった。とはいえ、与えるほうももらうほうも冷めた態度だった。モーリスは二十一歳になるのを心待ちにしていたはずだった。キティは兄に、落ちこぼれたから愉しくないでしょうと嫌味を言った。モーリスはキティの耳をぎゅっとつまんで、キスをした。キティはそれにうんざりし、「兄さんてほんとに非常識」と不機嫌に言った。モーリスは微笑んだ。

いとこたちとハイ・ティーをともにしたアルフリストン・ガーデンズと、ペンジのダラム邸とのちがいはあまりにも大きかった。地方貴族の家庭は、知的であってもどこか剣呑《けんのん》なところがある。モーリスはどの屋敷にも畏敬の念を持って近づいていた。クライヴが駅で迎えてくれ、小型四輪馬車《ブロアム》にも同乗したが、そこには同じ汽車で到着したシープシャンクス夫人もいた。シープシャンクス夫人はメイドを連れており、メイドは女主人とモーリスの荷物といっしょにうしろの二輪馬車でついてきた。モーリスは自分も使用人を連れてくるべきだったかと思った。番小屋の門は幼い少女が開けてくれた。シープシャンクス夫人は、膝を折ってお辞儀をすることを誰にでも求めた。門の少女にまでそうしろと夫人が言ったとき、クライヴがモーリスの足を踏んだが、偶然だったのだろうか。モーリスはどんなことにも確信が持てなかった。家に近づくと、夫人にドアを開けてやろうとして正面ではなく裏手にまわりかけた。シープシャンクス夫人は、「あら、でも裏のほうまで立派な家ということですわね」と言った。おまけに正面玄関には、執事がドアを開けようと控えていたのだ。

非常に苦いお茶が彼らを待っていた。ダラム夫人はよそ見をしながらそれを注いだ。まわりに立っている人々は、みな特別な威厳を示すか、特別な理由でそこにいるように見えた。おのおの何かしたり、他人に何かさせたりしている。クライヴの姉のピッパはモーリスに声をかけ、翌日の関税改正がらみの集会に連れ出すことにした。政治的な意見は一致したものの、モーリスは彼女がそれを歓迎して大声をあげたのには辟《へき》易《えき》した。「お母様、ミスター・ホールは健全よ」

モーリス同様、家に滞在するクライヴのいとこのウェスタン少佐が、彼にケンブリッジのことを何度も尋ねた。軍人は家に帰された人間のことが気になるのだろうか……だめだ。ここはこのまえのレストランよりひどい。少なくともあそこでは、クライヴも居心地の悪さを感じていた。

「ピッパ、ミスター・ホールは部屋がおわかりかしら？」

「青の間《ブルー・ルーム》よ、ママ」

「暖炉のない部屋だ」とクライヴが離れたところから割りこんだ。「案内してやってよ」クライヴは帰ろうとする数人の訪問者を見送っていた。

ピッパはモーリスを執事に引き渡した。彼らは裏の階段をのぼった。右手に主階段を見たモーリスは、軽んじられているのだろうかと思った。彼の部屋は小さく、家具も安物で、外の景色も見えなかった。荷解《ほど》きをしようとひざまずくと、サニントンの寮生活の記憶が甦り、ペンジにいるあいだに、持ってきた服を全部着ようと心に決めた。垢抜けないやつだと見られたくない。誰よりもしゃれていると思われたい。だが、決意するが早いか、クライヴが陽光を背に部屋に飛びこんできた。

「モーリス、キスしよう」クライヴは言って、そうした。

「いったいどこから——あの向こうはなんだい？」

「ぼくらの書斎だ——」クライヴは笑っていた。その表情は荒々しく輝いていた。

「そうか、だから——」

「モーリス！　モーリス！　本当に来てくれたんだな。ここまで。この部屋は二度と同じ場所でなくなる。ついにぼくもこの部屋が好きになる」

「ぼくも来られてうれしかった」モーリスは声を詰まらせて言った。突如喜びが湧き上がって、頭がくらくらした。

「荷解きを続けてくれ。わざとここにしたんだ。ふたりだけで階段を使えるように。コレッジらしくなるように精いっぱい考えた」

「コレッジよりいい」

「本当にそうなると思う」

廊下側のドアを叩く音がした。モーリスははっとしたが、クライヴは彼の肩に馬乗りになっていながら気にもせず、「どうぞ」と言った。メイドが湯を持って入ってきた。

「食事のとき以外、家のほかの場所に行く必要はない」クライヴは続けた。「ふたりでここにいるか、家の外にいるかだ。愉しいだろう？　ピアノもあるぞ」クライヴはモーリスを書斎に連れていった。「この景色、見てくれ。ここの窓からウサギも撃てる。それから、夕食のときに母さんかピッパが明日あれこれしてくれと言うかもしれないけど、心配なく。気が向いたらイエスと言えばいい。どうせぼくと馬に乗るんだ。彼らもわかってる。ただの儀式なのさ。それと日曜は教会に行かなくても、あとでみんな、きみがいたふりをする」

「けど、ちゃんとした乗馬ズボンがないよ」

「そうなると、つき合えないな」クライヴは言って、モーリスの肩から飛びおりた。

客間に戻ったモーリスは、誰よりもこの家にいるにふさわしいと感じた。シープシャンクス夫人のところに歩いていき、夫人が口を開く間もなくしゃべりはじめて、明るい話題を提供した。食事に向かう珍妙な八人組にも加わった——クライヴ、シープシャンクス夫人、ウェスタン少佐ともうひとりの女、もうひとりの男とピッパ、モーリス自身と、招待主のダラム夫人だ。ダラム夫人はパーティの規模が小さくて申しわけないと言った。

「そんなことはまったくありません」モーリスは言い、クライヴから不満の一瞥《いちべつ》を送られた。どうも返答をまちがえたようだ。ダラム夫人はそこからモーリスの品定めをしはじめたが、モーリスは夫人にどう思われようが一向にかまわなかった。夫人は息子と顔立ちが似ていて、同じくらい有能そうだが、息子ほどの誠実さは感じられない。クライヴが彼女を疎んじるようになった理由がわかった。

夕食のあと、男たちは煙草を吸ってから女たちに加わった。郊外の夜に似ていたが、ちがうところもあった。彼らには何かを解決する雰囲気がある。イギリスという国をまとめたか、これからまとめ直すような。しかし、来る途中でモーリスが気づいたように門柱も道も手入れ不足で、樹木の状態も悪く、窓はがたつき、床板は軋《きし》んだ。ペンジはことごとくモーリスの期待を下まわっていた。

女たちが引きあげると、クライヴが言った。「モーリス、きみも眠そうだな」モーリスは言外の意味を察し、五分後にふたりは書斎で再会した。これでひと晩じゅう話ができる。ふたりともパイプに火をつけた。完全に静かなところでいっしょにすごすのは、彼らにとって初めての経験だった。心に響くことばが交わされるのはわかっていたが、どちらもまだ切り出したくなかった。

「こっちの近況を教えようか」クライヴが言った。「家に着くなり母と口論になった。ぼくが四年に上がると言ったからだ」

モーリスは、えっと叫んだ。

「どうした？」

「ぼくは追い出されたから」

「だが、十月には戻ってくるだろう」

「いや、戻らない。コーンウォリスは謝れと言ったけど、謝るもんか――きみは進学しないと思ってたから、どうでもよかった」

「ぼくが上がると決めたのは、きみも上がると思ったからだ。まるで『まちがいの喜劇』[37]だな」

モーリスはクライヴを恨めしそうに見つめた。

「まちがいの喜劇だ。悲劇じゃない。いまからでも謝ればいい」とクライヴ。

「もう手遅れさ」

クライヴは笑った。「なぜ手遅れなんだ？　かえって簡単じゃないか。きみは違反をした学期が終わるまで謝りたくなかった。〝親愛なるコーンウォリス様、その学期が終わったので、意を決して手紙を書くことにしました〟。明日ぼくが下書きをしてやるよ」

モーリスは考えた末に、大声で言った。「クライヴ、きみは悪魔だ」

「少々無法者《アウトロー》であることは認めるよ。けど、みなそれで満足する。口にするのも憚《はばか》られるギリシャ人の悪徳なんて言ってるかぎり、フェアプレーは期待するなってことさ。夕食のまえにここにきてきみにキスしただろう。母にはざまあみろだ。本当のことを知ったら断じて赦《ゆる》さないだろう。あの人は理解しようとしないし、したいとも思っていない。ピッパが婚約者に感じてるのと同じことを、ぼくがきみに感じてるなんてね。

ただ、こっちのほうがずっと気高くて深いけど。もちろん中世的な難行苦行とかじゃなく、体と魂の特別な調和のことを言っている。女性にはおそらく想像もつかないだろうが、きみは知っている」

「そうだな。謝るよ」

そのあと長く話題がそれた。ふたりはいまどうなっているのかわからないオートバイのことを話した。クライヴがコーヒーを淹れた。

「ところで、どうして討論会の集まりのあと、寝ているぼくを起こそうと思った？　説明してくれないか」

「何か言うべきことをずっと考えたんだけど、思いつかなくて、しまいには考えることもできなくなって、それで思わず」

「きみのやりそうなことだ」

「からかうのか？」モーリスはおずおずと訊いた。

37　シェイクスピアの初期の喜劇で、生き別れた双子の兄弟と、彼らに仕える双子の召使いが引き起こす騒動を描く。

「まさか！」沈黙がおりた。「じゃあ、ぼくが初めて打ち明けた夜のことを聞かせてくれ。どうしてきみは、ぼくたちふたりをあんなに不幸にした？」

「わからない、本当に。ぼくは何も説明できない。なんできみはあの忌々しいプラトンなんかでぼくを混乱させた？　あのころ、ぼくの頭はごちゃごちゃだった。わからないことがたくさんあったけど、いまはわかる」

「だが、きみはそのまえから何カ月もぼくの心を捕らえて離さなかったじゃないか。実際、リズリーの部屋で最初に会ったときから」

「訊かないでくれ」

「まあとにかく、奇妙な話だ」

「たしかに」

クライヴはうれしそうに笑い、椅子の上で体を動かした。「モーリス、考えれば考えるほど、きみこそが悪魔だと思えてきた」

「へえ、そうかな」

「もしきみが気を遣って、ぼくを放っておいたら、ぼくは人生を半分眠ってすごしていたにちがいない。知的には目覚めていたし、ある意味で感情的にも目覚めていたけれど、ここは――」と自分の心臓をパイプの柄で指した。ふたりは微笑んだ。「たぶん、ぼくたちは互いに相手を目覚めさせたんだな。ぼくはそう考えたい」

「いつからぼくのことが気になりはじめた?」

「訊かないでくれ」今度はクライヴが言った。

「いや、まじめに――つまり――最初にぼくのどこが好きになった?」

「本当に知りたいのか?」そう訊くクライヴは、モーリスの大好きな雰囲気になっていた。茶目っ気のあるところと情熱的なところが半分ずつ表れた、この上なく愛情あふれる雰囲気に。

「知りたい」

「なら、きみの美しさだ」

「ぼくの、なんだって?」

「美しさ……昔は、本棚の上のあの男がいちばん好きだった」

「絵よりはましだと思うけど」モーリスはミケランジェロの絵をちらっと見て言った。

「クライヴ、おかしな男だな。きみが言ったからこっちも言うけど、ぼくもきみを美しいと思う。これまで見たもののなかで唯一美しい。ぼくはきみの声が好きだ。きみに関するものすべて、着ている服とか坐《すわ》っている部屋に至るまで好きだ。ぼくはきみを崇拝してる」

クライヴは真っ赤になった。「それはいいから、別の話をしよう」とすっかりまじめになって言った。

「困らせるつもりはなかったんだ――」

「こういうことは一度口にしておかなきゃならない。でないと、それぞれの心のなかにあることがわからないからね。ぼくは想像していなかった、少なくともこれほどとは。よくわかったよ、モーリス」話題は変わらなかったが、クライヴが最近興味を持った別のことに発展した――審美的判断に欲望が及ぼす影響についてだ。

「たとえば、あの絵を見てごらん。ぼくがあの絵を愛しているのは、画家自身と同じように、描かれるテーマも愛しているからだ。ぼくはふつうの男の眼でそれを判断していない。美に至る道はふたつあるらしい。ひとつは共通の道。世界じゅうの人がそこを通ってミケランジェロに到達する。だけど、もうひとつはぼくと、あと少数の人だけの道。ぼくたちは両方の道でミケランジェロにたどり着く。一方、ジャン＝バティスト・グルーズ[38]の場合――あの画家のテーマは大嫌いだ。だからぼくはひとつの道でしかグルーズにたどり着けない。世界のほかの人たちにはふたつの道がある」モーリスは口を挟まなかった。彼には意味不明だが、ずっと聞いていたいことばだった。

「かぎられた人のための道というのは、おそらくまちがっている」とクライヴは結論した。「だけど、人物像が描かれるかぎり、その道を進む者はいる。風景だけが安全な素材だな――あるいは、幾何学的、周期的で、完全に人間とは無関係のもの。イスラム教徒や古《いにしえ》のモーセが考えていたのは、そういうことかもしれない――というのは、いま思いついたことだけどね。人物像を持ちこんだとたんに、嫌悪か欲望のどちらかを引き起こしてしまう。ほとんど感じられないほどわずかなときもあるけれど、たしかにどちらかはある。〝汝自己《おのれ》のために何の偶像をも彫《きざ》むべからず〟[39]――自分以外のすべての人のためにもなる偶像は作れないからだ。モーリス、ぼくたちは歴史を書き換えるべきじゃないか？ 〝十戒の美的哲学〟だ。歴史のなかで神がきみやぼく

38 一七二五―一八〇五年。フランスの風俗画家。『少女と鳩』などの少女を描いた作品が有名。
39 旧約聖書、申命記第五章第八節。モーセに下された十戒のひとつ。

を滅ぼしていないのは驚くべきことだとずっと思っていた。昔は正義のためにそうしていると考えていたけれど、もしかすると、神はたんに見落としているんじゃないか。いずれにせよ、理論は組み立てられそうだ。卒論のテーマにしてもいいかな?」

「話についていけない、わかってるだろうけど」モーリスは少し恥ずかしそうに言った。

ふたりの愛の語らいは、新しい言語の言い知れぬ力を得ていつまでも続いた。どんな伝統も若者たちを怖《おそ》れさせない。どんな因習も、何が詩的で何が馬鹿げているかを決めたりしない。ふたりは、それまでほとんどのイギリス人が認めておらず、したがって際限なく生まれ育った情熱に動かされていた。ついにそれぞれの心に、たとえようもない美が生じた。忘れがたい永遠の美、とはいえ、まったく飾り気のないことばと素朴な感情から生まれた美だった。

「キスしてくれないか」軒先のスズメたちが目覚め、遠い森のハトたちが鳴きはじめるころ、モーリスが言った。

クライヴが首を振り、ふたりは微笑みながら別れた——ほんのいっときであれ、人生の完璧な姿に到達して。

17

モーリスがダラムの家族から多少なりとも敬意を払われるというのは妙な話だが、実際に、彼は嫌われなかった。家族が嫌うのは、自分たちをくわしく知ろうとする人々だけだった。そこは徹底したもので、誰かが田舎の社交界に入りたがっているという噂が立つだけで、その人物を排除する理由になる。意味もない人の交流やものものしい行事が多い地方の上流階級には、「ミスター・ホール」のように、自分の運命を愛してもいなければ怖れてもおらず、求められればため息ひとつつかずに出ていく少数の人しか受け入れられないのだ。ダラム一家はモーリスを家族の一員のように遇することで、恩恵をほどこしていると感じながら、それをモーリスが当然のごとく受け止めるのを喜んでいた。不思議にも彼らの頭のなかでは、感謝するのは育ちが悪い人間ということになっていた。

食べ物と友人だけを求めてきたモーリスは、自分が成功を収めたとは思っていなかったので、訪問が終わりに近づくころ、ダラム夫人から話がしたいと言われたのには驚いた。夫人はすでにモーリスの家族について質問し、もはや隠しごとがないところまで聞き出していたが、今回は慇懃《いんぎん》だった。クライヴについて意見をうかがいたいというのだ。

「ミスター・ホール、助けていただきたいんです。クライヴはあなたのことを信頼していますから。クライヴがケンブリッジの四年に進むのは賢明だと思われます？」

モーリスは、午後どの馬に乗るかについて考えたかった。だからあまり真剣に聞いていなかったのだが、かえってそれで思慮深く見えた。

「優等学位試験《トライポス》の成績もよくなかったのに……賢明でしょうか？」

「彼は本気です」モーリスは言った。

ダラム夫人はうなずいた。「まさにそこなのです。ええ、クライヴは本気です。なんでも自分で決める子ですから。ここの土地はクライヴのものです。本人から聞きまして？」

「いいえ」

「まあ。ペンジはすべてクライヴが所有しています。夫の遺言でした。ですから、わたしも寡婦の住まいに引っ越さなければなりません、あの子が結婚したらすぐに――」

モーリスは虚を衝かれた。ダラム夫人は、彼が顔を赤らめているのに気づいた。やっぱり女がいるんだわ、と思ったが、そこにはしばらく触れないことにして、話をケンブリッジに戻した。大学四年目が〝田舎者《ヨーケル》〟にとって——夫人はそのことばを嬉々として口にした——どれほど無益か、クライヴが田舎に落ち着くほうがどれだけ望ましいかと意見を述べた。狩猟場があり、小作人がいて、最後に政治がある。「あの子の父親はこの地域の代議員でしたのよ、とっくにご承知だと思いますけど」

「いいえ」

「クライヴはあなたに何を話しているの？」夫人は笑った。「とにかく、主人は七年間、代議員を務めました。いまの政権は自由党ですが、続かないのはわかっています。わたしたちの古いお友だちは皆さん、クライヴに期待してるんです。でも、あの子は地元に戻って、ここになじまなければなりません。だから、その——どう呼ぶのか忘れましたけど——追加で勉強することに、いったいどんな意味があるんですの？　その一年を旅行に費やすほうがましです。アメリカにも行かなきゃならないし、できれば、植民地にも。いまは必須ですからね」

「ケンブリッジを卒業したあと旅行すると言っていますよ。ぼくもいっしょに行ってほしいと」

「行かれるんでしょうね。でも、ギリシャはやめてくださいね、ミスター・ホール。物見遊山で終わってしまうから。どうかイタリアとギリシャには行かないように、あの子を説得して」

「ぼく自身はアメリカのほうが好きです」

「当然です──もののわかった人はみんなそう。ですが、クライヴはあのとおり学生で、夢想家で、ピッパが言うには、詩も書いているらしくて。あなたは見たことがあります？」

モーリスは自分に捧げられた詩なら見たことがあった。日ごとに人生が驚きに満ちてきたと思ったが、何も言わなかった。自分は八カ月前にリズリーに当惑させられたのと同じ人間だろうか。何がこの視界を広げたのだろう。さまざまな人の集団が、彼のまえで次々と生気を得ていた。生気にあふれているものの、少し愚かだった。みなモーリスを完全に誤解している。人はいちばん頭が冴えていると思っているときにこそ、弱さをさらけ出す。モーリスは微笑まずにはいられなかった。

「あなたにはもちろん……」ダラム夫人はそこまで言って突然、「ミスター・ホール、どなたかいいかたがいらっしゃるの？　ニューナム・コレッジ[40]のかたとか？　ピッパは、ぜったいいるわと言ってますけど」

「だとすれば、ピッパはぼくに訊くべきでしたね」モーリスは答えた。

ダラム夫人は感心した。モーリスは無作法に無作法で答えたのだ。まだ若いのにそんな芸当を身につけているとは。言い負かしたことにも無関心のようで、芝生の上をお茶のテーブルに近づいてくるほかの客に微笑んでいる。夫人は対等と認めた相手向けに取ってある口調で言った。「アメリカがいいと言ってやってくださいな。クライヴは現実を見る必要があるのです。わたしは去年、それに気づきました」

モーリスはクライヴとふたりきりで馬に乗って林の空き地に出かけたときに、忠実に夫人のことばを伝えた。

「きみも堕落するだろうと思ってたよ」というのがクライヴの返答だった。「彼らみたいにね。彼らはジョーイのようなやつを見ようともしない」家族への反発を体全体で表していた。世界をまったく知らずに世間知のようなことばかり言うのが腹立たし

40　ケンブリッジ大学の女子学生専用コレッジ。一八七一年設立。

いのだ。「子供なんて鬱陶《うっとう》しいに決まってる」と駈歩《キャンター》のあいだに言った。

「子供？」

「ぼくの子供さ！　ペンジの跡継ぎが必要だろう。母はそれを結婚と呼ぶが、もうそのことしか考えてない」

モーリスは無言だった。自分かこの友がいまの人生を手放すことなど、それまで思ってもみなかった。

「ぼくはいつまでも心配の種なのさ。いまもそうだが、かならず年頃の娘がわが家に滞在してる」

「たんにこのまま歳をとっていけば――」

「なんだって？」

「いや、なんでもない」モーリスは言い、馬の手綱を引いた。魂に途方もない悲しみがこみ上げていた。そんな苛立ちとは無縁だと思っていた。自分と愛する相手はやがて完全に消えてしまう――天上にも地上にも存在しなくなるのだ。彼らは因習に打ち勝ったが、造物主はまだ眼のまえにいて、平板な声で告げていた。「おまえたちがそうなっているのはわかった。私はどんなわが子も責めない。だが、おまえたちはみな子孫のいない道を進まなければならない」

自分に子供はできないという考えがモーリスにのしかかり、突然恥じ入らせた。彼の母親もダラム夫人も、知能や真心には欠けるかもしれないが、眼に見える仕事をしていた。息子たちが踏み消すことになる松明《たいまつ》を手渡したのだ。

クライヴを困らせるつもりはなかったが、シダの地面にふたりで横たわったとたん、ついそんなことを言ってしまった。クライヴは賛成しなかった。「なぜ子供なんだ？」と訊いた。「なぜいつも子供が出てくる？　愛は始まったところで終わるのがいちばん美しいじゃないか。造物主だってそれはわかってる」

「ああ、でも、もしみんなが――」

クライヴは話をふたりのことに引き戻し、一時間もしないうちに、永遠について何かつぶやいていた。モーリスには理解できなかったが、その声は心地よかった。

18

続く二年間、モーリスとクライヴは、そういう星のもとに生まれた者が想像しうるかぎりの幸せを味わった。ふたりとも生来愛情に満ち、まっすぐな気質で、そしてこれはクライヴのおかげなのだが、きわめて分別があった。恍惚感は長続きしないが、長く続く何かの通り道を切り開くことができる。クライヴはそれを知っていて、永遠につながる関係を築いていった。愛を生み出したのがモーリスなら、維持したのはクライヴで、その愛の川から庭に水やりをした。それを一滴でも苦悩や感傷のために無駄遣いすることには耐えられず、時がたつにつれ、ふたりは愛の告白はおろか（「もうあらゆることを話してしまったな」）、互いを愛撫することも控えるようになった。ふたりの幸せは、いっしょにいることだった。ほかの人たちといるときには、ふたりで穏やかな雰囲気を作り、社交の場に溶けこむことができた。

　クライヴはギリシャ語がわかるようになってからというもの、この方向に自己を広げてきた。ソクラテスがパイドンに抱いた愛情[41]がいまや手の届くところにあった。それは、より細やかな気性の持ち主だけが理解できるような、熱く燃えていても節度のある愛情だった。クライヴはモーリスのなかに、あまり洗練されてはいないが魅力的な積極性を見出していた。彼は愛する相手の先に立って、細く美しい小径《こみち》をのぼり、両側の深淵よりはるか高いところへ導いた。その径は最後には闇にまで続いている。

その闇ほど怖いものはないが、それがおりてくるころには、ふたりはどんな聖人や官能主義者より完全な人生を送り、世界からありったけの高貴と甘美を引き出しているはずだ。クライヴはモーリスを教育した。というより、彼の精神がモーリスの精神を教育した。ふたりは平等になっていた。どちらも自分は導かれているのか、導いているのかと考えることはなかった。愛はふたつの不完全な魂が完全に触れ合えるように、些事へのこだわりからクライヴを引き上げ、当惑からモーリスを引き上げた。

こうしてふたりは外見上、ほかの男たちと同じように前進した。社会は、彼らに似た無数の人々を受け入れるように、彼らも受け入れた。社会のうしろで法がまどろんでいた。クライヴとモーリスはケンブリッジでともに最後の年をすごし、イタリアに旅行した。やがて社会という獄舎の門が閉ざされたが、両人を隔てたわけではなかった。クライヴは法曹をめざして学び、モーリスは会社で働く準備をした。ふたりはまだいっしょだった。

41 プラトンの中期の代表作『パイドン』より。ソクラテスの弟子パイドンが、師の最期の様子を語る内容。

19

そのころには両家は昵懇《じっこん》になっていた。「仲よくはなれないよ」というのが、ふたりの一致した意見だった。「それぞれ別の社会にいるんだから」しかし、おそらく両家ともつむじ曲がりだったせいだろう、双方仲よくなり、クライヴとモーリスは二家族がいっしょにいるのを見てはおもしろがった。ふたりとも、とくにクライヴは、女嫌いだった。どちらもその気性ゆえに、己の義務を果たそうという方向に想像力を働かせることはなく、愛し合っているあいだ、女性は馬か猫ほど遠い存在になっていた。それらの生き物はみな愚かに見えた。キティがピッパの赤ちゃんを抱かせてと頼んだときや、ダラム夫人とホール夫人が連れ立って王立芸術院に出かけたときには、社会的というより気質的にありえない組み合わせのように思え、的はずれな説明を試みた。じつは、不可解なことなど何もなかったのだ。彼ら自身が原因だった。クライヴとモーリスの互いに対する情熱が、どちらの家族にとっても最強の力になっていて、見えない流れが船を引き寄せるように、すべてを引っ張っていた。ホール夫人とダラム夫人がつき合っているのは、息子たちが友だちだから。「それでいまは」とホール夫人は言った。「わたしたちも友だちなの」

モーリスは夫人たちの〝友情〟が始まった日に居合わせた。彼らはピッパのロンドンの家で会った。ピッパはロンドンという名の人物と結婚していて、キティはその偶然の符合に大喜びし、お茶の時間に思い出して笑わないようにしなきゃと言っていた。愚かすぎて最初の訪問には向かない上の妹エイダは、モーリスに言われて家に残り、そのせいか、訪問では何も起きなかった。

その後、ピッパと母親が、今度はわたしたちのほうからと車で訪ねてきた。モーリスは外出していたが、やはり何も起きなかった。ピッパがエイダのまえでキティの頭のよさを褒め、キティのまえでエイダの美しさを褒めて姉妹を怒らせ、ホール夫人がダラム夫人に、ペンジには暖房を設置しないほうがいいと助言したくらいだった。両家はそのあとも会い、モーリスが見るかぎり、変わったことはなし、なし、なしの連続だった。

ダラム夫人にはもちろん動機があった。クライヴの花嫁探しをしていて、ホール家の姉妹を候補者リストに加えたのだ。夫人は少々毛色のちがう者同士が結婚すべきだという理論の持ち主で、その点、エイダは郊外族ではあるが健康だった。頭が足りないのはまちがいないけれど、ダラム夫人は、理屈はどうあれ実際に寡婦の住まいに引きこもる気は毛頭なく、クライヴに言うことを聞かせるには妻を通すのがいちばんだと信じていた。キティは条件が悪かった。エイダより愚かでも美しくもなく、裕福でもない。エイダは祖父であるグレイス氏の遺産をすべて受け取ることになっていて——かなりの額だ——つねに上機嫌なのも祖父譲りだった。ダラム夫人はグレイス老人にも一度会ったことがあり、そこそこ好感を抱いていた。

もしホール家も同じ心づもりでいるとダラム夫人が思ったら、この件はあきらめていただろう。モーリスのときと同じく、ダラム夫人はホール家の人々が無関心だからこそ惹《ひ》かれたのだ。ホール夫人は何かを企てるには怠慢すぎ、娘たちは無垢にすぎた。ダラム夫人はエイダを望ましい候補者と見なしてペンジに招待した。たったひとり、心に近代の息吹のかかったピッパだけが、弟の冷たい態度をおかしいと感じだした。「クライヴ、あなた結婚するつもりなの?」といきなり訊いてみたが、彼の返事は、「ないよ。母さんにもそう伝えて」だったので、疑いが晴れた。いかにもこれから結婚する男が返しそうな答えだったからだ。

モーリスを悩ます者はいなかった。実家での権力は揺るぎなく、母親もかつて夫のために取ってあった口調で彼に話しかけるようになっていた。モーリスはもはや家を継ぐ息子というだけでなく、期待を超えた重要人物だった。使用人をきちんと管理し、自動車の扱いも心得、何に賛成して何に反対するかを決め、妹たちの一部のつき合いを禁じたりもした。二十三歳になるころには、将来を嘱望される郊外族の専制君主となり、その支配力は、公正で穏当であるだけにいっそう強かった。キティは抗議したものの、うしろ盾もなければ経験も不足していたので、最後には謝り、キスを受けるしかなかった。しょせんこの人当たりがよく、多少の悪意を持った若者に太刀打ちできるはずもない。キティは兄のケンブリッジでの奇行で得られたみずからの優位を保つことができなかった。

モーリスの日課は定まった。たっぷり朝食をとって、八時三十六分の汽車でロンドンに向かい、車内でデイリー・テレグラフ紙を読む。一時まで働き、軽く昼食をすませて、午後また働く。家に帰ると少し運動し、夕食はたくさん食べて、夜は夕刊を読むか、頭ごなしに命令するか、ビリヤードかブリッジをする。

しかし、毎週水曜は、クライヴがロンドンに借りている小さなフラットに泊まった。

週末も不可侵だった。家ではこう言われていた。「水曜と週末はモーリスの好きにさせること。さもないと、彼はものすごく不機嫌になる」

20

クライヴは司法試験に見事合格したが、法曹界に入るまえにインフルエンザに罹って熱が出た。回復期にモーリスが見舞いにいって病気をうつされ、これも寝込んだ。そんなわけで、ふたりは数週間、ほとんど顔を合わさなかった。次に会ったときには、クライヴはまだ顔色が悪く、不安げだった。彼はホール家を訪ねてきた。ピッパの家より居心地がよかったからだ。美味しい食べ物と静かな環境で体力を取り戻そうとしたが、わずかしか食べず、口を開けば、この世のすべてが無駄だという話題ばかりだった。

「法廷弁護士になったのは、政治の世界に入るかもしれないからです」クライヴはエイダの質問に答えて言った。「でも、なぜぼくが政治家にならなきゃいけない？　誰がぼくを望むんです？」

「あなたのお母様によれば、地元の人たちが望むって」

「地元の人たちが誰かを望むとしたら、それは急進派でしょう。でもぼくは母より大勢の人と話している。彼らは、ぼくたちみたいに車を乗りまわしてすることを探しているような有閑階級にうんざりしています。大きな家同士のもったいぶったやりとりにね。鬱陶しいゲーム。イギリスの外でプレーされることのないゲームです（モーリス、ぼくはギリシャに行くよ）。誰もぼくたちなんか望んでいない。望むのは心地よい家庭だけだ」

「でも、人々に心地よい家庭を与えることこそ、まさに政治家の仕事じゃない」キティが甲高い声で言い返した。

「実際にそうですか、それとも、そうあるべきということかな」

「まあ、どっちでも同じことよ」

「実際にそうか、そうあるべきかというのは同じじゃありませんよ」ちがいのわかる母親が誇らしげに言った。「ミスター・ダラムの話をさえぎっちゃいけません。なのにあなたたちは――」

「――実際にそう」エイダが割りこんで、家族が笑い、クライヴはびくっとした。

「そうあることと、そうあるべきこと」ホール夫人は結論した。「ぜんぜんちがいますよ」

「つねにちがうとはかぎりません」クライヴが反論した。

「そう、かぎりません、憶《おぼ》えておいて、キティ」夫人は説き諭すような口調でくり返した。ふだんのクライヴなら気にしなかっただろう。キティは母親の最初の決めつけに大声で抗議した。エイダは意味もないことをだらだらとしゃべり、モーリスは無言で、穏やかに食べつづけていた。食事中のこういう会話に慣れすぎて、それが友人を困らせているのに気づかなかったのだ。出てくる料理のあいだに、モーリスはひとつ話をした。みな黙って聞いた。彼はゆっくりと、愚か者のように話した。ことばも選ばず、話を興味深いものにしようとも思わずに。突然クライヴが口を開き、「気を失いそうだ」と言うなり椅子から崩れ落ちた。

「枕を取ってきて、キティ。エイダ、オーデコロンを」兄が言って、クライヴの襟をゆるめた。「母さん、風を送って。そうじゃなくて、風を……」

「馬鹿げてる」クライヴがつぶやいた。

話す彼にモーリスはキスをした。

「ぼくは大丈夫だ」

娘たちと使用人ひとりが駆けこんできた。

「歩ける」クライヴは言った。顔色が戻りはじめていた。

「無理よ」ホール夫人が叫んだ。「モーリスがお連れします――ミスター・ダラム、腕をモーリスの首にかけて」

「さあ行こう。医者を。誰か電話して」モーリスは友人を抱きかかえた。クライヴはすっかり弱気になって泣きはじめた。

「モーリス――こんな、情けない」

「情けなくていい」モーリスは言って、クライヴを二階に運び上げ、服を脱がせ、ベッドに寝かせた。ホール夫人がドアをノックした。モーリスは駆け寄って言った。

「母さん、ぼくがダラムにキスをしたことは、みんなに言わなくていいからね」

「ええ、もちろん」

「ダラムが嫌がる。びっくりして、考えるまえにああしてたんだ。わかるだろう、ぼくたちは親友同士で、ほとんど親戚みたいなものだ」

その説明で充分だった。夫人は息子と小さな秘密を共有するのが好きだった。自分が息子にとって大切な存在だったころを思い出す。エイダが湯たんぽを持ってきた。モーリスは受け取って、病人にあてがった。

「医者にこんな姿を見られるなんて」クライヴがすすり泣いた。

「そのほうがいい」

「なぜ?」

モーリスは煙草に火をつけ、ベッドの端に腰かけた。「きみのいちばんひどい状態を見てもらいたいから。なんでピッパはきみに遠出なんかさせたんだ」

「よくなったはずだった」

「調子のいいことを」

「入ってもいい?」エイダがドアの向こうから言った。

「いや、医者だけ入れてくれ」

「おいでになったわ」キティが遠くから叫んだ。到着したのは、彼らより少しだけ歳上の男だった。

「こんにちは、ジョウィット」モーリスは立ち上がって言った。「彼を治療してもらえますか。インフルエンザに罹って、もうよくなっているはずだったのに、気は遠くなるわ、泣きだしたら止まらないわで」

「よくある症状だ」ジョウィット氏は言い、クライヴの口に体温計を突っこんだ。

「仕事は忙しかった?」

「ええ。いまはギリシャに行きたがっています」

「行くといい。ちょっとはずしてもらえるかな。階下《した》で会おう」

クライヴは深刻な病気だと思いこんだモーリスは、指示にしたがった。十分ほどたつと、ジョウィットがおりてきて、たいしたことではない、ぶり返しがひどかっただけだとホール夫人に告げた。処方箋を書き、あとで看護婦に来てもらうと言った。モーリスは彼のあとから庭に出ると、医師の腕に手を置いて言った。「さあ、どのくらい重い病気なのか教えてください。ぶり返しじゃないんでしょう。もっと悪い。どうか本当のことを」

「彼は大丈夫だよ」医師は少々むっとして言った。真実を伝えることが自慢だったからだ。「わかっていると思ったがね。もうヒステリーは治まって、眠りかけている。たんに通常のぶり返しだよ。今回はまえより注意が必要だろうが、それだけだ」

「あなたの言う通常のぶり返しというのは、どのくらい続くんですか。また彼がこういう怖《おそ》ろしい苦痛を味わうことがあるのですか」

「少し気分が悪いだけだ——列車のなかで風邪を引いたと本人は思っている」

「ジョウィット、まだ話してないことがあるでしょう。大人の男は泣いたりしない、よほどおかしくならないかぎり」

「体が弱っているせいだ」

「まあ言い方はいろいろあるけど」モーリスは手を離した。「あまりお引き止めしてもいけない」

「かまわないよ、きみ。ここへはあらゆる質問に答えるために来たのだから」

「でも、心配のない症状なら、どうして看護婦を呼ぶんです」

「彼を愉しませるためさ。裕福な人だと聞いているし」

「ぼくたちでは愉しませることができない？」

「そうじゃなくて、うつる怖れがあるからね。誰も部屋に入ってはいけないとお母さんに言ったとき、きみもいただろう」

「あれは妹たちに言っているのかと」

「きみにもだ。むしろきみはもっと注意しないと。一度うつされてるからね」

「看護婦は要りません」

「ミセス・ホールがもう派遣先に電話したよ」

「どうして何もかもそんなに大急ぎでやるんです」モーリスの声が大きくなった。

「ぼくが彼の世話をします」

「次は乳母車で子守かね？」

「え？」

ジョウィットは笑いながら去っていった。

モーリスは有無を言わさぬ口調で、病人の部屋で寝ると母親に告げた。クライヴを起こしてはいけないから、ベッドは持ちこまない。床に寝て、足のせ台を枕代わりに使う。蠟燭《ろうそく》の光で本を読む、と。ほどなくクライヴが動き、弱々しい声で言った。

「ああ、ちくしょう、ああ、ちくしょう」

「何か必要かい？」モーリスは呼びかけた。

「腹が痛くてたまらない」

モーリスは彼をベッドから持ち上げ、寝室用便器に坐らせた。クライヴが用を足すと、また持ち上げてベッドに戻した。

「自分で歩ける。こんなことまでしてくれなくても」

「ぼくが同じようになったら、きみもしてくれるだろう」

モーリスは便器を廊下に出して運び、きれいにした。誇りを傷つけられて弱った姿のクライヴが、それまででいちばん愛《いと》おしかった。

「そんなことしちゃいけない」モーリスが戻ってくると、クライヴは言った。「汚すぎる」

「ぜんぜん」モーリスは横になりながら言った。「また寝るといい」

「看護婦が来ると先生が言ってたが」

「看護婦に何をしてもらうっていうんだ。ちょっと下痢気味なだけじゃないか。ひと晩じゅうだってかまわないさ。本当に、ぜんぜん苦じゃないんだ。きみに気を遣って言ってるんじゃない。本気だ」

「ぼくはそんな――きみは仕事もあるし――」

「いいか、クライヴ、きみはどっちがいいんだ。専門の看護婦か、ぼくか？　今晩、ひとり来ることになってるけど、帰ってもらうように言っておいた。会社は休んできみの世話をしたい。きみもそのほうがいいだろう」

クライヴは長いこと黙っていた。眠ったのかとモーリスが思ったころ、ようやくため息をついて言った。「看護婦のほうがいいと思う」

「そうか。ぼくよりもうまく世話するだろうね。たぶんそれが正しい判断だ」

クライヴは答えなかった。

エイダが階下の部屋で不寝《ねず》の番をすると申し出た。モーリスは打ち合わせたとおり、床を三度叩き、妹を待つあいだ、クライヴの汗まみれの顔をじっくり観察した。医師と話しても意味はなかった。友人は明らかに苦しんでいる。抱きしめたかったが、それがヒステリーを引き起こしたことを思い出した。それに、クライヴは自分を抑えている。ほとんど潔癖なまでに。エイダが来ないので階下におりてみると、妹は寝入っていた。大きな革張りの椅子に健康そうに横たわり、両側に腕を垂らし、両脚も伸ばしている。胸が上下して、たっぷりある黒髪がクッションのように顔を包み、開いた唇のあいだから歯と真っ赤な舌がのぞいていた。「起きろ」モーリスは苛立って大声で言った。

エイダが起きた。

「看護婦が来て玄関のドアが開いても、わからないじゃないか」

「気の毒なミスター・ダラムはどう？」

「とても具合が悪そうだ。危険なくらい」

「ああ、モーリス！　モーリス！」

「看護婦は帰さなきゃならない。階上《うえ》から呼んだのに、おまえは来なかった。もう寝ろよ。いたって役に立たないから」

「お母様がわたしに起きてろって。看護婦さんを男性が迎え入れるわけにはいかない、体裁が悪いからって」

「そんなくだらないこと、よく考えてる暇があるな」モーリスは言った。

「家の評判は守らなきゃならないわ」

モーリスは押し黙り、妹たちが嫌がる笑い声を発した。ふたりとも心の底ではモーリスを完全に嫌っているのだが、精神の混乱からそれを悟っていない。公然と認めているのは、彼の笑い声が嫌だということだけだった。

「看護婦って感心しない人たちだから。気立てのよくない人もいるし、気立てがよくても、家柄がね。だって立派な家柄だったら、外で働かないはずだもの」

「エイダ、おまえはもうどのくらい学校にいる？」兄はグラスに酒をつぎながら訊いた。

「学校に行っても家にいても、同じこと」

モーリスはグラスをトンと置き、エイダを残して階上に上がった。クライヴは眼を開けていたが、話はせず、モーリスが戻ってきたこともわかっていないようだった。看護婦が来ても、彼は目覚めなかった。

21

そこから数日で、訪問者の病状は重くないことが判明した。発作は激しかったが、そのまえの病気ほどではなく、クライヴは日ならずペンジに帰ることができた。見た目も気分もあまりよくなさそうだったが、インフルエンザのあとはそういうものであり、モーリスを除いて誰ひとり心配しなかった。

モーリスが病気や死について考えることはめったにないが、それを考えたときに抱く反感は強烈だった。自分や友人の生活が脅かされるのはとうてい許せず、若さと健康のすべてをかけてクライヴにつき添った。週末や連休になると、呼ばれてもいないのにペンジを訪ね、たびたびいっしょにすごした。教え諭すのではなく、みずから範を示すことでクライヴを元気づけようとした。クライヴはそれに応《こた》えなかった。ほかの人がいれば気力を取り戻すこともあるし、ダラム家と村人のあいだに生じた通行権の問題に興味を示す様子を見せたりもしたが、モーリスとふたりきりになるとまた暗い気分に沈み、黙っているか、明らかに精神的に疲れているのがわかる、まじめ半分ふざけ半分の話し方をした。クライヴはギリシャに行くことを決めた。しっかりしているのは、その決意だけだった。九月になるけれども、かならず行く。しかも彼ひとりで。「行くしかない」クライヴは言った。「自分に誓ったことだから。バルバロイ[42]はみな一度はアクロポリスと向き合わなきゃならない」

モーリスはギリシャには用がなかった。古典への興味はせいぜい淫らなものだけで、それもクライヴを愛したときに消えていた。ハルモディオスとアリストゲイトンの話[43]も、パイドロスや、テーバイの神聖隊[44]の話も、心が空っぽの人間には有益だが、本物の人生には代えられない。クライヴが折に触れてそれらの肩を持つのには困惑した。イタリアでは――料理とフレスコ画は別として、そこそこ気に入った――アドリア海を渡ってさらに聖なる地に上陸しようとクライヴに言われたが、断った。「荒れ果てた土地があるだけだろう」というのが彼の主張だった。「色もついてない石が積み上がってるだけで。どう考えたって、こっち――」とシエナ大聖堂のピッコロミニ図書館を指差して、「きみがどう言おうと、こっちのほうが使用に堪える」。クライヴはおもしろがって大理石の床の上で跳ねまわり、図書館の守衛も笑いだしただけで叱らなかった。

イタリアは、少なくとも観光目当てなら文句なしにすばらしいところだが、ここに至って、ふとしたことでギリシャがまた話題にのぼるようになっていた。モーリスは〝ギリシャ〟ということば自体が嫌いになり、奇妙にひねくれた発想で、それを病死と結びつけた。何かを計画する、テニスをする、くだらないことを話す、とにかく何をしたいときにも、ギリシャが割りこんだ。クライヴはモーリスが嫌がっているのを察すると、わざとギリシャの話を持ち出して、あまりやさしくない態度でから

42 古代ギリシャ人から見た他民族。
43 ともにアテネの貴族で、民主政の推進者。圧制者の暗殺を企てて、殺された。
44 古代ギリシャ、テーバイの精鋭歩兵部隊。百五十組三百人の男性の恋人同士によって編成されていたという。

かった。

実際、クライヴはやさしくなくなっていた。モーリスにとって、それがクライヴのあらゆる病状のなかでいちばん深刻だった。少し棘《とげ》のある物言いはするし、その並々ならぬ知識で傷つけようとする。しかし、クライヴは失敗した——彼の知識は不完全だったのだ。さもなくば、たくましい男の愛情に揺さぶりはかけられないことがわかったはずだ。モーリスがときに攻撃を受けつつ、かわしているように見えたとしたら、それはせめて人として何か反応しなければと思うからだった。もう片方の頬を差し出すキリストには、つねづね賛成しかねた。モーリスは、心のなかでは微塵も動揺していなかった。一体になりたいという願望が強いあまり、恨みなど湧いてこなかった。あえて陽気に、関係のない会話をしかけることもあった。クライヴの存在を忘れていないことを示すために、わざと食ってかかりながらも、光へと続くわが道を進んで、愛する相手がついてきてくれることを願った。

ふたりの最後の会話は、そういう状況で交わされた。クライヴはギリシャに出発するまえの晩、ホール家の親切に対するお返しとして、サヴォイ・ホテルでの食事に家族全員を招待した。ホール一家はクライヴのほかの友人たちに挟まれて坐った。

「もしあなたがまた倒れたら、今度はちゃんと原因がわかりますよ」エイダがシャンパンにうなずきながら呼びかけた。

「あなたの健康に！」とクライヴが答えた。「そして女性の皆さんの健康に！ さあ、モーリスも！」クライヴは少々古風な乾杯になったのがうれしそうだった。一同が健康に乾杯し、モーリスだけが裏にひそむ苦々しさを感じ取った。

食事のあとで、クライヴはモーリスに言った。「今晩は家で寝るのか？」

「いや」

「ご家族を家まで送っていくのかと思った」

「この人はちがうんですよ、ミスター・ダラム」モーリスの母親が言った。「わたしが何をしようが、何を言おうが、水曜はかならず外泊するんです。モーリスは昔ながらの独身男で」

「ぼくのフラットはいま荷造りでごちゃごちゃだ」クライヴは言った。「朝の列車で発《た》って、そのままマルセイユに行く」

モーリスは気にせず、クライヴのフラットを訪ねた。ふたりは顔を見合わせてあくびをしながら、エレベーターがおりてくるのを待ち、上がったあと、歩いてもう一階のぼった。トリニティのリズリーの部屋への道を思い出させる通路を進むと、いちばん奥がクライヴのフラットだった。狭くて暗く、静かな部屋は、本人が言ったとおり散らかっていたが、かよいのお手伝いがいつものようにモーリスのベッドを整え、飲み物を準備していた。

「また飲むのか」クライヴが言った。

モーリスは酒が好きで、強かった。

「ぼくは寝るよ。きみは好きなだけやるといい」

「体に気をつけて。廃墟を見すぎないように。ちなみに――」モーリスは薬の小壜《こびん》を取り出した。「これを忘れてるだろう。クロロダインだ」[45]

「クロロダイン！　きみの餞別か！」

モーリスはうなずいた。

「ギリシャにクロロダイン……エイダがいつも言ってるけど、きみはぼくが死ぬと思ったそうだな。どうしてぼくの健康をそこまで心配する？　怖れることなんてない。死ほど清潔で明快な体験はないんだから」

「いつか自分が死ぬことはわかってるけど、死にたくはない。きみにも死んでほしくない。どちらかが死んだら、ふたりにとって何も残らない。きみはそれを清潔で明快だと言うのか」

「そうだ」

「だったらぼくは不潔でありたい」モーリスはしばらくして言った。

クライヴは身震いした。

「同意しないのか」

「きみはほかの連中と同じになりつつあるな」とクライヴ。「理屈をつけたがる。静かに前進できなくて、何かの公式で説明せずにはいられない。公式なんてみんな崩れ去るのに。〝何があっても汚れていたい〟というのがきみの公式だな。ぼくは、汚れすぎということがあると思う。それを黄泉《よみ》の国のレーテー川が――もしそういう川があるとすれば――流して忘れさせてくれるわけだ。だが、そんな川はないかもしれない。ギリシャ人が証拠抜きで受け入れたことは少ないが、それでもたぶん多すぎた。墓の向こうに忘却なんてないのかもしれない。このみじめな知識が続くのかもな。言

45 クロロホルムとアヘンチンキの合剤。家庭用の万能薬だった。

い換えれば、墓の向こうには地獄があるのかもしれない」

「くだらない」

クライヴは概して形而上学が好きだが、このときには愉しむ様子もなく続けた。

「すべてを忘れること――幸せすらもね。幸せなんて！　誰かが何かがそっと自分に触れている――それだけのことだ。ぼくたちが最初から恋人同士じゃなければよかったのに！　だってモーリス、もしそうなら、いまも静かに横になって眠ってるはずじゃないか。そして、かの荒墟《あれつか》を自己《おのれ》のために築きたりし世の君等臣等《きみたちおみたち》と偕《とも》にあり[46]――」

「いったいなんの話だよ」

「――また人しれず堕《お》りる胎児《はらご》のごとくにして、世に出でず、また光を見ざる赤子のごとくならん。[47]しかし、実際には――おい、そんなに怖い顔をするなよ」

「だったらふざけないでくれ」モーリスは言った。「きみの演説をまじめに考えたことなんて一度もない」

「ことばは思想を隠す。そういう理屈か？」

「くだらない雑音だ。きみの思想もぼくにとってはどうでもいい」

「ならきみは、ぼくの何が好きなんだ」

モーリスは微笑んだ。訊かれたとたんに幸せを感じ、あえて答えなかった。

「ぼくの美しさか？」クライヴは皮肉をこめて言った。「もはや色褪せた魅力だ。髪も抜けてきた。気づいたか？」

「三十までに卵みたいにつるつるになる」

「腐った卵だ。たぶんきみはぼくの精神が好きなんだろう。病気で体が弱っていたあいだも、そのあとも、ぼくはさぞ愉快な友人だったろうね」

モーリスはやさしい眼でクライヴを見た。知り合った最初のころのように、じっくりと相手を眺めた。ただあのころは、クライヴがどういう人間か知りたかったからだが、いまは彼のどこがおかしくなったのかを探ろうとしていた。やはり何かおかしい。病がまたすぐにぶり返しそうで、脳が悪影響を受け、暗くひねくれた考えを生み出している。モーリスは腹を立てなかった。医師が失敗したことを成功させたいと思って

46 旧約聖書、ヨブ記第三章第十四節。
47 ヨブ記第三章第十六節。

いた。自分の力はわかっている。それを愛というかたちで発揮して友を回復させるのだ。とはいえ、しばらくは観察していた。

「そう、ぼくの精神が好きなんだろうな——弱いところが。きみは昔から、ぼくのほうが劣ってることを知っていた。本当に思いやりがあるよ。ぼくに好きにやらせて、食事中に家族に接するときみたいに冷たい態度をとったりしない」

口論を吹っかけているようなものだった。

「ときどき犬にやるみたいに〝あとにつけ〟と命じるけどね」

クライヴはからかうふりをしてモーリスをつねった。モーリスはびくっとした。

「今度はどうした？　疲れたのか？」クライヴは言った。

「もう寝るよ」

「つまり、疲れてるんだな。どうしてぼくの質問に答えない？　〝ぼくに疲れたのか〟と訊いたわけじゃないぞ。訊いたほうがよかったのかもしれないけど」

「朝九時の列車に間に合うようにタクシーを予約したんだろう？」

「いや。切符も買ってない。ギリシャになんか行かないかもしれないよ。きっとイギリスと同じくらい耐えがたいところだ」

「そうか。じゃあ、おやすみ」モーリスは深い憂いの表情で寝室に入った。どうしてみんな、クライヴが旅行に出られるほど回復したと決めつけるのだろう。まだ健康でないことは本人も知っている。いつもあんなに几帳面なのに、こんな直前まで切符を買っていないとは。まだ行かない可能性もあるが、期待を口にすると裏目に出るだろう。モーリスは服を脱ぎ、窓ガラスに映った姿を見て、ありがたいことに自分は健康だと思った。よく鍛えられた丈夫な体と、もはや不釣り合いではない顔が映っていた。男らしい力強さが体と顔を調和させ、黒い毛が両方に影を添えている。パジャマを着て、ベッドに飛びこんだ。心配ではあったが、この上なく幸せだった。自分はふたりのために生きられるほどたくましい。これまではクライヴが助けてくれた。振り子が揺れれば、また助けてくれるだろうが、それまでは自分がクライヴを助けなければならない。生涯そうして順番に助け合うのだ。眠りに入りながら、モーリスはいまよりもっと進化した愛を見た。それは究極の愛からそう遠くなかった。

ふたりの部屋を隔てる壁が叩かれた。

「どうした?」モーリスは呼びかけた。クライヴがドアのところまで来た。「入ってこいよ」

「きみのベッドに入っても?」

「いいよ」モーリスは言って、ベッドの場所を空けた。

「どうにも寒くてみじめな気分なんだ。眠れない。なぜかわからないけど」

モーリスは誤解しなかった。クライヴの意図を察して、そのとおりにした。ふたりは互いに触れ合わずに並んで横たわった。クライヴが、「ここでもよくならない。戻るよ」と言った。

モーリスは残念に思わなかった。彼もまた眠れなかったからだ——理由はちがうにしても。心臓の鼓動が激しいのをクライヴに聞かれて、なぜだろうと推測されるのが怖かったのだ。

22

クライヴは、アテネのディオニュソス野外劇場に坐った。何世紀ものあいだそうだったように、舞台は空っぽで、観客席も空だった。陽はすでに沈んだが、背後のアクロポリスはまだ熱を放っていた。クライヴは海まで下っていく荒れ地を見やった。

サラミナ島、エギナ島、そして山々。すべてがスミレ色の夕暮れに溶けこんでいる。ここに彼の神々が住んでいた。まずは知恵と芸術の女神パラス・アテーナー。その気になれば、女神の神殿が手つかずで残っていて、その像が夕陽の最後の光を受けていると想像することもできた。アテーナーは母がなく処女だったが、すべての人間を理解していた。クライヴは何年もまえから、この女神に感謝するようになっていた。彼を苦境から救い出してくれたからだ。

しかし見えるのは、消えかけた残照と死んだ土地だけだった。祈りは唱えなかった。神は信じておらず、過去は現在と同じように無意味な、臆病者の避難所だとわかっていた。

そう言えば、彼はついにモーリスに手紙を書いた。その手紙はいま海に向かっている。ひとつの不毛がもうひとつの不毛と出会うところで船に乗り、スニオン岬とキティラ島をすぎて、上陸し、また船に乗り、また上陸する。おそらくモーリスは仕事に出かけるときに受け取るだろう。〝意に反して、ぼくはふつうになった。こればかりはどうしようもない〟と書かれている。

クライヴは疲れた様子で劇場の観客席から舞台へおりていった。そもそも、どうにかできることなどあるのだろうか。性にかぎらず、あらゆることについて、人類はやみくもに動き、泥のなかからたまたま進化して、その結果の連鎖が終わると、また泥に還ってきた。〝この世に生を享《う》けないのが何より善きこと〟——二千年前、まさにこの舞台で役者がそう嘆いた[48]。たいていのことと比べても謙虚なその台詞ですら、やはり謙虚ではなかった。

23

親愛なるクライヴ

この手紙を受け取ったら、どうかすぐに戻ってきてほしい。船の乗り継ぎを調べたところ、すぐにそこを出発すれば、来週の火曜にはイギリスに着く。もらった手紙を読んで、本当にきみのことが心配になった。どれほど具合が悪いかわかった。きみからの便りを二週間待ちつづけて、ようやく届いたのが、たったの二文だ。同性の人間はもう誰も愛せないという意味だろうね。きみが戻ってきたらすぐに、事実かどうか確かめよう！

昨日、きみの姉上ピッパの家を訪ねた。訴訟のことで手一杯らしい。彼女は母上があの道を通行止めにしたのはまちがいだったと考えている。母上は村の人たちに、含むところがあってそうしたのではないと説明したようだけどね。きみから連絡が入っていないかとピッパを訪ねたのだが、ピッパも何も知らなかった。きみはおもしろがるだろうけど、ぼくは最近、クラシック音楽を学んでいる。ゴルフもだ。ヒル・アンド・ホール社で、期待どおりうまくやっているよ。うちの母は、ああでもないこうでもないと一週間考えたあと、いまはずっとバーミンガムにいる。こっちのニュースは以上だ。この手紙が届いたら電報を送ってくれ。そして、ドーヴァーに着いたときにもう一度。

モーリス

クライヴはこの手紙を受け取って、やれやれと首を振った。ホテルで知り合った人たちと、アテネ北東のペンデリコン山に登ることになっていて、頂上に着くと手紙を

48　ソポクレスの悲劇『コロノスのオイディプス』からの引用。

破り捨てた。すでにモーリスを愛しておらず、率直にそう伝えなければならなかった。

24

クライヴはさらに一週間、アテネに滞在した。いかなる可能性を考慮しても、自分はまちがっていないと確信するためだった。変化があまりにも大きかったので、モーリスの言うことが正しく、病気の最後の症状なのだと思うときもあった。それはクライヴにとって屈辱だった。十五歳のときからずっと、自分の魂——本人の弁によれば、自分自身——を理解していたはずだからだ。しかし肉体は魂より深く、その秘密は計り知れない。それとわかる兆候はなかった。本能がいつとも知れず変わっただけだった。たんに「男を愛していたおまえは、これより女を愛する。おまえが理解しようがしまいが、私には関係ない」と宣告されたかのように。そのとたん、彼は崩壊した。屈辱を感じなくてすむよう、理性を働かせてその変化を身にまとい、理解しようとしたが、それは死や生と同じ人智を超えた性質のものだったので、彼はあえなく敗れた。変化が訪れたのは病気のさなかだった。むしろ病気を通して、だったのかもしれない。最初の発作のあと、日常生活から切り離されて熱もあった時期に、いつかはと狙っていた機会をとらえたようだった。クライヴはつき添いの看護婦が非常に魅力的であることに気づき、彼女の指示に喜んでしたがった。その後、車で出かけると、女たちに眼が止まった。帽子や、スカートを持つ仕種、香水、笑い声、泥の上を歩くときの気配りといった細かい点が、全体として魅力になっていた。自分の視線に女性がたびたび同じ喜びで応えてくれるのもうれしかった。男が相手では、それはない。相手はクライヴが憧れているとは夢にも思わないから、見られても意識しないか、困惑するかだ。けれども、女は憧れを当然のように受け入れる。怒ったり恥ずかしがったりするかもしれないが、とにかく理解して、繊細な男女のやりとりの世界に迎え入れてくれる。

ドライブのあいだじゅう、彼は喜びに輝いていた。ふつうの人々はどれほど幸せな生活を送っていることか！　この二十四年間、自分の存在はどれほどちっぽけだったことか！　クライヴは看護婦とおしゃべりし、彼女は永遠に自分のものだと感じた。彫像や、広告や、日刊紙にも気づいた。映画館のまえを通りかかって、なかに入ってみた。芸術的には耐えがたい映画がかかっていたが、作った側も観客の男女もそれは知っていて、彼はその仲間だった。

有頂天が永遠に続くはずはなかった。クライヴは耳の治療を受けた人のようだった。数時間は尋常でない音が聞こえるが、本来の生活に体がまた慣れると、音は消える。新しい感覚を得たのではなく、すでにあるものを並べ替えただけだったから、祝日のように思えた人生は長続きしなかった。彼はたちまち悲しみに包まれた。外から帰るとモーリスが待っていて、また囚われの身になったのだ。それは卒中のように頭のうしろから彼を襲った。クライヴは、疲れすぎていて話せないとつぶやいて、その場を逃れた。モーリスも具合が悪くなって猶予期間ができたので、その間にクライヴは、ふたりの関係は変わっていない、女のことを考えたのも別に不誠実なことではないと自分に言い聞かせた。愛情をこめてモーリスに手紙を書き、モーリスから、わが家に来てゆっくり保養したまえと誘われると、不安を感じることもなく招待に応じた。

クライヴは列車のなかで風邪を引いたと言ったが、心のなかでは、ぶり返しの原因は精神的なものだと思っていた。モーリス、または彼とかかわりのある誰かといっしょにいることで、急に胸がむかついたのだ。食事のときのあの暑さ！　ホール家の面々の声！　彼らの笑い方！　モーリスの世間話！　それらは食べ物と混じり合っていた――あの食べ物！　物質と精神の区別がつかなくなり、クライヴは気を失った。

眼を開けると、愛が死んでいるのがわかった。だから彼は、友にキスをされたときに泣いた。親切にされるたびに苦しみが増すので、ついにミスター・ホールを部屋に入れないでくれと看護婦に頼んだ。回復するなりペンジに飛んで帰り、そこでは相変わらずモーリスへの愛情を抱きつづけたが、それも本人が現れるまでのことだった。クライヴは、英雄的と言っていいほどのモーリスの献身に気づいたものの、この友にうんざりした。早く帰ってくれないだろうかと思い、そう言いもした。危ない岩が水面のすぐ下までせり上がっていた。モーリスは頑《かたく》なに首を振って滞在しつづけた。

クライヴはなんの抵抗もせずに本能に屈したわけではなかった。知性を信じる彼は、思考の力で、自分はもとの状態に戻ったと思いこもうとした。女性から眼をそらし、それに失敗すると、子供じみた乱暴な手段に訴えた。ひとつはこのたびのギリシャ旅行。そしてもうひとつは――嫌悪感なしでは思い出せなかった。あらゆる感情が消え去るまで、思い出すのは無理だ。彼は心底後悔した。というのも、いまやモーリスに生理的な反感を覚え、将来がますます困難なものになったからだ。かつての恋人とは友だちでいたかった。来るべき最悪の時を乗りきる手伝いがしたかった。すべてがあまりに入り組んでいた。去りゆく愛は、愛ではなく別の何かとして記憶される。教養のない者は幸いだ。そういうことを完全に忘れられるだけでなく、過去の愚行や淫行、そして無意味にだらだらと続く会話が意識に浮かぶこともない。

25

クライヴは電報を打たず、すぐに出発もしなかった。思いやりは大切にしたかったし、モーリスのことは理性的に考えようとみずからを律していたが、昔のように友の命令にしたがいたくなかった。彼は自分の気の向いたときにイギリスに帰国した。一応、フォークストンからモーリスの職場宛に電報を打ったので、チャリング・クロス駅で出迎えられると思ったが、モーリスはいなかった。クライヴはできるだけ早く説明しようと郊外行きの列車に乗った。心は同情に満ち、穏やかだった。

十月の夕暮れどき。落ち葉や霧、フクロウの鳴き声に心地よい郷愁をそそられた。ギリシャは清らかだが、死んでいた。真実の探究よりも妥協を旨とする北部の雰囲気が、彼は好きだった。友との関係を、女性を含む別のものに変えよう。悲しいことだし老いることでもあるが、危険はなくなる。夕暮れが夜に変わるように、新しい関係になめらかに移行するのだ。彼はその夜も好きだった。品のよさと落ち着きがある。まだ真っ暗ではない。駅からの道に迷いかけたところで次の街灯が見え、そこをすぎるとまた次の街灯があった。歩道と車道を分ける鎖があらゆる方向に伸びていて、その一本をたどると目的地に着いた。

キティが彼の声を聞いて、客間から迎えに出てきた。クライヴはホール家のなかでいちばんキティとそりが合わなかった。彼の獲得したことばで言えば、女らしくなかったのだ。モーリスは仕事で出かけて今夜は帰ってこない、とキティは言い、「お母様とエイダは教会なんです。モーリスが車に乗っていったから、ふたりは歩くしかなくて」とつけ加えた。

「彼はどこへ？」

「わたしに訊かれても。行き先は使用人が知ってます。わたしたち、モーリスのことは、あなたがここに最後に来られたときよりも知らないんです。そんなことありえないと思われるかもしれませんけど。兄はわが家でいちばん謎めいた人になってしまって」キティは鼻歌を口ずさみながらクライヴにお茶を出した。

常識にも魅力にも欠ける彼女の話を聞いていると、かえってモーリスが気の毒になった。キティは母親譲りのおどおどした態度で、兄に対する不満を並べ立てた。

「教会まではほんの五分だ」クライヴは言った。

「ええ。兄から連絡があれば、ふたりともあなたをお迎えするために戻ってきてたはずなんですけど。兄はなんでもかんでも秘密にするんです。そして妹を馬鹿にして笑うの」

「知らせなかったのは、ぼくのほうなので」

「ギリシャはどうでした?」

クライヴは話した。キティは聞きながら退屈していた。おそらくモーリスも聞けばそうなっただろう。しかもキティには、ことばの裏を読む兄の才能がない。クライヴは、何度もモーリスに長広舌《ちょうこうぜつ》を振るった末に最後には親しみを感じたことを思い出した。情熱の廃墟から救い出すべきものはたくさんある。モーリスは、本人が理解さえすれば、度量が大きく、掛け値なしに分別があった。

キティは利口ぶった口調で自分のことを話しつづけた。家政学校に行きたいと言ったところ、母親は認めてくれたが、モーリスは学費が週に三ギニーもかかると聞いて猛反対した。キティの苦情はだいたい金がらみだった。小遣いが欲しいのだ。エイダはもらっている。法律上の相続人であるエイダは「お金の価値を学ばなきゃならない。でも、わたしは何も学ばなくていいんです」。クライヴは、少しキティの待遇をよくしてやれとモーリスに助言することにした。まえにも一度、口出しをしたことがあって、根っからお人好しのモーリスは、なんでも遠慮せずに言ってくれと応じていた。

低い声が聞こえて、ふたりの会話は中断した。教会に行っていた家族が帰ってきたのだ。エイダが部屋に入ってきた。柔らかいセーター、タム・オシャンター帽[49]、グレーのスカートという恰好で、秋の霧が白いベールのように髪に残っていた。頬はほんのり赤く、眼は明るい。エイダは見るからにうれしそうにクライヴに挨拶し、驚きの声こそキティと同じだが、彼にちがった印象を与えた。

「どうして知らせてくださらなかったの？」エイダは叫んだ。「おもてなしするものが何もないわ、パイぐらいしか。わかっていれば、イギリスらしい料理を用意しまし

49　スコットランドの伝統的なベレー帽。

たのに」

クライヴはこれからロンドンに戻ると答えたが、ホール夫人は泊まっていらしてと譲らなかった。クライヴはありがたく夫人のことばに甘えることにした。家は懐かしい思い出で満たされた。とりわけエイダが話すとそうなった。クライヴは、エイダがキティとはまったくちがうということを忘れていた。

「モーリスかと思いましたよ」彼はエイダに言った。「声がとてもよく似てるから」

「風邪を引いてますから」エイダは笑いながら言った。

「いいえ、もとから似てますよ」ホール夫人が言った。「エイダの声と鼻はモーリスと同じ。つまり口も同じということね。健康で活発なところも。わたしがよく思うのはその三つ。かたやキティは、頭のなかがモーリスと同じよね」

みな笑った。三人はいかにも仲睦まじい家族といったふうだった。その光景はクライヴには意外に思えたが、女たちは家の主人がいないこの瞬間に羽を伸ばしているのだった。植物は陽の光を浴びて生きるが、いくらかは夜の訪れとともに花を咲かす。ホール一家は彼に、ペンジの寂れた小径を彩る待宵草を思い出させた。母と姉に話しかけるときにはキティですら美しく、クライヴは、彼女のことでモーリスをたしなめる決意を新たにした。叱りつけるわけではない。モーリスもまた美しく、クライヴの新しい展望のなかでより大きな存在になっていたからだ。

姉妹はバリー医師に強く勧められて応急手当の講座を受けていた。食事のあと、クライヴは練習台になった。横たわった彼の頭にエイダが包帯を巻き、キティは足首に巻いた。ホール夫人はくつろいで、うれしそうにくり返した。「ミスター・ダラム、こっちのほうがこのまえの病気よりましでしょう」

「ミセス・ホール、どうか名前のほうで呼んでください」

「ではそうしましょう。でも、エイダ、キティ、あなたたちはだめよ」

「エイダとキティにもそうしてもらいたいんです」

「じゃあ、クライヴ！」キティが言った。

「じゃあ、キティ！」

「クライヴ」

「エイダ——これでいい」彼はしかし、顔を赤らめていた。「堅苦しいことは嫌いなので」

「わたしもです」女たちが声をそろえた。

「他人《ひと》の意見なんて気にならないんです、昔から」エイダが言って、まっすぐにクライヴを見た。

「ところが、モーリスは」ホール夫人が言った。「いろいろ好みがうるさいんです」

「モーリスはつまらないやつです――わあ、包帯で頭が締めつけられる」

「わあ、わあ」エイダがまねをした。

電話が鳴った。

「モーリスよ。会社から電報を転送してもらったんですって」キティが告げた。「あなたがここにいるかどうか知りたがってます」

「いると言ってください」

「それなら今晩帰ってくるそうです。あと、替わってほしいって」

クライヴは受話器を受け取ったが、雑音しか聞こえなかった。回線が切れていた。モーリスがどこにいるかわからないので、かけ直すこともできない。クライヴはほっとした。現実が近づいてくることに緊張していた。包帯を巻かれるのが愉しくてしかたなかったのに、友がもうすぐ帰ってくる。エイダが彼の上に屈んだ。知っている顔のつくりが見え、うしろの光がそれを輝かせていた。黒い髪と眼から、陰になっていない口、あるいは体のラインへと視線を移して、クライヴはエイダのなかに、まさに自分の移行に必要なものを見出した。もっと蠱惑《こわく》的な女たちも見たことがあったけれど、これほどの安らぎを約束してくれる人はいなかった。エイダは記憶と欲望の融合であり、ギリシャにもなかった静かな夕べだった。彼女は論理を超越していた。現在と過去を和解させる、やさしさそのものだから。クライヴは、天国以外にそんな創造物があろうとは想像したこともなかった。しかも、天国は信じていない。

突如として多くのことが可能になっていた。クライヴは寝たままエイダの眼を見つめた。そこには彼の希望のいくらかが映っていた。エイダに愛情を抱かせることもできるのがわかって、心に静かな火がともった。魅力的な考えだ——それ以上のことはまだ望まなかった。クライヴの唯一の心配は、モーリスが帰宅することだった。記憶は記憶のままであるべきだ。車の音がしたかしらと誰かが部屋から急いで出ていくたびに、彼はエイダを引き止めた。ほどなくエイダも彼が望んでいることを察して、言われなくても部屋に残るようになった。

「イギリスにいるのがどんなにいいことか、あなたにもわかったら!」クライヴはふいに言った。

「ギリシャはよくないのですか」

「ひどいものだ」

エイダは困り、クライヴもため息をついた。ふたりの眼が合った。

「残念でしたね、クライヴ」

「もうすんだことです」

「いったい何が――」

「エイダ、こういうことです。ギリシャでは生活を一から組み立て直さなきゃならなかった。簡単ではない。でも、やりとげたと思います」

「わたしたち、よくあなたのことを話してました。モーリスは、あなたがギリシャを好きになるだろうって」

「モーリスにはわからない。あなたほどわかっている人はいないんです。ぼくはあなたにいちばん話していますから。秘密を守ってくれますか？」

「もちろん」

クライヴは途方に暮れた。会話ができなくなった。しかしエイダは、会話が続くことを期待していなかった。素直に憧れているクライヴと、ふたりきりでいることだけで充分だった。彼が戻ってきてくれてどれほどうれしいか話した。クライヴも熱意をこめて同意した。「とりわけ、ここに戻ってこられたのがうれしいのです」

「車だわ！」キティが叫んだ。

「行かないで！」クライヴはエイダの手をつかんでくり返した。

「行かないと――モーリスが――」

「モーリスを困らせればいい」クライヴは言った。

部屋の外が騒々しくなった。「彼はどこにいる？」友が大声で訊いていた。「どこに通した？」

「エイダ、明日、散歩に同行させてもらえませんか。ぼくをもっと見て……約束ですよ」

彼女の兄が飛びこんできた。包帯を見て事故があったと思いこみ、そのあと自分の早とちりを笑った。「そんなのはずせよ、クライヴ。どうしてこいつらにやらせた？ほら、彼は元気だろ？　きみは元気そうに見える。よく戻ってきたね。さあ、来てくれ。一杯やろう。ぼくがほどいてやるよ。いや、おまえたちは来なくていい」

クライヴはモーリスについていきながら、こっそり振り返って、エイダがかすかにうなずくのを見た。

モーリスは毛皮のコートを着た巨大な獣のようだった。喫煙室でクライヴとふたりきりになると、すぐにそれを脱ぎ、にっこりと微笑んで近づいた。「つまり、きみはもうぼくを愛してないんだ」といきなり質問をぶつけた。

「明日すべて話そう」クライヴは眼をそらして言った。

「なるほど。まあ飲めよ」

「モーリス、喧嘩はしたくない」

「ぼくはしたい」

クライヴは差し出されたグラスを払いのけた。嵐は吹き荒れるしかなかった。「そういうしゃべり方はやめてくれ。こっちは余計につらくなる」

「ぼくは喧嘩したい。させてもらうぞ」モーリスは最初のころのように、クライヴの髪に指を通した。「坐って。さあ、どうしてあんな手紙を書いた？」

クライヴは答えなかった。かつて愛した顔を見つめ、徐々に失望が深まるのを感じた。男らしさに対する憎悪が甦《よみがえ》って、もしモーリスが抱きついてきたらどうしようと考えた。

「なぜだい、え？　元気を取り戻したんだから、教えてくれ」

「このソファから離れてくれ。そしたら話す」クライヴは用意してあった説明のひとつをしはじめた。モーリスをできるだけ傷つけないようにと考えた、科学的な一般論だった。「ぼくはふつうになった。ほかの男と変わらなくなった。どうしてかはわからない。自分がどうして生まれたのかわからないのと同じだよ。理由は外にあって、ぼく自身はこんなことを望んでいなかった。訊きたいことがあったら、なんでも訊いてくれ。それに答えるためにここに来たんだから。手紙にくわしいことは書けなかった。それでも書いたのは、あれが真実だからだ」

「真実だって？」

「当時もいまも真実だ」

「もう女だけが好きだと言うんだな、男ではなく」

「男も好きだよ、本来の意味で、モーリス。これからもそうだ」

「そういうことがいっぺんに起きるのか」

モーリスも一般論として話していたが、ソファからは動かず、指はまだクライヴの髪のなかで包帯に触れていた。彼の気分は、歓喜から静かな心配へと変わっていた。

怒っても怖れてもおらず、癒やしたいと思っているだけだった。一方クライヴは、嫌悪感に包まれながら、どれほど誇らしい愛が滅びようとしているか、人間を支配している力がどれほど脆弱で皮肉なものかを理解した。

「誰がきみを変えた？」

クライヴはその訊き方が気に入らなかった。「誰も。たんにぼくのなかで身体的な変化が起きただけさ」そして自分の経験を語ろうとした。

「看護婦だな」モーリスが考えながら言った。「早く言ってくれればよかったのに。何かおかしいと思ってたんだ。いろいろ考えたが、これは思いつかなかった。秘密なんて持つもんじゃない。秘密にすれば、ますます悪くなる。話して、話して、話すべきなんだよ――誰か話す相手がいればだが。きみやぼくみたいにね。話してくれてれば、きみはいまも、まともだったかもしれない」

「なぜ？」

「ぼくがまともにするからさ」

「どうやって？」

「まあ見てろ」モーリスは微笑みながら言った。

「こんなのは、ちっともためにならない。ぼくは変わったんだ」

「ヒョウは斑点を変えられるか？　クライヴ。きみは混乱してる。まだ体が治りきってないんだよ。ぼくはもう心配してない。ほかは健康なんだから。幸せそうだと言ってもいいくらいだ。残りのことはついてくる。話すのが怖かったのはわかるよ。ぼくを苦しめたくなかったんだろう。だが、ぼくたちはもうお互い遠慮し合うような仲じゃない。話してくれればよかったんだ。ほかの何のためにぼくがいる？　ほかの人間は当てにならない。きみとぼくは無法者《アウトロー》なんだ。このすべては――」と部屋の中流階級的な快適さを指して言った。「ほかの連中に知られたとたんに、ぼくたちから奪い去られる」

クライヴはうなった。「でもぼくは変わったんだ。本当に変わった」

人は自分の経験でしか物事を解釈できない。モーリスには混乱は理解できたが、変化はわからなかった。「変わったと思ってるだけだよ」と微笑みをたたえて言った。「ぼくも、ミス・オルコットがここに来たとき変わったと思った。けど、きみのもとに戻ると、そんなものは消えてしまった」

「自分の精神構造はわかってる」クライヴは暑くなってきて、ソファから立ち上がった。「ぼくは最初から、きみみたいな人間じゃなかった」

「いまはそうなってる。憶えてるかい、ぼくがどんなふりをして――」

「もちろん憶えてるさ。子供じみたことは言わないでくれ」

「ぼくたちは愛し合ってる。ふたりとも、それがわかってる。ほかに何が――」

「いい加減にしろよ、モーリス。もうやめてくれ。もしぼくが誰かを愛してるとしたら、それはエイダだ」と言って、つけ加えた。「いや、ひとつの例としてあげただけだ」

しかし、それはモーリスが理解できる例だった。「エイダ?」彼の口調が変わった。

「きみに説明するために、あげただけだ」

「エイダのことなんか、ろくに知らないくせに」

「それを言えば、看護婦だって、ほかに話した女たちのことだって知らない。いま言ったとおり、特定の人を指したわけじゃない。傾向について話している」

「きみが到着したとき家に誰がいた?」

「キティだ」

「だが、エイダなんだな、キティじゃなくて」

「ああ、ただそういう意味じゃなくて——」

「どういう意味だい？」

「とにかく、もうわかっただろう」クライヴはあくまで一般論にとどめようとして、説明を締めくくるのにふさわしい慰めのことばを並べはじめた。「ぼくは変わった。とはいえ、ぼくたちの友情がいささかも損なわれないことは理解してもらいたい。この友情は本物だ。ぼくはきみが大好きだ——これまでに会った誰よりも」（と言いながら、実際にはそう感じていなかった）。「ぼくはこれ以上ないほどきみを尊敬し、崇拝している。真の結びつきというのは、人格の問題だ、熱情ではなく」

「ぼくが帰ってくるまえにエイダに何か言ったのか？　ぼくの車の音が聞こえなかったか？　どうしてキティと母さんが迎えに出てきて、きみらは来なかった？　帰ってきた音は聞こえたはずだ。仕事をほっぽり出して、きみのために帰ってきたんだぞ。わかってるだろう。きみは電話にも出なかった。手紙も書かなければ、ギリシャから帰ってもこなかった。これまでここに来たときに、エイダのことをどれだけ見てたんだ」

「なあ、きみ。反対尋問されるいわれはないぞ」

「質問しろと言ったのはきみだ」

「きみの妹についてじゃない」

「なぜ？」

「もう黙ってくれ、いいな。さっき言いかけた人格の話に戻ろうじゃないか——人間同士の真の結びつきの話に。砂の上に家は建てられない。熱情は砂だ。必要なのはしっかりした基盤だ……」

「エイダ！」突然、考えがあるかのようにモーリスが呼ばわった。

クライヴは震え上がって叫んだ。「なんのために呼ぶ！」

「エイダ！　エイダ！」

クライヴはドアに駆け寄って鍵をかけた。「モーリス、こんな終わり方はだめだ。喧嘩で終わるなんて」と懇願した。それでもモーリスが近づいてくるので、鍵を抜いて握りしめた。ここに至って騎士道精神が目覚めていた。「女性を巻きこむわけにはいかない」彼は大きく息を吸った。「そんなことはさせないぞ」

「鍵を渡せ」

「だめだ。これ以上ひどくするな。いや——やめろ」

モーリスはクライヴに飛びかかった。クライヴは逃げ、ふたりは小声で鍵について言い争いながら、ソファのまわりでつかみ合った。

彼らは敵意もあらわに触れ合い、永遠に別れた。鍵はふたりのあいだに落ちた。

「クライヴ、怪我をさせてしまったか」

「いや」

「愛するきみ、こんなことをするつもりはなかったんだ」

「大丈夫だ」

ふたりはしばらく見つめ合ったあと、新しい人生を歩きはじめた。「なんて終わり方だ」モーリスはすすり泣いた。「なんて終わり方」

「本気で彼女が好きかもしれない」クライヴは血の気を失った顔で言った。

「これからどうなる？」モーリスはソファに坐り、口をふきながら言った。「好きにしてくれ……ぼくは終わった」

エイダが廊下にいたので、クライヴは外に出ていった。女性に会うために――それが彼の最初の務めだった。あいまいなことばでエイダをなだめてから、喫煙室に戻ったが、ふたりを隔てるドアには鍵がかかっていた。モーリスが電灯を消し、どさりと坐る音が聞こえた。

「意地の悪いことはしないでくれ」クライヴは不安になって呼びかけた。返事はなかった。どうしろというのか。いずれにせよ、ホール家にとどまることはできない。男の特権を行使して、クライヴは結局ロンドンに戻らなければならなくなったと告げ、女たちはしぶしぶ同意した。彼は内なる闇から、外の闇のなかへ出た。駅への道すがら、木の葉が落ち、フクロウが鳴き、霧に包まれた。すでにかなり遅い時間だったので、郊外の道の灯火はみな消え、夜がまるごとクライヴにのしかかった――彼の友人にも。クライヴも苦悩して、「なんて終わり方だ!」と叫んだが、こちらには夜明けが約束されていた。女性の愛が太陽さながら確実に姿を現し、未熟さを焼き払い、全き人間の一日の到来を告げる。苦しみながらも、彼にはそれがわかった。エイダとは結婚しない――彼女はかりそめの人だった――が、ロンドンに開けた新しい宇宙のどこかにいる女神、モーリス・ホールとは似ても似つかぬ誰かと結婚するのだ。

第3部

26

モーリスはこの三年間、あまりにも健康で幸せだったので、次の日にも自動的にそれが続いた。目覚めたときには、すぐにうまくいくと感じていた。クライヴは戻ってくる。謝るかどうかは本人次第だが、ぼくはクライヴに謝ろう。クライヴはまちがいなくぼくを愛している。何から何まで愛に頼りきっている人生が、こうしていつもどおり続いているのだから。友だちなしでどうして眠ったり、安らいだりできる？　会社から帰ってきて、なんの知らせもないことがわかっても、モーリスはことさらあわてず、家族がクライヴの出立についてあれこれ憶測するのも黙って聞いていた。ただ、エイダには注意を払うようになった。エイダの悲しげな様子には、母親ですら気づいた。モーリスは手で視線を隠しながら、妹を観察した。エイダのことを除けば、あの言い争いも〝クライヴの十八番《おはこ》の長広舌《ちょうこうぜつ》〟として片づけられたが、そのなかに、彼女が例として出てきた。モーリスは、なぜエイダが悲しんでいるのだろうと訝《いぶか》った。「なあ」ふたりになったときに、彼は妹を呼び止めた。何を言うつもりか自分でもわからなかったが、急に心が闇に包まれたことから察するべきだった。エイダは答えたが、声は聞こえなかった。「どうしたんだ」訊《き》くモーリスの声は震えた。

「別に」

「何かある。ぼくにはわかる。だまそうったって無理だぞ」

「いいえ、本当に、モーリス、なんでもないの」

「ならどうして――彼はなんと言った？」

「何も」

「誰のことかわかってるのか」モーリスは両の拳をテーブルに叩きつけて叫んだ。エイダを完全に捕らえていた。

「何も言ってないわ――クライヴは」

エイダがその名を言ったことで地獄の口が開いた。モーリスは身もだえするほど苦しみ、自分を制するまえに、ふたりが生涯忘れられなくなることばを発していた。友人を堕落させたと妹を責め立て、彼女の行為にクライヴが不満を訴えていた、そのせいでロンドンに引き返したのだと思いこませた。エイダはやさしい性格だったので、非難から身を守ることもできず、ただ泣きつづけた。まるで悪いことでもしたかのように、お母様には言わないでと兄に泣きすがった。モーリスは承知したものの、嫉妬で怒り狂っていた。

「でも今度、あのかた――ミスター・ダラム――に会ったら伝えてください。わたしはそんな気ではなかったと、つまり、わたしは誰とも――」

「あやまちを犯す気がない、だな」モーリスが続きを言った。妹にひどい仕打ちをしたと気づくのは、あとになってからだった。

エイダは両手で顔を覆って泣き崩れた。

「彼には言わない。言おうにも、ダラムとは二度と会わないつもりだ。あれほどの友情を壊して、さぞ満足だろうな」

エイダは泣きじゃくりながら言った。「そんなこと知らない。兄さんはわたしたちに冷たかったわ。本当に、いつも」

モーリスはそこでついに正気に戻った。キティにはよくそういうことを言われたが、エイダから言われたことは一度もなかった。卑屈な態度の裏で妹たちは彼を嫌っていたのだ。モーリスは家においてすら成功できなかった。「ぼくのせいじゃない」とつぶやくと、エイダを残して去った。

洗練された人間なら、もっと賢くふるまったろうし、おそらく彼ほど苦しまなかっただろう。モーリスは知的でなく、信心深くもなく、ある種の人々には許されている自己憐憫の奇妙な慰めを得ることもなかった。一点を除いてはふつうの人間であり、二年間の幸せな結婚ののち妻に裏切られた平凡な男と同じように行動した。造物主がモーリスの刺繡を縫ったときにひと目飛ばしてしまい、模様をつなげるためにそこを縫い直したのだとしても、いまさら意味はない。愛があるうちは理性も保っていられたが、いまや彼はクライヴの変節を裏切りととらえ、エイダをその原因と見なして、数時間のうちに、少年時代にさまよっていたあの影の谷に戻っていた。

この噴火のあとも、仕事は順調に進んだ。モーリスはいつもの列車で町に向かい、それまでどおり金を稼いで、使った。それまでと同じ新聞を読み、ストライキや離婚訴訟について友人たちと議論した。最初のころは、己の自制心が誇らしかった。おそらくは、その手でクライヴの評判を落としてやることもできたのだ。とはいえ、やがて悔しさが募り、いっそ力があるうちに大声で叫んで噓の壁を打ち壊せばよかったと思った。自分も巻きこまれたとしても、なんだというのだ。家族、社会での地位――それらは長年、モーリスのなかで無価値だった。彼は一般人を装った無法者《アウトロー》だった。

昔、ロビン・フッドのように緑の森に逃げこんだ人々のなかにも、自分のような男がふたりいたのではないか——ふたりだ。モーリスはときおり夢を愉《たの》しんだ。ふたりの男が世界に盾突く夢を。

そう、苦悩の中心にあるのは寂しさだった。モーリスは鈍くて、それがわかるまでに時間がかかった。妹に対する嫉妬や、悔しさや、過去の愚鈍に対する怒りは、多くの痛みを残しながらも、やがてすぎ去る。クライヴの思い出も消えていくだろう。だが、寂しさは残る。目覚めて、「ぼくには誰もいない!」とか、「ああ、なんという世界だ!」と嘆くのだ。

クライヴはよく夢に出てきた。誰もいないことはわかっているのに、クライヴがいつものやさしい笑みを浮かべて、「今度は本物だよ」と言い、モーリスを責め苛《さいな》んだ。あの顔と声が出てくる夢に関連した夢も一度見た。夢についての夢——それより現実に近づくことはなかった。ほかの種類の古い夢も甦《よみがえ》って彼を突き崩そうとした。夜がすぎ、昼がすぎた。死のような果てしない静寂が、若いモーリスを包みこんだ。ある朝、モーリスは町に出かける途中で、自分は本当に死んでいると思った。金儲けのためにあくせく働き、食べ、ごまかして何になる? 昔もいまも、彼がしているのはそれだけだった。

「人生はくそくだらないショーだ」モーリスは叫び、デイリー・テレグラフ紙をくしゃくしゃにした。

モーリスに好感を持っていた同じ車両の顔なじみの客たちが笑いだした。

「このまま窓から飛びおりてやる」

口にしたのを機に、モーリスは自殺について考えはじめた。思いとどまらせるものはなかった。まず死ぬことは怖くないし、その先の世界はどうせわからない。家名を汚すことはちっとも気にならなかった。寂しさに毒されてますます堕落し、不幸せになっているのはわかっていた。そんな状況で人生を断ち切ってはいけないのか。モーリスはいろいろな手段を検討しはじめ、予期せぬ出来事がなければ、銃で自殺していたところだった。その出来事とは、祖父の病気と死だった。それが新しい精神状態をもたらしたのだ。

こうするうちにも、モーリスのところにはクライヴからの手紙が何通か届いたが、そこにはかならず〝まだ会わないほうがいい〟という文言があった。モーリスは状況を理解した——この友はいっしょにいることだけは避けたいのだ。クライヴが最初に病気になったときから、じつはそうだった。手紙には、将来も友情を守りたいと書かれている。モーリスはまだ愛しつづけていたが、心はすでに壊れていた。クライヴを取り戻そうという大それた考えはもうなかった。抱えるべき苦悩を、洗練された人間がうらやむほどしっかりと抱え、徹底的に苦しみ抜いたのだった。

モーリスは意外にも誠実な返事を書いた。耐えがたいほど寂しい、今年が終わるまえに自分の脳みそを吹き飛ばすだろう、と心の真実を書き綴った。しかし、そこに感情はなかった。むしろ自分たちの英雄的な過去に捧げた手紙であり、ダラムもそのようなものとして受け取った。彼の返事にも同じように感情がこもっておらず、どれだけ助けられようと、どれほど努力しようと、ダラムがもはやモーリスの心を貫いて入ってこないのは明らかだった。

27

モーリスの祖父は老境に入ってから成長した人間の好例だった。生涯をつうじて、頑固で短気なふつうのビジネスマンだったが、さほど歳をとらないうちに退職して、驚くべきことが起きた。読書に親しみ、気味が悪いほど性格が変わって、物腰が柔らかくなったのだ。かつては他人の意見など否定するか無視するかしていたものだが、それらにも真摯《しんし》に耳を傾け、他人の願望も叶えてやった。老父のために未婚で家事をする娘のアイダは、かねて「父の身のまわりの世話がなくなる」ことを怖《おそ》れていたが、鈍感なので、別れがすぐそこに迫るまで父親が変わったことに気づかなかった。

老人は空いた時間を使って新しい宗教を生み出した。というより、教会とは矛盾しなかったから、新しい宇宙創成論と言うべきかもしれない。神が太陽のなかにいて、すべてを包みこむその明るさは、祝福された者たちの霊からなるというのが、おもな教義だった。太陽の黒点は人に見える神の姿であり、よって黒点が発生すると、グレイス氏は部屋のなかを暗くして何時間も望遠鏡をのぞきこむ。神の顕現とは黒点のことだった。

その発見について、老人は誰とでも議論したが、人それぞれが決めることだと言って、改宗は勧めなかった。一度長時間にわたって話したことがあるクライヴ・ダラムは、グレイス氏の意見を誰よりもよく知っていた。それは現実的でありながら霊的にものを考えようとする人の意見で、馬鹿らしくて物質主義的だが、自力で考えたものだった。グレイス氏は、教会でみなに語られる、見たこともない聖人たちの美談が気に入らず、そのためヘレニスト[50]のクライヴと気が合ったのだ。

そんなグレイス氏が死にかかっていた。つねに正直だったとは言えない過去は消えようとしていた。本人はかつて愛した人々に加わり、あとに残す人々が然るべき時期に加わってくれることを心待ちにしている。昔の従業員たちも呼び寄せた。幻想を抱くこともなく、〝老いた偽善者〟につき合ってきた男たちだった。老人は絶えず手厚くもてなしてきた家族も呼び寄せた。彼の最期の日々はとても美しかった。美しさの原因を探るのは野暮というものだ。気のいい老人が死の床についたアルフリストン・ガーデンズで、ほのかに漂う悲しみとも安らぎともつかない雰囲気を壊そうとするのは、皮肉屋だけだった。

親戚たちは二人、三人と訪ねてきて、モーリスを除く全員が感銘を受けた。グレイス氏は遺言の内容を明らかにしていたので、悪巧みはなく、各人が得られるものを知っていた。お気に入りの孫だったエイダがおばと大きな財産を分け合い、残りもそれぞれ遺産を受け取る。ただ、モーリスは受け取らないつもりだった。死を無理に呼びこむようなまねはしないにせよ、死は然るべきときに待ち構えているだろう。おそらくロンドンに戻ったときにでも。

とはいえ、旅の道連れとなる祖父を見ると、心が騒いだ。祖父は太陽に向けて旅立つところで、病気のため口数が増えており、十二月のある午後、モーリスに胸の内を吐露した。

「モーリス、新聞は読んでおるだろう。新しい理論を見たはずだ――」流星群が土星の環に衝突し、飛んだ破片が太陽に突入したという記事のことだった。グレイス氏は銀河系外の惑星に邪悪なものを見出し、永劫の罰はよくないという立場から、いかにしてそれらを救済するかに心を砕いていた。新しい理論がその説明になった。それらは破片になって太陽に吸収され、善なるものに変わったのだ!

礼儀正しく重々しい気分で話を聞くうちに、モーリスはその戯言《たわごと》が真実かもしれないと思い、ぞっとした。恐怖はすぐに去ったが、それが彼の性格全体の再構築のきっかけになった。祖父が心から信じているのはまちがいなかった。ここにもうひとりの人間が命を得た。この人は創造という行為をなしとげ、その過程で死は顔を背けた

50　古代ギリシャの礼讃者。

のだ。

「あなたのように信じられるのはすばらしいことです」モーリスは悲しみに満ちた声で言った。「ケンブリッジ以来、ぼくは何も信じていない――ある種の闇しか」

「ああ、わしもおまえぐらいの歳だったときにはな――いまは明るい光が見える――どんな電灯も敵《かな》わないほどの明るさだ」

「あなたがぼくぐらいの歳だったときには、なんですか、お祖父《じい》さん?」

だが、グレイス氏は質問には答えなかった。「マグネシウムより明るい――内なる光だ」そして神と、輝く太陽のなかの闇と、見える体のなかの見えない魂について、ただ、夜まで待て」そこでひと息ついて、「モーリス、お母さんを大切にするんだぞ。関係もないのにいっしょくたに話した。「内なる力――魂。それを外に出せ、だがまだだ、夜まで待て」そこでひと息ついて、「モーリス、お母さんを大切にするんだぞ。妹たちも。おまえの奥さんや子供たちも。職場の働き手も。わしがそうしたように」。そこでまた間を置いた。モーリスは低くうなったが、失礼な態度ではなかった。「夜まで待て、夜まで外に出すな」という文句が引っかかっていた。老人はとりとめもなく話しつづけた。人は善良――親切――勇敢でなければならない。古くさい助言だが、誠実さに満ちていた。生きた心から出てくることばだった。

「なぜです」モーリスは割りこんだ。「お祖父さん、なぜ?」

「内なる光――」

「ぼくのなかにはありません」モーリスはこみ上げる感情に支配されないように、笑った。「その光は六週間前にぼくから出ていきました。ぼくは善良でも、親切でも、勇敢でもいたくない。このまま生きつづけるのなら――そういうことにはならない。むしろ逆です。でも、それもじつは望んでない。もう何も望んでないんです」

「内なる光――」

　モーリスは打ち明ける寸前までいった。しかし、打ち明けても聞いてもらえなかっただろう。祖父は聞かない。聞いたところで理解できない。祖父から得られるのは、「内なる光――親切に」だけだった。けれども、そのことばは、モーリスのなかで始まった性格の再構築を後押しした。なぜ人は親切や善良であるべきなのか。誰かのために――クライヴのため、神のため、それとも太陽のために? モーリスには誰もいない。大切に思うのは母親だけだが、それもたかが知れている。彼はひたすら孤独だった。なぜ生きつづけなければならない? 本当のところ、理由はなかったが、それでも生きなければならないという怖《おそ》ろしい実感はあった。〝死〟も彼のもとにないからだ。それは〝愛〟と同じように、彼を一瞥《いちべつ》したあとそっぽを向いて、「いまのゲームを続けろ」ということばを残した。モーリスは、祖父と同じようにプレーしつづけ、ばかばかしく引退することになるのかもしれなかった。

28

モーリスの変化は〝転向〟とは言えなかった。何かに啓発されたわけでもなかった。家に帰って、使わないであろう拳銃を確認すると、嫌悪感に胸を締めつけられた。母親に挨拶しても、底知れぬ愛情は湧いてこなかった。彼はみじめな気持ちで、誤解されつつ以前のように生きつづけ、日増しに孤独になっていった。こういう表現はやたらと使うものではないが、モーリスの〝寂しさ〟は増すばかりだった。

だが、変化もあった。彼は意識的に新しい習慣を身につけていった。とりわけ、クライヴといたときには蔑《ないがし》ろにしていた人生のささやかな技術を。いくつかあげれば、几帳面さ、礼儀、愛国心、そして騎士道精神といったものだ。厳しい自己鍛錬にも励んだ。技術を習得するだけでなく、それを用いる時機を学び、自分の行動を少しずつ変えていくことも必要だった。最初はほとんど何もできなかった。とりあえず家族や世間が慣れている態度をとったが、モーリスがそこからわずかでも離れると、みな心配した。それはエイダとの会話にすこぶる顕著に現れた。

エイダはモーリスの旧友のチャップマンと婚約していた。おかげで妹に対するモーリスのおぞましい対抗心は消えた。祖父の死後も、彼は妹がクライヴと結婚するのではないかと怖れ、嫉妬で熱くなっていた。クライヴはいずれ結婚する。しかし、相手がエイダになると考えるだけで、モーリスは依然として正気を失いそうになった。その可能性がなくなるまで、ふつうにふるまえないほどだった。

エイダとチャップマンは似合いの夫婦になる。モーリスは彼らの婚約を公に認めたあと、エイダを脇に呼んで言った。「エイダ、クライヴが訪ねてきたあと、ひどい仕打ちをして悪かった。いまだから言える。どうか赦《ゆる》してほしい。あれ以来、お互いつらい思いをしたな。本当にすまなかった」

エイダは驚きの表情を浮かべ、とくに喜びはしなかった。モーリスは、妹にまだ嫌われているのを悟った。彼女はつぶやいた。「もうすべて終わったことよ。わたしはいまアーサーを愛してる」

「あの夜、ひどく腹を立てなきゃよかったと思ってる。でも、たまたまあのとき、何かとても心配になってね。クライヴは、ぼくがおまえに想像させたようなことはひと言も言ってない。おまえを責めてはいなかった」

「どっちでもかまわないわ。もう重要なことじゃないから」

兄の謝罪はじつに珍しかったので、エイダはこの機に追い討ちをかけることにした。

「あのかたと最後に会ったのはいつ?」キティから、兄とクライヴが喧嘩別れしたと仄《ほの》めかされていたのだ。

「しばらく会ってない」

「週末と水曜はあれだけ会ってたのに、それがぱたりとやんで」

「幸せを祈るよ。チャッピーはいいやつだ。愛し合うふたりが結婚するのはとても愉しみだな」

「幸せを祈ってくれてありがとう、モーリス、本当に。祈ってもらおうともらうまいと、幸せになれると思うけど」(〝気の利いた答え〟だったでしょう、とあとでチャップマンに報告した)。「祈ってくださっているのと同じことが、お兄さんの身にも起きますように」エイダは顔を赤らめた。もとよりクライヴに無関心だったわけはなく、彼が離れていったことでエイダは深く傷つき、苦しんでいた。

モーリスはそれを察して、暗い顔で妹を見た。そして話題を変えると、移り気なエイダは機嫌を直した。といっても、兄を赦すことはできなかった。彼女の気性からそれは考えられない。モーリスはエイダのいちばん大切な部分を侮辱し、芽生えかけた愛を踏みにじったのだ。

キティとのあいだにも似たような軋轢《あつれき》が生じた。モーリスはこの妹に対しても気が咎《とが》めていたが、関係を修復しようとしても、キティは不満げだった。以前からしきりに行きたがっていた家政学校の学費を出そうと言ったところ、キティは受け入れはしたものの、あまり感謝する様子もなく、「何かをきちんと学ぶには歳をとりすぎちゃった」と嫌味まで言う始末だった。

キティとエイダは互いを駆り立てるようにして、つまらないことでモーリスに刃向かった。ホール夫人は当初それに驚いてふたりを叱ったが、息子が自分を守ることにまったく無関心なので、そのうち同じく無関心になった。モーリスのことは好きでも、学生監に無礼を働いた彼と対決しなかったように、いま息子のために誰かと対決する気もない。こうしてモーリスは家のなかであまり顧みられなくなり、ケンブリッジ時代に築いた地位を冬のあいだに失ってしまった。それは「あら、モーリスは気にしないわ――歩けるでしょう――キャンプ用の折りたたみ式のベッドで寝てね――煙草は暖炉のない部屋で」というふうに始まった。モーリスはまったく反論しなかった――それがいまの彼の生活だった――が、小さな変化には気づき、偶然にせよ孤独の到来に似つかわしいと感じた。

世間も同じように困惑していた。モーリスは国防義勇軍[51]に加わった。それまでは国を救うには徴兵制しかないと考え、志願を控えていたのだ。教会の社会活動すら支援した。土曜のゴルフもやめて、サウス・ロンドンで学生セツルメント運動[52]をしている若者たちとラグビーをし、水曜の夕方は彼らに数学やボクシングを教えた。通勤列車の乗客たちは怪しんだ。ホールがまじめになっただと？ 経費を切りつめて慈善事業に寄付してる？ ただしそれは地域のいっそうの荒廃を防ぐための事業で、モーリスは本当の貧民の援助には半ペニーも出そうとしなかった。そうした活動や仕事の株取引に打ちこんで、どうにか毎日を乗りきっていた。

もっとも、モーリスはひとついいことをしていた――魂がほんの小さなものの上に存在しうることを証明していたのだ。彼は天からも地からも力を得ずに前進していた。

唯物論が正しければ、モーリスは消えてしまったはずの灯火だった。モーリスに神はいなかった。恋人も。ふつうはそのふたつが美徳の動機になるのだが、彼は安らぎに背を向けて奮闘した。誇りを守るにはそうするしかない。誰かに見られているわけでも、自分を見ているわけでもなかったが、そのような奮闘は崇高な人間性のなせる業であり、天国のどんな伝説にも引けを取らない。

さりとて報酬が得られるわけではなかった。彼の活動は、過去に忘れられた多くの活動と同じように滅びゆく運命だった。しかし、彼はともに滅びず、活動することで鍛えられた筋肉は残って、ほかのことに役立った。

29

破局は春のとある日曜に訪れた。すばらしい日和だった。一家は朝食のテーブルを

51 非常勤の志願兵からなるイギリス陸軍の予備役組織。

52 一八八〇年代からの社会運動で、都市の貧しい地域にセツルメント・ハウスを建設し、中流階級の学生たちがボランティアで医療や法律や教育のサービスを提供した。

囲んで坐《すわ》り、亡くなった祖父の喪に服してはいたが、あとはふだんどおりだった。モーリスの母親と妹たちのほかに、彼らの家に住むようになった不愉快なアイダおばと、家政学校でキティが仲よくなったヴァイオレット・トンクス嬢がいた。学校でキティが得たものといえば、その友人だけのようだった。エイダとモーリスのあいだの椅子には誰も坐っていなかった。

「まあ、ミスター・ダラムが婚約されたんですって」手紙を読んでいたホール夫人が叫んだ。「あちらのお母様が丁寧に知らせてくださったの。ペンジという田舎の領地なんですよ」夫人はトンクス嬢に説明した。

「ヴァイオレットはあまり感心しないかもよ、お母様。社会主義者だから」

「あら、わたし、社会主義者だったの、キティ？　いい知らせね」

「悪い知らせですよ、ミス・トンクス」アイダおばが言った。

「お母様、どなたと？」

「それを言うなら〝トゥ・フーム《フー・トゥーム》〟でしょう。同じ冗談ばかり」

「それはいいから、お母様。相手はどなた？」エイダが残念な気持ちを押し隠して訊いた。

「レディ・アン・ウッズよ。あとであなたたちにも手紙を読ませてあげる。ギリシャで初めて会ったんですって。レディ・アン・ウッズ。サー・H・ウッズのご令嬢」

社交界にくわしい者たちのなかから、レディの称号はないでしょうという声があがった。あとでわかったのだが、ダラム夫人の手紙には、〃そのかたの名前《レディ》をお知らせします。アン・ウッズ、サー・H・ウッズのご令嬢です〃と書かれていた。とはいえ、注目に値する出来事だし、ギリシャで会ったというのもロマンティックだった。

「モーリス」かしましいおしゃべりのなかから、おばが呼びかけた。

「はい」

「あの子、遅いわね」

モーリスは椅子の背にもたれて、天井に「ディッキー!」と叫んだ。この週末はバリー医師に頼まれて、彼の若い甥《おい》を泊まらせていたのだ。

「階上《うえ》で寝てればまだましだけど、帰ってきてもいないんじゃないの? 呼んだって無駄よ」キティが言った。

「呼んでくる」

モーリスは庭で煙草を半分吸ってから、家に戻った。さっきの知らせを聞いて取り乱すところだった。残酷な不意打ちだったということもあるが、同じくらい傷ついたのは、誰ひとり彼の関心事と思っていなかったことだった。たしかに、もはや彼の問題ではない。主役はダラム夫人とモーリスの母親で、ふたりの友情はモーリスとクライヴのヒロイックな物語が終わっても生き延びていた。

モーリスは考えていた――クライヴは手紙をくれてもよかったのに。昔を思い出して書いてくれても。そこでおばが割りこんだ。「あの子ったら、おりてきやしない」モーリスが立ち上がって微笑《ほほえ》んだ。「しまった。忘れてました」

「忘れた！」みなが彼に注目した。「そのために出ていったのに？　ああ、モーリー、なんておかしな人なの」

モーリスはからかいの笑い声に追いかけられて部屋から出たが、また忘れそうになった。二階でやるべきことがあると思うと、怖ろしい倦怠感に包まれた。老人のような足取りで階段をのぼり、二階に上がったところで大きく息を吸った。両手を広げて伸びをした。文句のつけようのない朝だった――ほかの人たちにとっては。彼らのまえでは草木の葉がそよぎ、陽光が家のなかまで降り注いでいた。モーリスはディッキー・バリーがいる部屋のドアを叩き、返事がないので開けてみた。

前夜ダンスパーティに出かけた若者は、まだ寝ていた。手足が上がけからはみ出し、恥ずかしがることもなく太陽に包まれ、貫かれていた。唇が開き、その上の産毛が金色に輝いて、髪で無数の光が躍り、体は繊細な琥珀《こはく》色だった。誰が見ても美しい姿だろうが、ふたつの道で美に近づくモーリスにとって、この若者は現世の欲望になった。

「もう九時すぎだぞ」モーリスは話せるようになるとすぐに言った。

ディッキーはうーんと言って、上がけを顎まで引き上げた。

「朝食だ――起きろ」

「あれ、ここにいつからいた?」若者は眼を開けながら訊いた。いまや唯一上がけの外に出ているその眼が、モーリスの眼をのぞきこんだ。

「ついさっきから」わずかな間のあと、モーリスは言った。

「ほんとすいません」

「いくら遅れてもいいよ。でも、せっかくのすばらしい天気だから、もったいないと思っただけだ」

一階では上流気取りの話が盛り上がっていた。キティがモーリスに、ミス・ウッズのことは知ってたのと尋ねた。彼は「ああ」と答えた――一世一代の嘘だった。そこで、おばの声が割りこみ、あの子はいったいいつおりてくるのかしらと訊いた。

「急ぐ必要はないと言ったんです」モーリスは全身を震わせながら言った。

「モーリス、それは甘すぎたかもしれないわね」ホール夫人が言った。

「お客さんだから」

おばが、滞在客の第一の務めはその家の決まりにしたがうことだと指摘したが、モーリスは言った。「この家の決まりは、みんなが好きにふるまうことです」

「朝食は八時半よ」

「そうしたい人にはね。眠い人にとっては九時か十時かもしれない」

「そんなことではこの家はやっていけないわ、モーリス。使用人もいなくなる。いずれわかるでしょうけど」

「お客さんが学校の生徒のように扱われるより、使用人がいなくなるほうがましだ」

「学校の生徒！　は！　彼はまさにそうじゃない」

「王立陸軍士官学校《ウーリッジ》[53]のね」モーリスは短く答えた。

アイダおばは、ふんと鼻を鳴らしたが、トンクス嬢はモーリスにちらっと尊敬の眼差しを送った。残りの家族は、寡婦の住まいに移るしかなくなった気の毒なダラム夫人の話に夢中で、モーリスたちの会話を聞いていなかった。カッとしたことでモーリスはすこぶる気分がよくなった。

数分後にディッキーがおりてきて、モーリスは彼の神を迎えるために立ち上がった。若者の髪は入浴後で頭に張りつき、優美な体は服に隠されていたが、並はずれて美しいことには変わりなかった。この若者には新鮮さがあり――花とともに登場したかのように――節度があって人がいい印象を与えた。ホール夫人に謝ったときのディッキーの声音に、モーリスは震えが来た。これがサニントン時代にかまってやらなかった幼い後輩だったとは！　昨晩到着したときにも、てっきりつまらない滞在客だと思っていた。

情熱がたぎりすぎて、それが続いているあいだ、モーリスは人生の危機が訪れたと信じこんだ。昔のようにほかのあらゆる予定をなげうって、朝食のあと、ディッキーをバリーおじの家へ連れていき、腕と腕を組んで、あとでお茶をする約束を取りつけ

53　ロンドンの東、ウーリッジにあった士官学校。第二次世界大戦の開戦とともに閉校となり、戦後にサンドハースト王立陸軍士官学校となる。

た。その約束は実行され、ディッキーがまた家にやってきて、モーリスは喜びにわれを忘れた。血が熱くなった。会話に注意を払うどころではなかったが、それすら有利に働いた。モーリスが「何?」と訊き返すと、ディッキーがソファの隣に坐ったからだ。モーリスは彼の体に腕をまわした……そこでアイダおばが入ってきて、言うなれば厄災を防いでくれた。しかし、モーリスはディッキーの素直な眼に答えを見た気がしたのだった。

ふたりはそのあともう一度顔を合わせた——真夜中に。モーリスは機嫌を損ねていた。何時間も待ちつづけたせいで、感情がささくれ立っていた。

「鍵は持ってるけど?」ディッキーは玄関にいた家の主に驚いて言った。

「知ってる」

間ができた。ふたりとも落ち着かなかった。ちらちらと相手を見ながら、視線が合うのを怖れていた。

「外は寒いかい?」

「いや」

「階上《うえ》に上がるまえに、何か出そうか」

「ううん。大丈夫」

モーリスはスイッチまで歩いて階段の踊り場の明かりをつけた。そして玄関の明かりを消し、ディッキーのうしろから駆け寄って、音もなく追い越した。

「ここはぼくの部屋だ」モーリスは囁《ささや》いた。「たいていね。いまはきみを泊めるために追い出されてる」そして言い添えた。「いつもここにひとりで寝てる」ことばが勝手に出ていくのを意識していた。ディッキーのコートを脱がせると、持ったまま何も言わずに立っていた。家はしんと静まり、ほかの部屋で女性たちが寝息を立てているのが聞こえた。

ディッキーも何も言わなかった。そこからの展開は無数にあったが、たまたま彼は状況を完全に理解していた。モーリスがあえて押しきれば、騒ぎ立てることはなかっただろう。しかし、モーリスは強要しなかった。そうしたくない気分だった。

「ぼくは階上《うえ》にいる」モーリスはあえて踏みこまず、あえぐような声で言った。「この上の屋根裏に――もし何か用があれば――ひと晩じゅう、ひとりきりでいる。いつもそうだ」

ディッキーはモーリスが出ていったあと、ドアに閂《かんぬき》をかけたい衝動に駆られたが、軍人らしくないと思い直し、翌朝の朝食のベルの音で目覚めた。顔に太陽の光を受け、心を洗い清められて。

30

この一件はモーリスを粉々に打ち砕いた。彼は過去をもとに解釈して、ディッキーを第二のクライヴだと勘ちがいしたが、三年を一日で生きることはできない。火は燃え上がったときと同じくらいの早さで消えて、怪しげな灰が残っただけだった。ディッキーが月曜に発《た》つと、若者の印象は金曜には薄れた。するとある顧客がモーリスにモーリスの職場を訪ねてきた。元気がよくてハンサムな若いフランス人で、どうか皆さん、詐欺に引っかけないでくださいねと言った。その客と冗談を交わすうちに、モーリスの心にいつもの感情が湧き起こったが、このときにはそれにともなう深奥からのにおいに気がついた。

「いや、せっかくですが、ぼくみたいな人間は身を粉にして働かないといけませんので」フランス人から熱心に昼食に誘われたモーリスは、そう答えた。その考えがあまりにイギリスふうだったため、フランス人はさかんに手を動かして大声で笑った。

客が去ったあと、モーリスは真実に直面した。ディッキーに対するあの感情は原始的で野蛮だった。昔ならセンチメンタルに〝憧れ〟と呼んだかもしれないが、いまは正直でありたいという気持ちがまさった。自分はどれほど狡猾だったことか。かわいそうなディッキー！　若者が彼の抱擁から跳んで逃れ、窓ガラスを割って外に落ち、手足の骨を折るところが頭に浮かんだ。あるいは、助けが来るまで狂ったように叫びつづけるところが。やがて警察が現れ――

「肉欲」モーリスはその単語を声に出してみた。

肉欲はおとなしいときには怖るるに足りない。正体を突き止めたいま、会社の静かな環境でなら抑えこめる自信があった。相変わらず実用主義のモーリスは、神学がらみの絶望に無駄に時間を費やさず、職務に邁進《まいしん》した。原因があらかじめわかり、心構えができているので、少年や若い男から距離を置くだけで充分うまくやっていけた。そう、ほかの若い男から離れていればいいのだ。この半年のあいだ、どうにもぼんやりしていた視界が晴れた。たとえば、セツルメントのひとりの学生のことがあった。もう証明するまでもないというふうに、モーリスは鼻にしわを寄せた。紳士を下の階層の人間に向かわせる感情は、厳に戒めなければならない。

前途に何が控えているのかはわからなかった。モーリスは性的不能か死によってしか終わらない状態に入りつつあった。クライヴがそれを引き延ばしていたのだ。クライヴは最初からずっと彼に影響を与えていた。ふたりの愛は肉体を含んではいても、肉体を歓《よろこ》ばせてはならないという互いの了解があった。クライヴはことばを使わずに、そうなるよう仕向けた。ことばに出しかけたこともあった——ペンジでの最初の夜、モーリスのキスを拒んだときや、ペンジですごした最後の午後、ふたりでシダの上に寝転がっていたときに。それがルールとなって黄金期が訪れ、死ぬまで続くはずだった。が、モーリスは、満足はしていたものの、どこか催眠術にかけられているような気がしていた。そこにクライヴの意図はあっても、モーリスの意図はなかったのだ。

いまやひとりになったモーリスは、学生時代のように無残にひび割れていた。癒やせるのはクライヴではない。たとえクライヴがふたたび現れて影響力を発揮したとしても、モーリスを回復させることはできなかっただろう。彼らのような関係は、終わったときにはふたりを永遠に変えてしまうものだからだ。

しかし、モーリスはそのすべてに気づかなかった。この世のものとも思われない過去のために眼が曇り、夢見られる最高の幸せといえば、その過去が戻ってくることしかなくなってしまっていた。会社で働いているときには、人生の道が大きく曲がっているのは見えなかった。まして机の向かい側に坐っている父親の亡霊など眼に入らない。父のホール氏は、かつて闘うことも、考えることもなかった。そういう機会がなかったのだ。社会を支え、危機など招くことなく、許されない愛から許される愛に移ることができた。そして、いま向かいにいる息子を見ながら一抹の嫉妬を覚えている。嫉妬は影の世界で消えずに残る唯一の苦しみだ。ホール氏はいま、肉体が精神を教育しているところを目にしていた。一方、彼の精神はついぞ教育されず、不活発な心と怠慢な思考力が意に反して養われただけだった。

モーリスは電話口に呼ばれた。受話器を耳に当てると、半年の沈黙を破って、ただひとりの友人の声がした。

「やあ」友は言った。「ぼくのニュースをもう聞いてるだろうな、モーリス」

「ああ、でも、手紙をくれなかったから、ぼくも書かなかった」

「もちろんだ」

「いまどこにいる？」

「レストランからかけてる。きみに来てもらいたいんだ。どうだい?」

「残念だが行けない。ちょうど別の昼食の誘いを断ったばかりだ」

「いま少し話せないぐらい忙しいか?」

「いや、そんなことはない」

クライヴはモーリスの声音に安心したようで、続けた。「ぼくの伴侶が隣にいるんだ。あとで替わる」

「ああ、いいよ。今後の予定を教えてほしい」

「結婚式は来月だ」

「おめでとう」

ふたりとも、ほかに言うことを思いつかなかった。

「アンに替わる」

「アン・ウッズです」娘の声が言った。

「ぼくはホール」

「え?」

「モーリス・クリストファー・ホール」

「わたしはアン・クレア・ウィルブラム・ウッズです。ほかに何を話せばいいのかわからないわ」

「こちらもね」

「今朝こうやってお話しするクライヴのお友だちは、あなたで八人目なの」

「八人目？」

「聞こえないんですけど」

「八人目と言ったんです」

「ええ、そうなのよ。じゃあ、クライヴに替わります。ごきげんよう」

またクライヴが出てきた。「ところで来週ペンジに来られないか？　急な話だが、そのあとだと、こっちも大忙しだから」

「悪いけど、たぶん無理だな。ミスター・ヒルも結婚することになっていて、こっちもなかなか忙しい」

「誰だっけ。きみの年長の共同経営者？」

「そうだ。そのあとエイダとチャップマンの結婚式もある」

「聞いたよ。だったら八月はどうだい？　九月はだめだ、ほぼまちがいなく補欠選挙になるから。でも、八月に顔を見せてくれ。屋敷チーム対村チームのくだらないクリケットの試合があるから、応援に」

「ありがとう。それならたぶん行ける。また近くなったら手紙で知らせてくれるかな」

「ああ、もちろん。それから、アンがいまポケットに百ポンド持ってる。彼女のために投資してもらえないか」

「いいとも。どこを考えてる?」

「きみが選んでくれ。彼女が考えるのは四パーセントの利息のことだけだ」

モーリスは銘柄をいくつかあげた。

「最後のがいいわ」アンの声が言った。「よく聞こえなかったけど」

「契約書で確かめてください。住所を教えていただけますか」

アンは住所を伝えた。

「わかりました。こちらの書類が届いたら小切手を送ってください。この電話を終わって、すぐに買っておきます」

モーリスは電話を切った。その後彼らの会話は、おしなべてこんな調子になる。クライヴとその妻がどれだけモーリスに気持ちよく接しても、モーリスは、いつも彼らが電話の向こうにいるように感じた。昼食のあと、彼は結婚祝いを選びに出かけた。何か大きなものを贈りたい衝動に駆られたが、花婿の友人リストの八番目がそんなことをするのは場ちがいに思えた。代金の三ギニーを払うときに、カウンターのうしろのガラスに映った自分の姿をちらっと見た。なんと立派な若い市民に見えることか——物静かで、品位があって、裕福なのに悪擦れしていない。まさにイギリスが頼りにする市民だ。同じ彼がこのまえの日曜に若者を襲いかけたことなど、誰が想像できるだろう。

31

春がかすれて消えていくころ、モーリスは医師に相談しようと決意した。彼の性格からはおよそ考えられない決断をせざるをえなかったのは、列車内でおぞましい体験をしたからだった。モーリスが鬱々と考えこんでいたところ、車内にあとひとりだけいた乗客がその表情を見て、疑いと期待を抱いたのだ。恰幅がよく脂ぎった顔のその人物は、淫らな行為を仄めかす合図を送り、モーリスは不注意にもそれに応《こた》えてしまった。次の瞬間、ふたりは同時に立ち上がった。相手の男が微笑み、モーリスは彼を殴り倒した。相手にとってはつらい出来事だった。モーリスより歳上だったし、鼻血が流れて座席のクッションに垂れるほどだった。男は恐怖に襲われ、モーリスが非常用のコードを引くのではないかと思って、なおさらつらくなった。しどろもどろに謝罪し、お詫びに金を払うと言った。モーリスは険しい顔でそのまえに立ち、足元の卑劣で汚らわしい老人のなかに将来の自分の姿を見た。

医者にかかると思うだけで虫酸《むしず》が走ったが、自力で肉欲を抑えこむことには失敗していた。それは少年時代と同じくらい生々しく、しかし何倍も強く、彼の空疎な魂のなかで荒れ狂っていた。若い男から距離を置けばいい。無邪気にもそう結論していたが、若い男のイメージを遠ざけることはできず、心のなかで絶え間なく罪を犯すことから逃れられなかった。どんな罰でもこれよりはましだ——彼は医者が罰を与えると思っていた。快癒の見込みがあるのなら、どんな治療にも耐えてみせる。たとえ治らなくても、やることができた分だけあれこれ想像する時間が減るのだからかまわなかった。

誰に相談しようか。よく知っているのは、若いジョウィット医師だけだった。列車での事件があった翌日、モーリスはできるだけさりげなくジョウィットに訊いてみた。「あの、往診でオスカー・ワイルド[54]のようなけしからんタイプに会うことはありませんか」しかしジョウィットは、「いや、それは精神科病院の担当だな、ありがたいことに」と答えて、モーリスをがっかりさせた。

ことによると、もう二度と会わない人に相談するほうが得策かもしれない。専門家をあれこれ思い浮かべてみたが、自分の病気の専門家がいるのかどうか、いたとして、こちらが告白した秘密を守ってくれるのかどうかもわからなかった。ほかのあらゆる問題には助言を求めることができるのに、日々悩まされているこの問題だけについては、世の文明は何も教えてくれなかった。

結局、思いきってバリー医師を訪ねることにした。不愉快な会話になることはわかっていたが、バリー医師は、いじめやからかいが度を越すこともあるものの、完全

54 ダブリン生まれの文豪（一八五四―一九〇〇）。小説『ドリアン・グレイの肖像』、童話『幸福な王子』、詩劇『サロメ』など、多彩な著作活動をおこなったが、四十一歳のときに同性愛の廉《かど》で逮捕、投獄された。

に信頼できる人物であり、モーリスがディッキーに親切にしてからは態度も軟化していた。モーリスと医師はとても友人同士とは言えなかった。むしろそのほうが相談しやすい。ふだんからめったに医師の自宅は訪ねないので、この件で出入り禁止になったところでほとんどちがいはなかった。

モーリスは五月の寒い夜、医師の家へ出向いた。春は見せかけだったことがわかり、夏もみじめなことになりそうだった。最後の訪問はちょうど三年前で、うららかに晴れた空の下、ケンブリッジを停学になった件で説教をされにきたのだった。そのとき老人がどれほど厳しかったかを思い出し、モーリスの胸の鼓動が速くなった。今回、医師は上機嫌だった。妻と娘とブリッジをしていて、モーリスも四人目に加われとしきりに誘った。

「少しお話しできないでしょうか、先生」モーリスはひどく感情が昂《たかぶ》って、みなまで説明できないにちがいないと感じた。

「なんだね、話してみたまえ」

「医学的な意見をうかがいたいのです」

「いやはや、きみ、私は診察をやめて六年になるのだよ。ふつうはジェリコかジョウィットのところへ行くだろう。まあ坐りなさい、モーリス。久しぶりだ。まさか死にかかっているわけでもあるまい。ポリー！　しおれかけたこの花にウイスキーだ」

モーリスは立ったままだったが、いきなり背を向けて部屋から出ていった。その様子が妙だったので、バリー医師は廊下まであとを追った。「どうした、モーリス、まじめに聞こうじゃないか。私で役に立てることがあるかね？」

「あるはずです！」

「診察室もないのだが」

「ジョウィットにはとても打ち明けられない、あまりにも内密な病なのです。だからここに来ました。この話ができる医師はあなただけです。昔一度、話したいものですとあなたに言ったことがあります。あの件です」

「秘密の心配事というわけか、え？　まあ来なさい」

ふたりはダイニングルームに入った。食卓にはまだデザートが残っていた。炉棚にはメディチ家のヴィーナス[55]の青銅像が置かれ、グルーズの複製画が何枚か壁にかかっ

55　紀元前一世紀に作られたとされる、手で秘部を隠したヴィーナスの大理石像。

ていた。モーリスは話そうとして話せなかった。水をつぎ、それでも話せず、思いあまって突然泣きだした。

「急がなくていい」老人はやさしくいたわるように言った。「それと、これは診療行為だ。きみの話す内容が母上の耳に入ることはない」

モーリスはこの面談の醜悪さに圧倒された。あの列車のなかに戻ったかのようだ。自分が追いこまれた状況のおぞましさに泣いた。もとより、このことをクライヴ以外の誰かに打ち明けるつもりはなかった。言うべきことばが見つからず、つぶやくように言った。「女性に関することで――」

バリー医師は結論に飛びついた。じつは廊下で話したときから、そんなことではないかと思っていたのだ。彼自身も若いころ、いくらか同じ問題を抱えたことがあり、モーリスに同情せずにはいられなかった。「いっしょに解決しよう。すぐに治るさ」

モーリスは涙が数粒こぼれたところで、こらえた。残りの涙は頭のなかでせき止められて、苦悩を深めた。「ええ、どうか治してください」と言い、椅子にどさっと坐って、両腕を肘かけから垂らした。「破滅しそうなんです」

「女か！　きみが学校の演壇で滔々《とうとう》としゃべったときのことをよく憶《おぼ》えておるよ……

私の哀れな弟が亡くなった年だった……きみは寮長だかの奥さんにぼうっと見とれとった……私はこう思ったものだ、この子が学ぶべきことはまだたくさんある、人生は厳しい学校だぞ、とね。われわれにものを教えることができるのは女だけだ。そして女には、いいのと悪いのがおる。いやまったく！」医師は咳《せき》払いをした。「まあ、きみ、私を怖れる必要はない。真実だけを話してくれれば治してみせよう。その忌まわしいものをどこでうつされたんだね。大学か？」

最初、モーリスには理解できなかった。やがて額に汗が浮いてきた。「いや、そういう汚らわしいことじゃないんです」と大声で否定した。「ぼくなりの忌々しい理由から、そういう病気にはぜんぜん罹っていません」

バリー医師は気を悪くしたようだった。ドアに鍵をかけながら言った。「すると、インポテンツか？　診てみよう」声に蔑《さげす》みが混じっていた。

モーリスは裸になった。怒りにまかせて服を放り投げた。エイダを侮辱したように、彼自身も侮辱された。

「何も問題ない」が評決だった。

「どういう意味です、問題ないとは？」

「ことばどおりだよ。きみは病気ではない。心配することは何もない」

モーリスは暖炉の火のそばに坐った。バリー医師はこれ以上立ち入る必要はないという印象を受けつつも、モーリスのその姿に眼を惹《ひ》かれた。芸術的とは言えないまでも、立派な体だった。ふだんどおり坐っていて、体も顔も決然と火のほうを向いている。ここで降伏はしないぞという雰囲気だった——のろまで不器用かもしれないが、望みのものを手に入れたときには、天地が恥じ入ろうともしがみついて離さないというふうな。

「何も問題ない」医師はくり返した。「なんなら明日にでも結婚できる。老人のアドバイスを聞く気があるのなら、すぐにそうするといい。さあ、服を着なさい。隙間風が寒いだろう。いったいどこからこういう考えを吹きこまれたのだ」

「まだわからないのですね」モーリスは怯《おび》えながらも軽蔑をにじませて言った。「ぼくは、口にするのも憚《はばか》られる、オスカー・ワイルドの仲間なのです」彼はローマ皇帝カエサルをまえにしているかのように、告白を終えた。眼を閉じ、握りしめた両手の拳をそこに押し当てて、身じろぎもせず坐っていた。

ついに審判が下された。モーリスは自分の耳が信じられなかった。それは「馬鹿な。

馬鹿げとる！」だったのだ。あらゆることを期待していたが、これではなかった。自分のことばが馬鹿げているのなら、この人生は夢ということになる。

「バリー先生、まだ説明が――」

「いいかね、モーリス。その禍々《まがまが》しい幻覚、悪魔からの誘惑を、二度と呼び入れてはならない」

その声はモーリスの心に刻みこまれた。〝科学〟がしゃべっているのではなかったのか？

「誰がそんな嘘をきみに植えつけた？　私が会い、知っているきみはまともな人間だろう。こんなことは二度と話したくない。だめだ、私は話し合わない。ぜったいにな。話し合うことが、きみにはいちばん悪い」

「アドバイスが欲しいのです」モーリスは医師の怖ろしい迫力に抵抗して言った。「ぼくにとっては馬鹿げていません。ぼくの人生の話なんです」

「馬鹿げとる」医師の声が威厳たっぷりに言い渡した。

「記憶にあるかぎり、昔からこうなのです。理由もわからない。これは何なんです。ぼくは病気なんですか？　もしそうなら治してもらいたい。もうこんな孤独には耐えられない。とくにこの半年のような孤独には。あなたの言うとおりにします。それだけです。どうか助けてください」

モーリスはもとの恰好に戻り、体と魂で火を見つめた。

「さあ、服を着るんだ」

「すみませんでした」モーリスはつぶやき、医師のことばにしたがった。バリー医師はドアの鍵をあけて呼ばわった。「ポリー！　ウイスキーだ！」

診察は終わった。

32

バリー医師はできるかぎりの助言をした。モーリスの問題に関する医学書は一冊も読んだことがなかった。病院で働いていたころにはその種の本が存在しなかったし、以来出版されたものはすべてドイツ語だから、役に立たなかった。性格上この話題が嫌いなので、社会の判断を喜んで支持した。すなわち、神学にもとづく判断だ。ソドムをちらとでも見ることができるのは、堕落しきった人間だけである。したがって、素性も確かで体もたくましい男がそういう傾向だと告白したら、バリー医師としては「馬鹿な。馬鹿げとる！」が当然の答えなのだ。本人は誠実そのものだった。モーリスはたまたま何かを耳にして、そこからおぞましい考えを抱いてしまった、と医師は信じていた。医学に通じた人間が軽蔑して沈黙すれば、そんな考えはたちどころに消え去る、と。

モーリスもその診断に敬意を払わないわけではなかった。彼の家族にとってバリー医師は偉大な存在である。キティの命を二度も救い、ホール氏の最後の病気に際しても治療に力を尽くしてくれた。きわめて率直で、他人に頼らず、自分の胸にないことはいっさい言わない。医師はもう二十年近く、一家の究極の権威だった。相談を持ちかけることはめったにないが、その存在を忘れることもなく、いざとなれば正否を判断してもらえる。そんな医師に馬鹿げていると言われて、モーリスは、体のすべての細胞が抗議してはいたものの、実際に馬鹿げているのではないだろうかと考えた。バリー医師の考え方は大嫌いだった。彼が売春を許容しているのは不愉快だ。とはいえ、モーリスは医師の意見を尊重し、また運命と議論を戦わす覚悟で立ち去った。

覚悟が定まったのには、医師には言えないもうひとつの理由があった。クライヴは二十四歳になったあとで女性に眼を向けるようになった。モーリス自身は八月で二十四歳になる。自分もそこで同じようになる可能性は……さらに考えてみると、二十四歳よりまえに結婚する男はほとんどいなかった。モーリスには、多様性を想像できないというイギリス人らしい欠点があった。過去の苦い経験から、ほかの人も生きていることは学んでいたが、彼らがみな異なる人間であることまで理解しておらず、クライヴのたどった道をそのまま自分にも当てはめようとした。

結婚して社会にも法にも認められるのは、愉しいことにはちがいない。バリー医師は、別の日にモーリスに会って言った。「モーリス、しっかりした娘を見つけることだ。そうすれば、問題は消えてなくなる」

モーリスの頭に、またグラディス・オルコットが浮かんだ。もちろん彼はもう世間知らずの大学生ではない。苦しみを味わい、己の内部を探って、自分がふつうではないことを知っている。だが、希望はないのか？　ふつうでないことに理解のある女性に会えたとしたら？　子供は欲しかった。子供を作ることはできる——バリー医師もそれは請け合った。どうしても結婚は無理だろうか。エイダがいるので、家のなかではつねに結婚が話題にのぼっていた。母親はしきりに、彼とキティが互いにいい相手を紹介し合いなさいと言う。その他人事《ひとごと》のような言い方には驚かされた。夫に先立たれて以来、彼女にとって〝結婚〟、〝愛〟、〝家族〟といったことばはまったく意味を持たなくなっていた。

トンクス嬢からキティに音楽会のチケットが送られてきて、ひとつ可能性が見えてきた。キティは出かけられず、誰か代わりに行かないかと家族に持ちかけた。モーリスは行きたいと答えた。クラブに行く夜でしょ、とキティが指摘すると、モーリスは、そっちはやめにすると言った。そして音楽会に出かけたところ、なんと演奏されたのは、クライヴが教えてくれたチャイコフスキーの交響曲だった。聴く者を貫き、引き裂き、なだめる楽曲――彼にとって音楽はたんにそれだけのものだった――を愉しみ、トンクス嬢に対して温かい感謝の気持ちが湧いた。が、不幸にして、コンサートのあとでリズリーに出くわした。

「サンフォニー・パティックだったな」リズリーはうれしそうに言った。

「悲愴交響曲《シンフォニー・パセティック》ですよ」無教養なモーリスは訂正した。[56]

56 モーリスはリズリーがあえてフランス語を使ったのがわからず、言いまちがいだと思った。

「近親相姦で悲愴な交響曲《サンフォニー・アンセスチュアズ・エ・パティック》だ」リズリーは言って、若い友人に、チャイコフスキーはみずからの甥を愛してこの傑作を捧げたのだと解説した。「ロンドンの名士が一堂に会するのを見にきたんだ。じつにすばらしいな！」

「妙なことばかり知ってますね」モーリスは息苦しい思いで言った。いざ秘密を打ち明けられる相手が現れると、いなくなれと思ってしまうのは不思議だった。ともかくすぐに図書館に出かけ、チャイコフスキーの生涯を学んだ。作曲家の結婚生活の破綻にまつわる話は、ふつうの人が読めば性格の不一致ぐらいに思われて、あまり興味も覚えないだろうが、モーリスはぞくぞくした。惨事とはどういうことかも知った。バリー医師がその寸前まで彼を引っ張っていったことも。伝記を読んでいくと、チャイコフスキーが神経衰弱のあとで恋に落ちたすばらしい甥の〝ボブ〟が出てきた。ボブのおかげで、チャイコフスキーは精神的、音楽的な復活を果たしたのだ。その本には積もりかけていた埃《ほこり》を吹き払う効果があり、モーリスは文学作品が初めて役立ったとありがたく思った。ただし、うしろ向きに役立ったのだ。モーリスはあの列車のなかに戻った。得られたのは、医者は馬鹿だという信念だけだった。

すべての道は閉ざされたように見えた。絶望のあまり彼は少年時代に放棄した行為に走り、品位は落ちてもある種の安らぎは得られることに気づいた。すべての感覚が凝縮した身体的な欲求が解放されて、仕事はできるようになった。彼は平凡な男であり、平凡な戦いには勝てたかもしれないが、造物主は異常なものとの戦いを強いていた。誰からも助けられずにそれに勝てるのは聖人だけだ。モーリスは形勢不利になってきた。ペンジのクライヴを訪ねる直前に、心許なく魅力的とは言えないものの、新しい希望もかすかに見えてきた――催眠術だ。リズリーから聞いた話では、コーンウォリス氏が催眠術を受けたという。「さあ、あなたは不能者《ユーナック》ではない！」と医師が唱えると、見よ！ 彼は不能者でなくなったらしい[57]。モーリスはその医師の住所を教わったが、それで何かするつもりはなかった。科学的な意見は一度聞くだけで充分だ。いつもながら、リズリーは察しがよすぎるとも思った。住所を教えたときの彼の声は親切だったが、どこかおもしろがっているようでもあった。

57 ユーナックは「宦官《かんがん》」の意。第5章でリズリーが彼を宦官呼ばわりしている。

33

親密さから逃れることができたクライヴ・ダラムは、あの喫煙室での別れのあと、つらい思いをしているにちがいない友人をぜひとも助けたいと思っていた。数カ月前に文通も途絶えた。モーリスの最後の手紙は、バーミンガムの祖父の葬儀のあと書かれたもので、自殺はしないと宣言していた。クライヴは、友が自殺するとは一度も思ったことがなかったが、とにかくメロドラマが終わってほっとした。電話で話したときのモーリスは尊敬できる男の声だった――すんだことはすんだこととして、情熱から離れた温かい交際を続けたがっているような。わざと気安くふるまっている様子はなかった。かわいそうなモーリスは控えめで、少し怒ってさえいた。それはまさにクライヴが当然と見なす姿であり、その状況は改善できると感じていた。

クライヴは、できることはなんでもしたかった。ふたりの過去がどういう性質のものだったかは忘れかけていたが、その大きさはまだ憶えており、モーリスが彼を耽美主義から愛の太陽と風のなかへ引き上げてくれたことに感謝していた。モーリスがいなければ、自分はアンにふさわしい存在に決してなれなかっただろう。不毛な三年のあいだ、ずっとあの友が助けてくれたのだから、今度はこちらが助けなければ恩知らずだ。クライヴは恩返しという考え方が好きではなかった。むしろ純粋な友情から手助けしたかったが、そのためには手元にあるものを使うしかない。もしすべてがうまくいって、モーリスが感情的にならず、電話の向こうにとどまり、アンが考えるとおり健全で、ひねくれたり深刻になりすぎたり荒れたりしなければ、そのときにはまた友人同士になれるかもしれない。ただし、別の道、別のやり方で。モーリスにすぐれた資質があるのはわかっていた。それをまた身近に感じられるときが来るかもしれない。

しかし、クライヴがそんなことを考えるのはまれで、考えたとしても漫然とだった。いまや彼の人生の中心はアンだった。アンはうちの母親と仲よくやっていけるだろうか。アンはサセックスの海のそばで育ったが、ペンジが好きになるだろうか。教会にあまりかよわないことを残念がるだろうか。政治の話が嫌にならないだろうか。クライヴは愛にのぼせ上がり、アンに身も心も捧げていた。以前の情熱から学んだことをすべて用いてアンに尽くした。かつてその情熱を向けた相手のことは、努力しないと思い出せなかった。

彼女が世界のすべてだった婚約の初期、アクロポリスも含めたその輝きのなかで、クライヴはモーリスのことをアンに打ち明けようかとも思った。アンも些細な罪を彼に打ち明けていたのだ。しかし、友への忠誠心からクライヴはそれを明かさず、のちにそれでよかったと思った。アンは不滅の存在になったとはいえ、女神のパラス・アテーナーではなく、彼が手を触れられない部分もたくさんあった。その最たるものが彼ら自身の愛の行為だった。結婚後にクライヴがアンの寝室に入ったとき、アンには彼が何を望んでいるのかわからなかった。高等教育は受けていたものの、性のことは誰からも教わっていなかったのだ。クライヴはあらんかぎりの思いやりを示したが、アンをひどく怖がらせてしまい、彼女に嫌われたと感じた。実際はちがった。アンはその後喜んで彼を迎えたが、つねにひと言も発しなかった。夜の営みは昼間とはなんらかかわりのない世界で交わされ、その秘密はほかの生活の多くにも影響を与えた。話題にできないことがたくさんある。クライヴはアンの裸体を見たことがなく、逆も然り。彼らは人の生殖機能や消化機能について話さなかった。だから、クライヴの未熟なころのあの体験が問題になることもなかった。

話すわけにはいかなかった。秘密が夫と妻を隔てるのではなく、アンが秘密と彼のあいだを隔てていた。クライヴはあとで振り返って、やはり言わなくてよかったと思った。あれはしたないとは言わないまでも、感傷的で、忘れたほうがいい思い出だった。

秘密を持つことは彼の性に合っていた。少なくとも、うしろめたく思わず隠し通すことができた。明かしたくてうずうずすることもなく、肉体の価値は認めつつも、彼にとって実際の性行為は凡庸に思え、夜の帳《とばり》に包んでおくのがいちばんだった。男同士の行為は論外だが、男女間のそれも、自然なこととして社会で認められているとはいえ、話し合ったり自慢したりしてはならない。彼の理想の結婚は、ほかのあらゆる理想と同じく、節度があって美しいものだった。だからこそ、アンのなかに己にふさわしい伴侶を見た。彼女には優美さがあり、他人の優美さを褒める思いやりもある。ふたりはやさしく愛し合い、申し分のないしきたりが彼らを受け入れた。そしてその間、モーリスは障壁の向こうをさまよっていた。唇にまちがったことばを浮かべ、心にまちがった欲望をいだき、広げた両手に空気を抱えて。

34

モーリスは八月に一週間の休暇をとり、屋敷チーム対村チームのクリケットの試合の三日前から招待されて、ペンジに出かけた。到着したときには、奇妙で悲しい気分だった。リズリーに教えられた催眠術師のことをずっと考え、ますます相談してみようという気になっていた。それほど厄介な状態になっていたのだ。たとえば、庭園のなかを家に向かっているときに、森番の男がふたりのメイドとふざけ合っているのを見かけて、刺すような嫉妬を覚えた。メイドの娘たちはずいぶん醜かったが、男のほうはちがって、それがいっそううとましかった。モーリスは三人を見つめ、残酷で高慢な気持ちになった。娘たちはくすくす笑いながら離れていき、森番の男がこっそりうかがうようにモーリスを見つめ返し、帽子に触れて挨拶したほうがよさそうだと判断した。モーリスは三人のちょっとした遊びを台なしにしたのだった。どうせ彼らはモーリスが通りすぎたあとでまた集まるのだ。世界じゅうで女は男と会い、キスをしたりされたりしている。やはり性格を変えて、世の習わしにしたがったほうがいいのではなかろうか。モーリスはこの訪問のあとで決めることにした。というのも、見込みがないにもかかわらず、彼はまだクライヴに何かを期待していたのだ。

「クライヴは出かけています」若い女主人が言った。「あなたに愛を、とか言っていました。夕食には戻ります。義兄のアーチー・ロンドンがお世話をしますが、あなたは世話をされるのが好きではなさそう」

モーリスは微笑んで、お茶を受け取った。客間は昔のままだ。人々がそこここに集まって、何かを取り決めているような雰囲気だった。クライヴの母親はもはや家の主人ではないが、寡婦の住まいの下水設備が壊れているらしく、まだ同居していた。家には荒廃の影が忍び寄っていた。篠突《しのつ》く雨の向こうで門柱は曲がっているし、木々も野放図に茂り、室内の派手な結婚祝いの数々は、すり切れた衣服の継ぎはぎのように見えた。ウッズ嬢からペンジへの持参金はなかった。教養があり明るい人柄だったが、実家はダラム家と同じ階級で、イギリスは年を追うごとに彼女の収入を減らしていた。[58]

58 二十世紀初頭、農業収入の減少や、自由党政権下の税制改革（累進課税強化・相続税引き上げ）により、金融などの分野に手を広げられなかった一部の地主階級は没落した。

「選挙運動に出ているのです」アンは続けた。「秋に補欠選挙があるもので。ようやく本人がまわりの人を説得したんですよ、立候補しろと言ってくれるまで」彼女には批判の機先を制する貴族的な才能があった。「でも、まじめな話、クライヴが選ばれれば、貧しい人たちには朗報です。彼らの真の友人ですから。あの人たちがそれを知っていればですけど」

モーリスはうなずいた。社会問題を論じたい気分だった。「彼らには少々ものを教えてやらないといけませんね」

「そう、彼らにはリーダーが必要なのです」静かだがはっきり聞こえる声が言った。「リーダーが見つかるまで、苦しい日々が続く」アンがこの新任の牧師、ボレニアス氏を紹介した。アン自身がいまの教区に連れてきた牧師だった。クライヴは、任命する相手が紳士で村に貢献してくれるかぎり、誰であるかにはこだわらなかった。ボレニアス氏は両方の条件を満たすうえ、高教会《ハイチャーチ》に属しているので、低教会《ローチャーチ》の前任者とのバランスがとれそうだった。[59]

「まあ、ミスター・ボレニアス、とても興味深いお話！」年配の婦人が部屋の向こう側から呼びかけた。「ですが、あなたのお考えでは、わたくしたちみんな、リーダーが必要なのよね。まったく同感です」婦人はそのリーダーを探すように部屋のあちこちに視線を送った。

「さよう。くり返しますが、あなたがた全員にリーダーが必要です」ボレニアス氏は老婦人の視線の先をたどったが、探していたものが見つからなかったのか、ほどなく暇《いとま》を告げた。

「牧師館ですることなんてないはずなのに」アンが考えながら言った。「いつもあんな感じなんです。住宅問題でクライヴを叱るためにここに来て、夕食にお誘いしてもいなくなる。おわかりでしょう。繊細なかたなの。貧しい人たちのことを心配してるんです」

「ぼくも貧しい人たちとつき合いがある」モーリスはケーキの皿を取りながら言った。「でも、彼らの心配はしません。この国全体のために彼らを援助しなければならない、それだけです。彼らにはわれわれと同じ感情がない。われわれが同じ立場に置かれた

59 イングランド国教会（聖公会）のなかで、ハイチャーチはカトリックに近く、教会の権威や伝統を重視し、ローチャーチは儀式より個人の回心を重んじる。

ときほどには苦しまない」

アンは同意しないという表情を浮かべたが、自分の百ポンドをこの仲買人に預けたのは正解だったと思った。

「ぼくが知っているのは、ゴルフ場のキャディやスラム街の学生セツルメントにいる人たちだけですが、それでも学ぶことはある。貧民層は憐れんでもらいたいのではない。彼らはぼくがグラブをはめて殴りかかっているときにだけ、本気で好感を抱くんです」

「まあ、彼らにボクシングを教えているの」

「ええ、ラグビーもします……あいつらは態度の悪いスポーツマンです」

「でしょうね。ミスター・ボレニアスは、あの人たちには愛が必要だって」アンは間を置いたあと言った。

「まちがいなく。でも永遠に得られない」

「ミスター・ホール！」

モーリスは口ひげをふいて、微笑んだ。

「ひどいかた！」

「それは意外だけど、言われてみればそうかもしれない」

「ひどい仕打ちがお好きなの？」

「人はなんにでも慣れるものです」モーリスは言い、うしろのドアが勢いよく開いたので、さっと振り返った。

「驚いた。わたし、クライヴのことを皮肉屋だと叱るんですけど、あなたはそれ以上でした」

「あなたの言う、ひどい人間であることには慣れました。貧しい連中がスラム街に慣れるようにね。たんに時間の問題です」モーリスは好き放題しゃべっていた。到着してからというもの、自棄《やけ》を起こしていた。クライヴは家で彼を出迎えすらしなかった。上等じゃないか！「少し騒いだあとは、自分の穴に慣れるものです。最初はみな子犬の群れみたいに吠え立てる。ワン！　ワン！　ワン！」アンは、まさか彼が鳴きまねをするとは思っていなかったので、笑った。「だけどしまいに、ほかの人たちは忙しくて、こっちの話を聞いてる暇なんかないってことがわかる。だから鳴くのをやめる。それが事実です」

「男のかたらしい見方だわ」アンはうなずきながら言った。「クライヴにそういう見方はさせないつもりです。わたしは同情することが正しいと信じているので……互いに重荷を担い合うことが。時代遅れなのは承知です。あなたはニーチェの信奉者？」

「それはどうかな！」

アンはホール氏が好きになった。クライヴからは、ホールは鈍感に思えるかもしれないよと言われていたけれど。たしかにある意味で鈍感だが、個性があるのは確かだ。なぜ夫が彼と仲よくイタリア旅行をしたのかがわかった。「どうして貧しい人が好きではないの？」彼女は唐突に訊いた。

「嫌いなわけじゃありません。必要に迫られないかぎり、彼らのことを考えないだけです。スラムとか、急進的労働組合主義《サンディカリズム》とか、その他のことはすべて社会に対する脅威だから、誰もが少しずつ抵抗しなきゃならない。でもそれは愛のためじゃありません。ミスター・ボレニアスは事実を正面から見てませんね」

アンは押し黙ったあと、あなたは何歳と訊いた。

「明日、二十四になります」

「歳のわりには頑固なのね」

「あなたはさっき、ひどいと言ったばかりだ。簡単に評価を甘くするんですね、ミセス・ダラム！」

「ともかく、あなたは自分の主張を曲げない。そちらのほうがよくないわ」

アンは相手が顔をしかめるのを見て、偉そうなことを言いすぎたかと心配し、話題をクライヴに変えた。クライヴはもうすぐ戻ってくるが、本当に残念なことに、明日もやむなく出かけなければならない。有権者をよく知っている代理人が彼を紹介してまわることになっている。どうか赦していただきたい。そして、クリケットの試合でぜひ力を貸してほしい。

「別の用事次第ですね……もしかすると……」

アンは急に好奇心を表して彼の顔を見た。「お部屋をご覧になりたいでしょう――アーチー、ミスター・ホールを鳶色の間《ラセット・ルーム》にお連れして」

「ありがとう……これから郵便は送れますか」

「今夜はもう出ません。でも電報は送れますよ。ここに滞在すると電報をお打ちになったら……余計な口出しかしら」

「電報を打つ必要が生じるかもしれません。まだわかりませんが。いずれにせよ、ありがとう」

モーリスはロンドン氏のあとについてラセット・ルームに行った。クライヴは旧交を温めようと話しにくるかもしれない、ぼくがどれほど悲惨な思いをしたかわかっているはずだと考えた。もうクライヴを愛してはいないが、まだ彼のせいで苦しむことはあった。鉛色の空から庭園に雨が降り注ぎ、森は静かだった。夕闇が迫るころ、モーリスはまた新たな苦悩の渦に巻きこまれた。

夕食まで部屋から出ず、かつて愛した亡霊たちと闘った。新しい医師がこの自分を変えられるのなら、たとえ体と魂が蹂躙《じゅうりん》されようと行ってみるべきではないか。この現実の世界では、人はかならず結婚するか、滅びるかだ。自分はまだクライヴから離れられない。もっと大きな何かが介入してこないかぎり、いつまでも未練は残る。

「ミスター・ダラムは戻ったかな?」モーリスはメイドが水を持ってきたときに訊いた。

「はい、戻られました」

「つい先ほど?」

「いいえ、三十分ほどまえです」

メイドは窓のカーテンを引き、外の風景を隠したが、雨音までは消せなかった。その間、モーリスは電文を書いた。「ラスカー・ジョーンズ、W、ウィグモア・プレイス六番地」と読み上げた。「木曜に予約を希望。ホール。ウィルトシャー、ペンジ、ダラム家気付」

「かしこまりました」

「どうもありがとう」彼は丁寧に礼を言い、ひとりになるが早いか顔をゆがめた。人前に出るときと、ひとりでいるときの態度がくっきりと分かれてしまった。客間ではクライヴに平然と挨拶し、温かい握手を交わした。クライヴは、「すごく元気そうだな。こちらは食事のときに加わってもらう人だ」と言って、モーリスに若い娘を紹介した。いかにも地主らしくなって、社会に対する憤懣《ふんまん》は結婚後にすべて消え去っていた。政治的な見解が一致して、ふたりは大いに語り合った。

クライヴはクライヴで、モーリスの訪問を喜んでいた。アンからは「荒っぽいけれど、とてもいいかた」という報告を受けた。満足すべき状況だ。たしかにモーリスの気性には荒々しいところがあるけれど、もはやたいした問題ではない。エイダをめぐるあの愁嘆場は忘れることができた。モーリスはアーチー・ロンドンともうまくやっていて、これは重要な点だった。アーチーはアンに飽きられている。一方で、誰かにつきっきりになれるタイプだから、クライヴはアーチーとモーリスを互いに割り当てるつもりで招待したのだ。

客間で彼らはまた政治について話し、急進派は信用できない、社会主義者は頭がおかしいと全員を説得した。雨はさえぎられることのない単調さで降りつづいていた。会話がときどき途切れて静かになるたびに、雨の囁きが部屋に入りこみ、その夜の終わりごろ、ピアノの蓋が、ポツン、ポツンと鳴りだした。

「またわが家の幽霊ですわ」ダラム夫人が明るい笑みを浮かべて言った。

「天井にとても可愛らしい穴があいてる」アンが叫んだ。「クライヴ、あのままにしておけない？」

「そうするしかないな」クライヴは言って、ベルを鳴らした。「だが、ピアノは移動させよう。あまり濡れると壊れてしまう」

「皿はどう？」ロンドン氏が言った。「クライヴ、皿で受けたらどうかな。一度、クラブで天井の雨もりがあったんだが、ぼくがベルを鳴らしたら、給仕が皿を持ってきた」

「ぼくがベルを鳴らしても、うちの使用人は何も持ってこない」クライヴはまた大声で言った。「そうだな、皿もある、アーチー。だがピアノも動かさないと。アンの可愛い小さな穴が夜のあいだに大きくなるかもしれないから」

「かわいそうなペンジ！」彼の母親が言った。全員が立ち上がって、天井の雨もりしているところを見つめた。アンは吸い取り紙でピアノのなかの部品をふきはじめた。その夜はお開きとなり、人々はみな満足して、雨もりのことをおもしろおかしく話した。おかげで雨が降っていることがわかったと。

「洗面器を持ってきてくれるか」ベルに応えてメイドが来ると、クライヴが言った。「雑巾も。あと、ピアノを動かして絨毯を部屋の隅に寄せるから、手伝える男をひとりよこしてくれ。また雨もりだ」

「ベルを二度鳴らさないと。二度鳴らして」母親が言った。

メイドが執事に加えて森番も連れて戻ってきたので、ダラム夫人は、「遅れた理由が《ル・デレ・》わかったわ《セクスプリック》」と言った。「いつもこうなんですよ《セ・トゥジュール・コム・サ》——地下の使用人部屋でも愉しいことがあるみたい」

「きみたちは明日、何がしたい？」クライヴが客たちに言った。「ぼくは選挙運動に行かなきゃならない。いっしょに来ないほうがいいよ、ことばで言い表せないくらいつまらないから。狩りをするとか？」

「いいね」モーリスとアーチーが言った。

「スカダー、聞いてるか」

「この人は聞いちゃいませんよ《ル・ボノム・エ・ディストレ》」母親が言った。ピアノを動かしたせいで絨毯にしわが寄っていた。使用人たちは身分の高い人々のまえで大声をあげたくなかったので、小声の指示を互いに聞きまちがえ、しきりに「何？」と囁いていた。

「スカダー、この人たちが明日狩りをする。何を撃てるかわからないが、十時ぐらいに来てくれるか。さあ、今夜はもう寝室に引きあげようか」

「早寝がここのルールなんですよ、ご存じでしょうけど、ミスター・ホール」アンが言い、三人の使用人におやすみと声をかけて、最初に二階に上がっていった。モーリスは読む本を選ぼうとしばらく残っていた。ウィリアム・レッキー[60]の『合理主義の歴史』で時間がつぶせるだろうか。雨の滴が洗面器にぽつぽつと落ちている。男たちが部屋の隅の絨毯を見おろして小声で話し、ひざまずいて、葬儀でもとりおこなっているかのようだった。

「くそ、何かないのか。何か」

「――いや、あの人はこっちに話しかけてるんじゃない」執事が森番に言った。

モーリスは結局レッキーを選んだが、心がざわつき、読みはじめて数分後にはベッドに放り出して、電報のことをあれこれ考えた。ペンジの陰鬱な雰囲気のなかで、決意はますます固まった。つまるところ人生は袋小路で、突き当たりには汚物の山がある。引き返して、やり直すしかなかった。人はまちがいなく変われる、とリズリーは仄めかしていた。ただし、過去にまったくこだわらなければだ。美しさと温かさよ、さらば。それらは汚物に埋もれ、消えなければならない。モーリスはカーテンを開けて、長いこと雨を見つめていた。そして、ため息をつき、自分の顔を叩き、唇を嚙みしめた。

---

60 アイルランドの歴史学者、哲学者（一八三八―一九〇三）。グラッドストン首相のアイルランド自治法案に反対して自由党から分離した自由統一派の一員として、下院議員も務めた。

35

翌日はさらに陰鬱な天気で、ひとつだけ取り柄があるとすれば、悪夢さながら現実離れしていたことだった。アーチー・ロンドンはとめどなくしゃべり、雨はだらだらと降り、スポーツという聖なる口実のもとで彼らはペンジ内のウサギを追いまわした。ときにウサギを仕留め、ときにはずし、フェレットや網を使ってみたりもした。ウサギの数は減らさなければならず、だからこそ狩りという娯楽が押しつけられたのかもしれなかった。クライヴには用意周到なところがある。

彼らは昼食をとりに家に戻った。モーリスは興奮した──ラスカー・ジョーンズ氏から、翌日の予約を承ったという電報が届いていたのだ。しかし、その興奮もすぐに冷めた。アーチーがまたウサギ狩りに出ようと言い、モーリスは気がふさぎすぎて断ることもできなかった。雨は弱まったが、今度は霧が濃くなり、地面がいっそうぬかるんだ。お茶の時間のまえに、フェレットが一匹いなくなった。森番はモーリスたちに落ち度があったと指摘した。アーチーはそんなはずはないと言い張り、喫煙室でモーリスに図を描いて説明した。

八時に夕食が始まり、政治家たちも到着して、食後の客間では天井から洗面器や皿に水が落ちた。そして、ラセット・ルーム。同じ天気に、同じ絶望。クライヴがベッドに坐って親しく話しかけてきても、モーリスにとっては何も変わらなかった。もっと早くそうしてくれていれば心を動かされたかもしれないが、それまでつれなくあしらわれて傷つき、まぬけになった気分で孤独な一日をすごしていたので、もう過去には反応しなくなっていた。モーリスが考えるのはラスカー・ジョーンズ氏のことだけで、早くひとりになって自分の症状を書き留めたかった。

クライヴのほうも、今回モーリスを呼んだのは失敗だったと感じていたが、彼自身が言ったとおり、〝政治は待てない。たまたま忙しい時期と重なってしまった〟。この日がモーリスの誕生日だということを忘れていたのにも弱り果て、すぐさま、ぜひ試合が終わるまで滞在してくれと提案した。モーリスは、本当に申しわけないが、それができなくなった、予想していなかった緊急の用事ができたのでロンドンに戻らなければならないと言った。

「その用事のあと戻ってこられないか。ひどい招待主だが、きみを迎えるのは無上の喜びだから。うちをホテルだと思って好きなようにくつろいでくれ。こっちはこっちでやるから」

「じつは、結婚したいと思ってるんだ」モーリスは言った。ことばがみずから命を持ったように勝手に飛び出した。

「それはものすごくうれしい」クライヴは眼を落として言った。「モーリス、本当にうれしい。結婚はこの世でいちばんすばらしいことだ、たぶん唯一の――」

「わかってる」モーリスは、どうしてこんなことを言ってしまったのだろうと思った。口にしたことばが外の雨のなかに飛んでいった。雨と、腐っていくペンジの家の屋根のことが頭から離れなかった。

「つまらないことは言いたくないが、ひとつだけ。アンはうすうす勘づいてたよ。女というのは本当に驚きだな。きみが何か隠してるとずっとまえから宣言してた。ぼくは笑い飛ばしたんだが、負けを認めるしかなさそうだ」そこで眼を上げて言った。「ああ、モーリス、本当にうれしい。よく話してくれたな。ぼくはずっときみがこうなるのを祈ってた」

「それは知ってる」

沈黙ができた。クライヴの昔の態度が戻ってきた。また鷹揚で、魅力的になった。

「すばらしいと思わないか――その――とにかくうれしい。ほかに何か言えればいいんだが。アンだけには報告してもかまわないかな」

「もちろん。みんなに言えばいい」モーリスは大声で応じた。乱暴な口調になったが、気づかれなかった。「多ければ多いほどいい」モーリスは外から圧力を得ようとしていた。「意中の彼女が無理だったとしても、女はいくらでもいる」

クライヴはそれに微笑んだ。喜びが大きすぎて、嫌気が差すどころではなかった。モーリスのために喜ばしいのも確かだが、自分としてもこの問題にけりがついたのがうれしかったのだ。クライヴは常軌を逸したことが嫌いだった。ケンブリッジ、ブルー・ルーム、林の空き地のいくつかは、穢《けが》れているとは言わないまでも――不名誉なことは何もしていない――わずかながら滑稽に思えた。つい最近、彼はモーリスが初めてペンジを訪れたときに自分が書いた詩を見つけた。鏡の向こうの国から紛れこんだようなその詩は、いま読むとあまりに薄っぺらで、ひねくれていた。〝古代ギリシャの船から落ちた影〟――たくましい大学生の友にそうやって話しかけたのだったか。そんな恥ずかしい感傷からモーリスも同じように抜け出したのがわかって、思い出は浄化された。クライヴからもことばが命を得たかのごとくあふれ出た。

「ぼくはきみが思っているよりずっと多く、きみのことを考えてたんだ、モーリス。去年の秋に言ったように、ぼくは本当の意味できみが好きだ。これからもずっと。ふたりとも若くて愚かだった。だろう？　だが、人は愚かさからも何かを得ることができる――成長だ。いや、それ以上のもの、親愛の情だ。きみとぼくはかつて愚かだったからこそ、いま相手のことがわかり、互いに信頼している。結婚したってそれは変わらない。ああ、愉快だな。ぼくは本当に――」

「すると、祝福してくれるんだね？」

「当たりまえだ！」

「どうも」

クライヴの眼の光が弱まった。彼としては〝成長〟などよりもっと温かいものを伝えたかった。あえてもう一度、昔やっていたことに戻ってみるか？

「明日は一日じゅうぼくのことを考えてくれ」モーリスは言った。「アンも――彼女にも考えてもらいたい」

アンの名前をあげるやさしさがクライヴの心に響き、彼はモーリスの大きな陽焼けした手にそっとキスをした。

　モーリスはぶるっと震えた。

「気にしないだろう？」

「ああ、もちろん」

「モーリス、ぼくは過去を忘れてないってことを示したかっただけだ。きみに同意する——もうこのことは二度と持ち出さないようにしよう。この一度で終わりにする」

「わかった」

「きれいに終わってよかったと思わないか？」

「きれいにとは？」

「去年の喧嘩みたいにならなくて」

「ああ、あれか」

「きみからもキスを。そしたら行くよ」

　モーリスは、クライヴの糊の利いたドレスシャツの袖に唇を当てた。どうにかやり終えて、体を引いた。クライヴはかつてなく上機嫌で、用事がすんだらすぐにペンジに戻ってきてくれと念を押した。彼の話が終わったのは夜も更けるころだった。屋根窓の上で雨水がごぼごぼと音を立てていた。クライヴが出ていくと、モーリスはカーテンを開け、床に両膝をついて窓台に顎をのせ、滴る雨水で髪を濡らした。

「来い！」彼は突然叫び、自分でも驚いた。誰に呼びかけたのか。何も考えていなかったのに、ことばだけが飛び出した。可能なかぎりすばやく外の空気と暗闇を窓で遮断し、またラセット・ルームに閉じこもって、自分の症状のメモを書いた。書ききるのには時間がかかった。モーリスは想像力に富んだほうではないが、怯えながらベッドに入った。メモを作っているあいだ、肩越しに誰かにのぞきこまれていると確信したのだ。彼はひとりではなかった。どう考えても、ひとりで書いていたのではなかった。ペンジに来てからというもの、彼はモーリスという人間ではなく、いくつかの声の集まりになった気がしていた。いまやそれらの声が自分のなかで言い争っているのが聞こえた。しかし、どの声もクライヴではない。モーリスはそこまで来ていた。

36

アーチー・ロンドンも町に戻るというので、モーリスとロンドン氏は翌日の早朝、玄関ホールで小型四輪馬車《ブロアム》を待った。彼らをウサギ狩りに連れていった男が、チップをもらおうと外に控えていた。

「調子に乗ってるんだよ」モーリスは不機嫌に言った。「さっき五シリング渡そうとしたら、受け取ろうとしない。図々しいやつめ」

ロンドン氏もあきれた。使用人の分際で何を期待しているのか。金貨でなければ満足できないのか。それなら最初から使用人なんてやめると宣言すべきだ。彼は妻の月雇いの乳母の話をしはじめた。ピッパはその乳母を対等以上に扱ってきたが、そもそも中途半端な教育を受けた人間に何ができる？　中途半端は何もないより悪い。

「そう、そう」モーリスはあくびをしながら言った。

それでもロンドン氏は、上流階級には果たすべき役割があるのではないかと言った。

「どうぞご自由に」

モーリスは雨のなかに手を伸ばした。

「ホール、ぼくのチップはちゃんと受け取ったぞ」

「そうなのか、あの悪魔が？」モーリスは言った。「どうしてぼくのは受け取らない？　あんたのほうが多かったんだろう」

ロンドン氏は恥ずかしそうに、そうだと告白した。こき使っていると思われたくなくて、金額を増やしたのだ。彼にしてみれば、たしかにあの森番には赦しがたいところもあるが、ホールがこの問題にこだわるのは趣味がいいとは思えなかった。使用人が失礼なことをしたときには、たんに無視すべきだ。

だが、モーリスは腹を立て、くたびれ、ロンドンでの約束について心配していた。チップの一件もペンジの不愉快さの一部だと感じた。意趣返しをしてやろうとドアにのんびり歩いていき、打ち解けてはいるが棘《とげ》のある口調で言った。「よう、五シリングじゃ足りなかったみたいだな。金貨しか受けつけないわけだ」そこへアンが見送りにきて、会話がさえぎられた。

「どうぞお幸せに」彼女はとてもやさしい声音でモーリスに言い、秘密の告白を誘うように間を置いた。モーリスの反応はなかったが、「あなたがひどい人じゃなくてよかった」とつけ加えた。

「本当に？」

「男の人はひどい人だと思われるのが好きでしょう。クライヴはそう。ちがう、クライヴ？　ミスター・ホール、男の人ってとてもおかしな生き物なの」首にかけたネックレスをつまんで微笑んだ。「とてもね。どうぞお幸せに」アンはモーリスのために喜んでいた。モーリスのいまの状況とその受け止め方は、彼女にはいかにも男らしく思われた。「恋する女はね」アンは玄関前の階段で出発する客たちを見ながら、クライヴに言った。「恋する女は、心にもないことは言わないの。お相手の名前が知りたいわ」

森番の男はメイドたちの手からモーリスの荷物を奪って、馬車に運んだ。恥じ入っている様子だった。「そこに突っこんでおけ」モーリスは冷たく命じた。アン、クライヴ、ダラム夫人に手を振られながら彼らは出発し、ロンドンはまたしてもピッパの月雇いの乳母の話を始めた。

「外の空気を入れようか」相手の話にうんざりしたモーリスが提案した。彼は窓を開け、濡れそぼった庭園を見やった。ばかばかしいほどの大雨！　これほど降って何になるというのか。人間に対する宇宙の無関心ときたら！　森に入る下り道を馬車は弱々しく進んだ。駅に着くことも、ピッパの災難が終わることも永遠になさそうだった。

番小屋からさほど行かないうちに、短いがきつい登り坂があった。つねに状態の悪い道の端にはノイバラが茂っていて、馬車の塗装を引っかいた。花々がゆっくりとうしろに流れていった。無情な一年のせいで泥をかぶり、いくらかは腐ってしまい、いくらかは蕾のままで開かない。ところどころで美が勝利していたが、それも暗澹《あんたん》たる世界で懸命に揺らめく光のようだった。モーリスはひとつずつ眺め、もとより花が好きなわけではないが、そのみじめな姿に苛立《いらだ》った。世の中に完全なものなどほとんどない。花がみな横を向いた枝や、毛虫がびっしりついた枝、こぶができて太くなった枝もあった。これも自然の無関心！　そして無能！　自然がひとつでも完璧な仕事をしていないだろうかと窓から身を乗り出して見ていると、いきなり若い男の明るい茶色の眼に吸い寄せられた。

「うわ、またあの森番の男がいるぞ！」

「そんな馬鹿な。ここまで来られるわけがない。家にいたじゃないか」

「走ればついてこられる」

「なんのために走る？」

「そうだな。なんのために走るんだろう」モーリスは馬車のうしろの垂れ布を持ち上げて、ノイバラの藪《やぶ》に眼を凝らしたが、すでに靄《もや》に包みこまれていた。

「どうだい？」

「見えない」

モーリスの同乗者はまたすぐに話を始め、ウォータールー駅で別れるまでほとんどしゃべりづめだった。

タクシーのなかで、モーリスはメモを読み返し、あまりに正直に書きすぎていると思った。ジョウィットさえ信頼できないのに、己の運命を山師にゆだねようとしている。リズリーのお墨付きはあったが、モーリスは催眠術を降霊術の集会や強請《ゆすり》と結びつけていて、デイリー・テレグラフ紙に載った記事をこきおろすこともたびたびあった。やはりやめたほうがよかったか？

しかし、家の外見はまともだった。ドアが開くと、ジョーンズ家の子供たちが階段で遊んでいた。可愛い子らがモーリスを〝ピーターおじさん〟とまちがえて、手にしがみついてきた。待合室にひとりで入り、パンチ誌を読んでいると、日常の感覚はますます強まった。モーリスは運命と静かに向き合った。社会的な安定を手にし、肉欲を抑え、子孫を残すために、女性を求めていた。女性を積極的な喜びととらえたことはない。最悪のときには、ディッキーがその喜びだった。長い闘争のあいだに、モーリスは〝愛〟が何なのか忘れていた。ラスカー・ジョーンズ氏の助けを借りて得たいのは、幸福ではなく、安心だった。

当のジョーンズ氏はモーリスをさらにほっとさせた。先進的な科学者のイメージそのものだったのだ。血色が悪く無表情な顔の紳士で、壁に絵もかかっていない大きな部屋でロールトップデスク[61]について坐っていた。「ミスター・ホール?」彼は言って、青白い手を差し出した。ことばにはわずかにアメリカ訛《なま》りがあった。「では、ミスター・ホール、何が問題か、うかがいましょうか」

モーリスも感情を交えない態度をとった。ふたりで第三者のことを論じているかのようだった。「ここにすべて書いてきました」モーリスは言い、メモを取り出した。「別の先生にも相談したのですが、打つ手はないと言われました。あなたが何かできるのかどうかもわかりません」

ジョーンズ氏はメモを読んだ。

「ここに来たのがまちがいでなければいいのですが」

「まったくまちがっていませんよ、ミスター・ホール。私の患者の七十五パーセントはあなたのようなタイプです。これは最近書いたものですか」

「昨晩書きました」

「事実そのままを？」

「まあ、名前と場所は少し変えてあります、当然ですが」

ラスカー・ジョーンズ氏は当然とは思っていないようだった。クライヴに与えた仮名の〝カンバーランド氏〟についていくつか質問し、体の結合があったかどうかを知りたがったが、ジョーンズ氏が口にすると、なぜか不快な感じはしなかった。褒めもせず、責めもせず、憐れみもしない。モーリスが社会に対する怒りを爆発させても、彼は意に介さなかった。モーリスは心の底では同情を求めていた。一年間、同情のことばを一語たりとも聞いていない。けれども、相手がそんなそぶりすら見せないのでうれしかった。同情されたら、ここへ来た目的がぶち壊しになってしまう。

モーリスは尋ねた。「この問題はなんと呼ばれるのですか。病名がありますか？」

「先天的同性愛です」

「どのくらい先天的なんでしょう。治療法はありますか」

61 出し入れ可能な蛇腹状の蓋のついた机。

「ああ、もちろんありますよ。あなたが協力してくだされば」

「正直に言いますと、ぼくは催眠術に昔ながらの偏見を持っているのです」

「その偏見は、実際に試しても消えないかもしれません、ミスター・ホール。完治はお約束できません。先ほど私の患者さんの七十五パーセントと言いましたが、そのうち治療が成功したのはたったの五十パーセントです」

相手のその告白がモーリスに自信を与えた。山師ならそんなことは言わない。「試してみますか」モーリスは微笑んで言った。「どうすればいいんですか」

「そのままでいてください。あなたの傾向がどのくらい根深いか、私のほうで探っていきます。そのあと(もしご希望なら)治療にかよってこられるといい。では、ミスター・ホール！ トランス状態に入れるかどうかやってみましょう。もし成功したら、目覚めたあとの通常のあなたの一部にしたい(望ましい)性質を残せるように、暗示をかけてみます。そのとき抵抗しないでください」

「わかりました。始めてください」

ラスカー・ジョーンズ氏は机から離れ、モーリスの椅子の肘かけにさりげなく腰かけた。モーリスは歯を抜かれるときのようだと感じた。しばらく何も起きなかったが、やがて眼が火かき棒の先の光点をとらえ、部屋のほかの部分が暗くなった。いま見ているものは見えるが、ほかのものはほとんど眼に入らない。聞こえるのは医師と自分の声だけだった。どうやらトランス状態に入りつつあるようで、モーリスは達成感で誇らしくなった。

「まだ完全に離れてはいないようですね」

「ええ、まだ」

ジョーンズ氏はさらに何度か光を動かした。「どうですか?」

「離れてきたような」

「かなり?」

モーリスは同意したが、自信はなかった。

「かなり離れたということでしたら、この診察室をどう思うか教えてください」

「心地よい部屋です」

「暗すぎない?」

「けっこう暗いと思います」

「でもあの絵は見えるでしょう?」

モーリスは向かいの壁を見たが、そこに絵がかかっていないのはわかっていた。

「よく見てください、ミスター・ホール。もっと近づいて。ですが、そこの絨毯の穴に足を引っかけないように」

「その穴はどのくらいの大きさですか」

「飛び越えられますよ」

モーリスはすぐに穴を見つけて飛び越えたが、そうする必要があったのかどうかはわからなかった。

「すばらしい。さて、この絵には何が描かれていると思いますか。というより、誰が？」

「誰が――」

「エドナ・メイです」

「ミスター・エドナ・メイ」

「いいえ、ミスター・ホール。ミス・エドナ・メイです」

「ミスター・エドナ・メイですよ」

「彼女は美しくありませんか」

「家にいる母のところに帰りたい」この発言にふたりとも笑った。先に笑ったのは医師だった。

「ミス・エドナ・メイは美しいだけではない。魅力的です」

「彼女に魅力は感じません」モーリスは機嫌を損ねて言った。

「それはまた、ミスター・ホール、不親切なことばですね。彼女の素敵な髪を見てごらんなさい」

「ぼくは短い髪が好きなんです」

「なぜ？」

「なでることができるから——」そう言って泣きだした。モーリスは椅子の上でわれに返った。涙が頰を濡らしていたが、気分はいつもと変わらず、すぐに話しはじめた。「あなたが起こしてくれたときに、夢を見ていました。それを話したほうがいいと思います。顔が見えて、誰かが〝あれがおまえの友だちだ〟と言うのが聞こえた気がします。大丈夫でしょうか。よくあるんです。うまく説明できませんが、寝ているあいだに、それがこっちに歩いてくる感じがして、でも、ぼくのところまでたどり着けない、そういう夢です」

「それがさっき近づいてきたのですか」

「ずいぶん近くまで。悪い徴候でしょうか」

「いえいえ、ちがいます。あなたは暗示にかかりやすい。とてもオープンだ。私はあなたに壁の絵を見てもらいました」

モーリスはうなずいた。そのことはほとんど忘れていた。間ができ、そこで彼は二ギニーを取り出して、次回の予約を入れた。翌週にまた電話をすることになり、ラスカー・ジョーンズ氏は、その間は田舎のいまいる場所で静かにしていてほしいと言った。

クライヴとアンが歓迎してくれるのはまちがいない。彼らからの影響が望ましいのも。モーリスにとってペンジは催吐薬だった。ペンジのおかげで、昔あれほど甘美に思えた有害な生活を吐き出し、やさしさと思いやりを葬り去ることができた。ええ、戻ります、とモーリスは言った。友人たちに電報を打って、午後の急行に乗ります。

「ミスター・ホール、適度な運動をお薦めします。少しテニスをするとか、狩りで野山を歩くとか」

モーリスはなかなか去らず、ようやく言った。「やはり戻らないほうがいいような気がしてきた」

「なぜです？」

「一日に二度も長い旅行をするのは馬鹿らしいからです」

「それなら、ご自宅にお泊まりになっては？」

「ええ――いいえ――いや、わかりました。ペンジに戻ります」

37

戻ってみると、笑えることに、若夫婦はこれから一日がかりの選挙運動に出かけるところだった。モーリスは、もうクライヴが彼を気遣うほどには、クライヴのことを気にしていなかった。あのキスで夢から覚めたのだ。あの上品ぶった、おざなりのキス。あまりにも型どおりだった悲しさ！　少ししかないものほど、本当はたくさんある――それがクライヴの教えだった。半分が全体より多いのは当然で――ケンブリッジ時代、モーリスはそのことを受け入れていた――いまや四分の一を与えられて半分より多いと言われている。この男はおれが紙でできているとでも思っているのだろうか。

モーリスがかならず戻るとわかっていたら外出はしなかったのに、とクライヴは言いわけした。とにかく試合には戻るようにするよ。アンは「うまくいきました?」と囁いた。モーリスが「まずまずでした」と答えると、アンは手を彼の肩にまわして、あなたの若いレディをぜひペンジにお誘いして、と言った。「ミスター・ホール、そのかたはとても魅力的? ぜったい明るい茶色の眼をしていらっしゃると思いますけど」しかし、そこでクライヴが彼女を呼び、結局モーリスは、ダラム夫人、牧師のボレニアス氏とその夜をすごすことになった。

モーリスは異常なほど心がざわついていた。ケンブリッジのあの最初の夜、リズリーの部屋を訪ねた夜を思い出した。ロンドンからとんぼ返りしたあいだに雨はやんでいた。夕方からはあたりを散策したくなり、日の入りを眺め、木々が雨を滴らせる音を聞いた。幽霊のようにおぼろだがすばらしく優美な待宵草が、低木の茂みのなかにまで生えていて、花の香りに心を動かされた。以前、クライヴに待宵草は見せてもらっていたが、香りがあるとは聞いていなかった。家の外でコマドリやコウモリたちに囲まれて、帽子もかぶらず、あちこち歩きまわるのが心地よかった。やがてまた正装の食事を知らせる銅鑼《どら》が鳴り、ラセット・ルームのカーテンが引かれるのだが。そう、モーリスはもう同じ人間ではなかった。バーミンガムで死に見放されたときと同じように、彼という存在の再構築が確実に始まっていた。それもこれもラスカー・ジョーンズ氏のおかげだ！　意識的な努力より深いところで変化が起きていて、運がよければ、トンクス嬢の両腕に抱かれるのかもしれなかった。

モーリスが外を歩いていると、朝叱りつけた男が現れて、帽子に触れ、明日も狩りをされますかと訊いた。もちろん翌日はクリケットの試合だから、狩りをするわけがない。男は謝るきっかけが欲しくて質問したのだ。「あなたとミスター・ロンドンに完全に満足していただけなくて、本当に申しわけありませんでした」という言い方だった。もう仕返しは考えていないモーリスは、「気にするな、スカダー」と言った。スカダーはよそから連れてこられた男——政治とアンとともにペンジに入ってきた、外の広い世界の一部だった。森番頭のエアーズ老人より賢く、それは本人も承知している。五シリングでは多すぎると思ったから受け取らなかった、と仄めかしたが、十シリングを受け取った理由は言わなかった！　そして、「またすぐにここで会えて、とてもうれしいです」とつけ加えた。モーリスにはどうも場にふさわしくないことばに思われたので、「気にするな、スカダー」とくり返して、家に入った。

ディナージャケットの夜だった。ただ、食事は三人なので、燕尾服までは必要ない。モーリスは長年そういう細かい礼儀を尊重してきたが、ふいに馬鹿らしい気がした。なぜ服装ごときにこだわるのだ。食べるものがあって、ほかの人たちが好人物なら――なかなかそうはいかないが――充分ではないか。殻のように身を守るドレスシャツに触れると屈辱感を覚え、自分には戸外で暮らしている人々を批判する権利などないと感じた。ダラム夫人がどれほど無味乾燥か。彼女は活力の枯渇したクライヴだ。ボレニアス氏もまた無味乾燥！　彼をひとつ擁護するなら、驚きの要素がある。牧師全般を蔑んでいるモーリスは、ボレニアス氏にほとんど注意を払っていなかったので、デザートのあとで彼が強気の発言をしたのには驚いた。教区牧師は当然、選挙でクライヴを応援するのだろうと思っていたら、「私は聖餐《せいさん》を受ける人間にしか投票しませんよ。ミスター・ダラムもそれは承知している」と言ったのだ。

「急進派はあなたの教会を攻撃していますよね」モーリスはそういう返答しか思いつかなかった。

「だから急進派の候補者にも投票しません。彼はキリスト教徒だから、私が当然投票すると思っているのです」

「少々気むずかしいのではありませんか、畏れながら。クライヴはあなたの望むことをすべてやるでしょう。彼が無神論者でなくて、あなたも運がよかった。無神論者はかならず一定数いるものですからね」

牧師はそれに笑みで応じた。「無神論者はヘレニストより天国の近くにいるのです。〝もし汝ら幼児の如くならずば、天国に入るを得じ〟[62]――無神論者が幼児でなかったら、何です?」

モーリスは両手を見つめていたが、返事を思いつくまえに執事が入ってきて、森番に伝えるべき指示はあるかと訊いた。

「食事のまえに会ったよ、シムコックス。何もない。ありがとう。明日は試合だ。本人に伝えた」

「承知いたしました。ですが、天気がよくなりましたから、イニングの合間に池で泳がれるだろうかと申しておりました。ボートから水を汲み出したそうで」

62 新約聖書、マタイ伝福音書第十八章第三節。

「それは親切なことだ」

「森番とはミスター・スカダーかな？　だったら話がしたいんだが」ボレニアス氏が尋ねた。

「それを伝えてくれるかな、シムコックス？　あと、ぼくは泳がない、と」

執事が出ていくと、モーリスは言った。「ここで彼と話されたらどうです？　入ってもらってもかまわないけど」

「それはどうも、ミスター・ホール。ですが、外で話しますよ。彼は台所が好きなので」

「それはそうでしょう。台所には若くてきれいな女たちがいますから」

「ああ！　なるほど」牧師は初めて性に目覚めた人間のような口調で言った。「まさか彼が結婚しようと狙っている相手はご存じないでしょうな？」

「それはちょっと……ですが、ここに着いたとき、彼がふたりの娘に同時にキスをしているところを見ましたよ」

「ああいう連中は狩りに出ると口が軽くなることがあるので。外の開放感とか、仲間意識とかあって――」

「ぼくに対しては軽くなりません。じつは昨日、アーチー・ロンドンもぼくも、彼には少々うんざりしたのです。ああしろこうしろとうるさくて。生意気な動物か何かのようだった」

「ひとつ立ち入ったことを申し上げても？」

「どうぞ遠慮なく」モーリスは、わかったように開放感などと口にする牧師が鬱陶《うっとう》しくなってきた。

「率直に言って、あの若者が船出のまえに伴侶を見つけられればいいなと思うのです」にっこりとして、つけ加えた。「若い男はみんなですが」

「なんのために船出を？」

「移住ですよ」苛立つような口調で〝移住〟ということばを発して、牧師は台所に向かった。

　モーリスは庭を五分ほど散策した。食べ物とワインで体が温まっていて、あのチャップマンでさえ昔は遊びまわっていたと、とりとめもなく考えた。モーリスだけがクライヴに諭されて、進歩的な考えを保守的な行為と結びつけていたのだ。モーリスはメトセラ[63]ではない。好き勝手をする権利はある。ああ、あのかぐわしい花の香り、身を隠すことのできるあの茂み、そして茂みのように黒いあの空！　それらはモーリスに背を向けようとしていた。家のなかこそ彼のいるべき場所。そこで不徳が許されない立派な社会の柱石として、朽ち果てるのだ。

小径《こみち》を進んでいくと、外の庭園につながる両開きの門があったが、その先の濡れた草で靴が汚れてしまうと思い、引き返そうとした。ところが、いきなりコーデュロイの服にぶつかり、一瞬、倒れないように両肘を支えられた――それはボレニアス氏から逃げてきたスカダーだった。モーリスは手を離されても夢を見つづけた。前日はほとんど印象にも残らなかった狩りが、記憶のなかでほのかに輝きはじめ、あの退屈のなかでも自分は生き生きしていたと悟った。そこから思考は到着日のいくつかの出来事――たとえば、ピアノの移動――にさかのぼった。そしてまた今日に戻り、五シリングの一件からいまに至るまでをたどった。〝いま〟にたどり着いた瞬間、些末な出来事の連なりにまるで電気のようなものが走り、モーリスがそれを取り落とすと、砕けて暗闇に消えた。「くそ、なんて夜だ」吐かれた息が彼に触れ、息と息が触れ合っているあいだに、モーリスはまた歩きはじめた。しばらく小さな音を立てていた遠くの門が、ガシャンと閉まって、自由への道を断ち切ったように思われた。モーリスは家に入った。

「まあ、ミスター・ホール！」老婦人が言った。「とても素敵な髪ですこと！」

「髪？」モーリスの頭全体が待宵草の黄色い花粉に覆われていたのだ。

「はたき落とさないで。あなたの黒い髪にとても似合っているから。ミスター・ボレニアス、どうかしら、パーティを愉しくする人のように見えません？」

牧師は何も見ていない眼を上げた。まじめな話を途中でさえぎられたからだ。「しかし、ミセス・ダラム」と話を続けようとした。「私は、こちらの使用人はみな堅信礼をすませていると心から信じていたのですよ」

「わたしもそう思っていました、ミスター・ボレニアス。本当に」

「台所をのぞいただけでも、シムコックスと、スカダーと、ミセス・ウェザロールがすませていませんでした。シムコックスとミセス・ウェザロールについては式の手配ができますが、問題はスカダーです。出航のまえに準備することがどうしてもできません、たとえ主教を説得できたとしてもです」

63　旧約聖書、創世記第五章に出てくる長老で、九百六十九歳まで生きたとされる。

ダラム夫人は真剣に答えようとしたものの、彼女が好感を抱いているモーリスが笑いだした。夫人はボレニアス氏に、外国にいる聖職者宛の手紙を書いて、スカダーに持たせてはどうかと提案した。おまかせできるかたがかならずいるはずです、と。

「ええ、ですが、彼は手紙を渡すでしょうか。教会に敵意を抱いているわけではないのですが、わざわざそうするかということです。使用人のなかで誰が堅信礼をすませ、誰がすませていないかを教えてくださるだけで、この危機は避けられたのですが」

「みなそろいもそろって気がまわらないのですよ」夫人は言った。「とにかく、わたしには何も言わないの。そう、スカダーがいきなりクライヴに渡航の話をしたときも同じでした。お兄さんから誘われた、だから行くって。ミスター・ホール、この危機について助言していただけませんか。あなたならどうされます？」

「われわれの若い友人は教会のすべてを否定し、かまうものか、ざまあみろと開き直っているのです」

モーリスはいきり立った。牧師がこれほど醜悪でなければ相手にもしなかっただろうが、眼を細めて若者を冷笑する顔にもう我慢がならなかった。スカダーは銃の手入れをし、スーツケースを運び、ボートの水をかき出し、移住する——とにかく何かをしているが、その間、こういう身分の高い連中はのうのうと坐って彼の魂の粗探しをしている。もしスカダーがチップをねだったのだとしたら、そうして当然だ。もしねだったのでなかったなら、つまりあの謝罪が本物だったのなら、いいやつではないか。いずれにせよ、ひとこと言っておこう。「堅信礼をすませたら神と交流するとどうしてわかるんです？　ぼくはしてませんよ」

ダラム夫人が歌を口ずさんだ――やりすぎという意味だった。

「だが、あなたはチャンスを与えられた。牧師はできることをしたわけです。けれど、スカダーにはしていない。つまるところ、教会の落ち度です。だから私は、あなたには非常に些末に思えるであろうことを、これほど強調しているのです」

「ぼくは大馬鹿者ですが、わかったと思う。要するに、将来、彼ではなく教会が責められるということですね。あなたの考える宗教はそうなのかもしれませんが、ぼくの考えはちがいます。キリストの考えもちがうでしょうね」

それはモーリスが過去にした演説のなかでいちばん気が利いていた。催眠術を受けてから、彼の脳はときどき尋常でない力を発揮するようになった。が、ボレニアス氏は難攻不落だった。涼しい顔で、「信仰のない人ほど、信仰のあり方についてきわめて明確な意見を持っているものだ。私にその確信の半分でもあればと思いますよ」と答え、立ち上がって出ていった。モーリスは台所の裏の庭を突っきる近道で牧師を見送った。すると、まさに彼らの議論の的だった人物が壁にもたれて立っていた。明らかにメイドの誰かを待っている。夕方から先、敷地のどこに行っても彼がいる気がした。モーリスは気づかず通りすぎていたかもしれない。闇が濃すぎた。しかし、ボレニアス氏が気づいて、若者からふたりに向けた「おやすみなさい」という低い声を引き出した。夜気に果実の繊細な香りが漂っていた。若者がアンズを盗んでいたのかもしれない。寒い夜だったが、あらゆるところににおいがあった。モーリスはまた待宵草の香りがするかもしれないと、庭を経由して家に戻った。

ふたたび注意深い「おやすみなさい」の声がした。モーリスは神に見捨てられた男に親しみを覚えて答えた。「おやすみ、スカダー、移住するそうだな」

「そうしようと思ってます」声が言った。

「幸運を祈るよ」

「ありがとうございます。何か奇妙な感じです」

「カナダかオーストラリアだろうね」

「いいえ、アルゼンチンです」

「ああ、そうか。いい国だ」

「行かれたことがあるんですか」

「ないよ。ぼくはイギリスでいい」モーリスは言って歩きつづけ、またコーデュロイの服とぶつかった。平凡な会話、取るに足りない出会い、だがそれらは闇に溶けこみ、その時刻の静けさと調和してモーリスを和ませた。歩き去る彼に幸福感がついてきたが、それも家に着くまでのことだった。窓の向こうでダラム夫人がすっかりくつろいでいて見苦しかった。モーリスがなかに入るなり彼女はいつもの顔に戻り、モーリスもいつもの表情を作って、ふたりは彼の町での一日について取りすましたことばをいくつか交わし、それぞれ就寝した。

モーリスは過去一年間、よく眠れないことには慣れていたが、この日は横になったとたんに重労働の夜になることがわかった。日中の出来事が彼を興奮させ、心のなかでぶつかり合っていた。早朝の出発、ロンドン氏との旅路、診察、帰宅――それらが入れ替わり立ち替わり現れて、すべての裏には、あの診察で言うべきだったことを言わなかったのではないか、医師への告白から決定的に重要なことを抜かしたのではないかという恐怖があった。だが、それは何だろう。昨日まさにこの部屋でメモを書き、そのときには満足したのだ。モーリスは不安になってきた――そうなってはいけないとラスカー・ジョーンズ氏が禁じた状態である。内省する人間は治療しにくいからだ。トランス状態のときには休耕地になり、植えつけられる暗示をそのまま受け入れて、発芽するかどうかを気にしてはいけない。しかし、モーリスは心配せずにはいられなかった。そしてペンジは気持ちを鎮めるどころか、大半の場所より刺激的だった。その印象は複雑ではあっても、どれほど鮮明か！　花と果物のからまり合ったリースが、脳に巻きついて離れない！　見たこともないもの、たとえばボートから汲み出される雨水が、カーテンがしっかり閉じられているにもかかわらず、この夜には見えた。ああ、あそこへ出ていきたい！　ああ、闇のなかへ！　人を家具のあいだに閉じこめる闇ではなく、自由になれる闇へ！　叶えられない望みだ！　さらにしっかりとカーテンを閉じるために、医師に二ギニーを支払ったのだから。そしていま、その茶色の立方体の部屋で、トンクス嬢が囚われの身で彼の隣に横たわる。トランス状態のパン種が発酵しているあいだ、モーリスは幻の肖像画を見ていた。その顔はときにモーリスの意志にしたがい、ときには逆らって、男になったり女になったりし、彼が泳いでいるラグビー場を飛び跳ねてきて……モーリスは半睡でうめいた。こんなくだらない幻想よりましなものが人生にはあるはずだ、手が届きさえすれば――愛――気高さ――情熱が安らぎをつかみ取る広い空間、科学では解明できないが永遠に存在する空間、そのいくつかは深い森で、かぎりなく大きな蒼穹《そうきゅう》と、ある友と……

本当に眠りこんでいたモーリスはベッドから飛び起き、窓のカーテンをさっと引き開けて、「来い！」と叫んだ。

その行為で目覚めた。なんのためにそんなことを？　庭園の草を霧が包みこみ、そこから飛び出した木の幹は、かつて学んだ私立校にほど近い入江の水路標識のようだった。ひときわ寒く、彼は震えて両の拳を握りしめた。月が昇っていた。部屋の下は客間で、張り出し窓の屋根を修繕していた男たちが、彼の窓の下枠に梯子《はしご》をかけたままにしていた。なぜこうしておいた？　彼は梯子を揺すり、森をちらっと見やったが、行けるとわかると、たちまち森のなかには入りたくなくなった。入って何になる？　濡れた草のなかで愉しむには歳をとりすぎていた。

だが、ベッドに戻ったときに、小さな音が聞こえた。自分の体から出たのではないかと思うほど身近な音。己がパチパチと燃えだしたような気がして、見ると梯子の先端が月明かりを浴びて震えていた。男の頭と肩がせり上がってきて、止まり、銃が窓枠にきわめて注意深く立てかけられた。モーリスがほとんど知らない誰かが近づいてきて、すぐ横にひざまずき、「おれを呼んでましたか……わかってます……わかります」と囁いて、彼に触れた。

第4部

38

「もう行ったほうがいいですか？」

ひどく恥じたモーリスは、聞こえないふりをした。

「でも、眠りこんじゃいけません。誰か入ってきたらまずいことになりますから」相手は続けて、愉快そうに小声で笑った。モーリスは聞いて親しみを覚えたが、同時に気が咎《とが》めて悲しかった。それでもどうにか答えた。「あまり丁寧なことば遣いはしないでくれ」また笑い声が聞こえた。そんなことはどうでもいいと言わんばかりに。魅力と利発さがあるように思われたが、モーリスの居心地の悪さは増した。

「名前を訊《き》いてもいいか」ぎこちなく言った。

「スカダーです」

「スカダーは知ってる。もう一方の名前だよ」

「あとはただ、アレックと」

「いい名前だ」

「ただの名前です」

「ぼくはモーリスと呼ばれてる」

「馬車であなたが最初に来たときに見かけたんです、ミスター・ホール。火曜だったかな。おれを見たあなたは怒ってるのと、やさしいのと、両方が混じってた」

「あのときいっしょにいたのは誰だ？」間ができたあと、モーリスは言った。

「ああ、あれはたんにミリーと、ミリーのいとこです。憶《おぼ》えてますか、同じ日の夜、ピアノが濡れて、あなたは一生懸命、本を読もうとしたけど読めなかった。ちがいます？」

「どうして読んでなかったとわかる？」

「窓から身を乗り出してたから。次の晩も見ましたよ。おれは芝生の上にいたんで」

「あのひどい雨のなか、外にいたって？」

「ええ……見てました……いや、たいしたことじゃなくて、見てなきゃならないんです。でしょう……ほら、おれはこの国にあと少ししかいないから。いつもそう言ってるんだけど」

「今朝はひどい態度をとってすまなかった」

「ああ、いいんです。すいませんけど、あのドア、鍵がかかってます?」

「かけておこう」モーリスはそうした。気まずい感じが戻ってきた。自分はどこへ向かおうとしているのか。クライヴから今度はどんな相手に?

ふたりは眠った。

最初は近づきすぎると困るというふうに離れて眠っていたが、朝が近づくにつれて動きはじめ、目覚めたときには互いに相手の腕のなかにいた。

「もう行ったほうがいいですか?」彼はくり返したが、その夜、〝何か少しおかしい、これでいいんだ〟という夢を見ていたモーリスは、ようやく完全に安らぐことができて、「いや、いてくれ」とつぶやいた。

「教会の鐘が四時を告げましたよ、旦那様。もう行かないと」

「モーリスだ。モーリスと呼んでくれ」

「でも教会が――」

「教会なんかほっとけ」

「試合で使うグラウンドの整備をしなきゃならないんで」彼は言ったが動かず、灰色の薄明かりのなかで誇らしげに微笑《ほほえ》んでいるように見えた。「おれには若い娘たちもいるんです――ボートの用意もできてる――ミスター・ロンドンとミスター・ファンショーが睡蓮のあいだに飛びこんだんです――若い紳士はみんな飛びこめるって言って――おれは飛びこみは習わなかった。頭を水のなかに沈めないのが当たりまえって気がするんです。だってそれ、溺《おぼ》れるってことでしょう」

「髪を濡らさないと病気になると教わったものだ」

「でたらめを教わってますよ」

「かもな。ほかにもいろいろ教わった。子供のころ、信頼してた先生が教えてくれたんだ。その先生と海辺を歩いたのをいまでも憶えてる……ああ！ そして波が打ち寄せて、あたり一面灰色で……」モーリスは頭を振って完全に目覚めた。隣の男がそっと離れていくのを感じた。「行くな。どうして行く？」

「クリケットが――」

「クリケットなんかない。おまえは外国に行くんだろう」

「行くまえにまたこういう機会がありますよ」

「とどまってくれるなら、ぼくの夢の話をしよう。ぼくは老いた祖父の夢を見た。ちょっと変わった人でね。おまえが会ったらどう思ったかな。彼は死んだ人間は太陽に行くと考えてたが、自分の従業員はこき使ってた」

「こっちはボレニアス牧師がおれを溺れさせようとしてる夢でしたよ。もう本当に行かないと。夢の話はしてられない。わかるでしょう。でないとミスター・エアーズに叱られちまう」

「友だちがいる夢を見たことはないか、アレック？　ほかに何も出てこないんだが、〝わが友だち〟がいて、お互い助け合おうとしてる夢だ。ひとりの友だち」モーリスはくり返して、突然感情を抑えられなくなった。「彼はおまえの人生をずっと支え、おまえは彼の人生を支えつづける、そういう相手だ。そんなことは眠っているときにしか起きないんだろうけど」

だが、長話の時間は終わっていた。階級が呼んでいた。日の出とともに床の亀裂がまた広がり、ふたりは別の階に別れる。相手が窓辺まで行くと、モーリスは「スカダー」と呼んだ。スカダーは訓練された犬のように振り返った。

「アレック、おまえはいいやつだ。ふたりですごせてよかった」

「少し寝てください。あなたは何も急ぐ必要はない」スカダーはやさしく言い、ひと晩じゅう彼らを守ってくれた銃を取った。夜明けの光を背に、彼がおりていく梯子《はしご》の先端が震え、動かなくなった。砂利を踏む小さな音、庭園のまえの門が小さく鳴る音がした。すべては何事もなかったかのようだった。この上ない静けさがラセット・ルームを満たし、ほどなく新しい一日の音で破られた。

39

ドアの鍵を開けて、モーリスはベッドに駆け戻った。

「カーテンが開いております。すばらしい空気、最高の試合日和ですよ」シムコックスがお茶を持って興奮気味に入ってきた。客人がベッドの上がけから見せているのは黒い髪だけで、返事はない。ミスター・ホールが朝の会話に乗ってこないのにがっかりして、シムコックスはディナージャケットとほかの装身具をまとめ、ブラシをかけようと持っていった。

シムコックスとスカダー――ふたりの使用人。モーリスはベッドで体を起こしてお茶を飲んだ。スカダーには気前よく贈り物をしなければならないだろう。というより、そうしたかったが、何を贈る? あの立場の男に何を与えればいいのか。オートバイではない。そこでスカダーが国を出ることを思い出した。であれば、ことは簡単だ。しかし、モーリスの顔には不安の影が残っていた。ドアに鍵がかかっていてシムコックスは驚かなかっただろうか、と思ったのだ。〝カーテンが開いております〟ということばにも言外の意味がなかったか？　窓の下で何人かの声がした。モーリスはまた寝ようとしたが、ほかの男たちの行動にさまたげられた。

「何をお召しになりますか」シムコックスが戻ってきて訊いた。「そのままクリケットのフランネルになさいますか。ツイードではなく」

「そうしよう」

「大学のブレザーもお持ちになります？」

「いや、それはいい」

「かしこまりました」

シムコックスは靴下のしわを伸ばし、瞑想するようにしゃべりつづけた。「ああ、ようやく窓の梯子をはずしましたね。長いことそのままでしたから」モーリスは言われて、空を背景に見えていた梯子の先が消えているのに気づいた。「お茶を運んできたときには、たしかにあったと思いますが。まあ世の中、確実なことなどございません」

「そうだね」モーリスは同意した。話がうまくできず、これからどうすべきかわからなかった。シムコックスが出ていったのにはほっとしたが、ダラム夫人と朝食のテーブルを囲むことを考えると気がふさいだ。できたばかりの友人にふさわしい贈り物も考えなければならない。小切手にするわけにはいかない。現金化するときに、あらぬ疑いをかけられる。服を着るうちに、しずくが滴るように不快さが増してきた。しゃれているとは言わないまでも、郊外住まいの紳士として恥ずかしくない程度の身だしなみは整えていたが、それらがすべて体になじまない気がした。やがて朝食の銅鑼《どら》が鳴り、階下《した》におりようとしたとき、窓枠のそばに落ちているひとかけらの泥が目に留まった。スカダーは慎重だったが、それでも慎重さが足りなかったのだ。頭痛がして気が遠くなり、モーリスはようやく白ずくめの恰好[64]で、社会の自分の定位置へおりていった。

手紙――積み上げられていて、どれも何かしら煩わしかった。エイダはいちばん礼儀正しかった。キティは母親が疲れきっていると書いていた。アイダおばは――これ

64　クリケットのアマチュアの試合での正式なユニフォーム。

は葉書だ――運転手は命令にしたがうものでしょう、それともいまどきそんな考えは通用しないの、と訊いていた。それから、仕事のくだらない手紙、学生セツルメント、国防義勇軍、ゴルフクラブ、財産擁護協会の案内状。モーリスは手紙越しに、女主人におどけた一礼をした。ダラム夫人がろくに挨拶を返さなかったので、カッと熱くなった。夫人はただ彼女に来た手紙のことを心配していただけだったのだが、モーリスにはわからず、ただ流されるようにふるまうだけだった。誰も彼もが見知らぬ他人に思えて、ぞっとした。話しかけている人種は、気質も所属集団もわからず、彼らが美味しそうに食べるものは毒のような味がした。

朝食のあと、シムコックスの攻撃がまた始まった。「お願いがございます。ミスター・ダラムがおられませんので、召使い一同、今日の屋敷チーム対村チームの試合で、あなたさまに屋敷チームのキャプテンになっていただけると、たいへん光栄なのですが」

「クリケットはあまりやらないんだよ、シムコックス。打つのがいちばんうまいのは誰だい？」

「うちのチームでは、下っ端の森番がいちばん打てます」

「だったら彼にやらせればいい」

シムコックスは引き下がらなかった。「身分の高いかたにやっていただくほうが、つねに成績がいいもので」

「野手をやると彼に言ってくれ。一番打者はやらない。できたら八番ぐらいにしてほしい。一番は困る。おりていくのは時間ぎりぎりになるから、キャプテンにそう伝えてくれ」モーリスは気分が悪くなって、眼を閉じた。自分のなかに新しい何かが生まれていた。その正体については考えなかった。宗教に親しんでいれば、それを〝悔恨〟と呼んだだろうが、モーリスは混乱こそすれ、自由な魂を保っていた。

彼はクリケットが大嫌いだった。隘路《あいろ》を通すような器用さが必要で、それがなかったのだ。クライヴのためにたびたびプレーはしたが、階級が下の者たちとやるのは好きではなかった。ラグビーはちがう。ラグビーならチームに貢献できたし、自分も愉《たの》しめたが、クリケットとなると、どこかの与太者にボールを投げられ、こっぴどくやられることもあって、不当に思えた。モーリスはチームがトスで勝ったと聞いて、三十分間おりていかなかった。ダラム夫人とひとりふたりの友人が、すでに観覧席の小屋に坐《すわ》り、みな押し黙っていた。モーリスは彼らのそばにしゃがんで試合を眺めた。

例年とまったく同じだ。彼以外は使用人からなる屋敷チームは、十メートルほど向こうで、得点を記録するエアーズ老人のまわりに集まっていた。エアーズはつねに記録係だった。

「キャプテンが自分を一番打者にしたようですよ」ひとりの婦人が言った。「身分の高い人ならありえないことね。そういう細かいことが気になるんです」

モーリスは言った。「このチームでは、キャプテンがずば抜けてうまいんですよ」

婦人はひとつあくびをしてから、あの人はどうも自惚《うぬぼ》れているように見えると批判しはじめた。彼女の声が夏の空気のなかにだらだらと流れた。彼は移住するのですよ、活力旺盛な人はそうするの、とダラム夫人が言い、話題は政治とクライヴのことに移った。モーリスは膝に顎《あご》をのせて考えこんでいた。嫌悪感が嵐のように沸き立ち、どこにぶつければいいのかわからなかった。女たちが何を言おうと、ボレニアス氏が下手《したて》でゆるく投げたボールをアレックがブロックしようと、村人たちが拍手しようとしまいと、モーリスはことばでは言い表せないほど気鬱になった。彼は未知の薬をのんでしまっていた――人生を根底まで揺るがしてしまい、何が崩れてくるのかもわからない。

オーバーが替わってモーリスが打席に立つと、向かい側で初球を受けたアレックは一転して思いきりバットを振り、ボールをシダの茂みに叩きこんだ。アレックは顔を上げてモーリスと眼を合わせ、微笑んだ。ロストボール。次の打球は高得点になる境界線越え《バウンダリー》だった。アレックは訓練を受けていないものの、クリケット向きの体だった。試合が現実に似てきた。モーリスも奮起した。頭の靄《もや》が晴れ、ふたりで全世界を相手にしているような気分になった――ボレニアス氏と守備陣だけでなく、小屋にいる観衆も含めたイギリス人全員がウィケット[65]に迫ってきているような気分に。モーリスとアレックは互いのために、ふたりの危うい関係のために、プレーした。ひとりが倒れれば、もうひとりも続く。世界に害を加えるつもりはないが、あちらが攻撃してくるなら懲らしめてやらねばならない。慎重に構えて、全力で打ち返し、ふたりが組めば多数派は勝利できないということを示すのだ。試合が進むにつれて前夜のことが

65 ピッチの両側に立ててある三本の棒（三柱門）。野手の九人がこれを倒すために攻め、ふたりのバッツマン（打者）がウィケットにボールが当たらないように守る。一方のバッツマンがボールを打ち、ふたりが互いに反対側のウィケットの前（クリース）に走りついたときに一得点となる。

思い出され、その意味が明らかになってきた。

クライヴがそれをあっさりと終わらせた。彼がグラウンドに現れると、もはやモーリスとアレックは主役ではなくなった。人々がいっせいにクライヴのほうを向き、試合は勢いを失って、終わった。アレックはキャプテンを返上した。地主にただちにバットを譲るのがもっとも適切な態度だ。アレックはモーリスのほうを見ずに引きあげた。彼も白いフランネルを着ていて、ゆったりとしたその恰好なら紳士にも、ほかのどんな人間にも見えた。小屋のまえに堂々と立ち、クライヴが話し終えるとバットを渡した。クライヴは当然のことのようにそれを受け取り、アレックはエアーズ老人のそばにどさりと坐った。

モーリスは偽りのやさしさをたたえて友人と向かい合った。

「クライヴ……戻ってきたな。どうした、へとへとに疲れてるんじゃないか？」

「夜中まで話し合いだ——今日の午後もある——みんなを喜ばせるために、ちょっと打たなきゃな」

「なんだって！　また置いてけぼりか？　なんてひどいことを」

「きみがそう言うのも無理はない。だが、夕方にはかならず戻ってくる。きみの訪問は一からやり直しだ。訊きたいことが山ほどあるぞ、モーリス」

「さあ、再開しますか」別の声が言った。長いこと待たされている社会主義者の校長だった。

「申しわけない」とクライヴは言ったものの、急がなかった。「アンが午後の話し合いには出ないことにしたから相手をするよ。そうそう、ようやく客間の天井の、アンが言う可愛らしい穴の修繕が終わった。モーリス！　なんの話をしようとしてたんだっけ。まあいい。さあ、オリンピック・ゲームだ」

モーリスは初球でグラウンドを離れた。クライヴが「待っていてくれ」と叫んだが、彼はまっすぐ家のほうに歩いていった。神経がおかしくなるのがわかったからだ。彼が通りかかると、ほとんどの使用人が立ち上がって熱烈な拍手を送ったが、アレックだけそうしなかったのが気になった。わざと無礼な態度をとっているのか？　しわの寄った額。そして口——ことによると残忍な口。少し小さめの頭。なぜシャツの喉元をあんなふうに開けている？　家の玄関ホールでモーリスはアンに出くわした。「ミスター・ホール、話し合いがうまくいかなくて」そこでアンはすっかり血の気の引いた彼の顔を見て言った。「まあ、具合が悪そう」

「そうなんです」モーリスは震えながら言った。

男は世話を焼かれるのを嫌うので、アンはたんに答えた。「なんてお気の毒な。お部屋に氷を持っていかせますね」

「いつも気遣っていただいて──」

「お医者様を呼んだほうが──」

「いや、医者はもうこりごりです」彼は取り乱して叫んだ。

「お世話がしたいのです、当然ですけど。人は幸せなとき、ほかの人にも同じように幸せになってもらいたいと思うものです」

「同じものなんてない」

「ミスター・ホール──」

「誰にとっても、同じものなんてないんです。だから人生はこれほどの地獄なんだ。何かすれば、ひどい目に遭う。何もしなければ、それはそれでひどい目に遭う──」間を置いて、続けた。「日差しが強すぎた──氷をいただけますか」

アンはあわてて氷を取りにいった。解放されたモーリスはラセット・ルームに駆け上がった。いまの状況が正確に理解できて、吐き気を催すほど気分が悪くなった。

40

モーリスはすぐに回復したが、ペンジを去らなければならないのがわかった。サージの服に着替え、荷造りをし、もっともらしい言いわけを考えて、ほどなく階下《した》におりた。「日射病でした」とアンに言った。「ちょっと心配な手紙もあったので、ロンドンに帰ったほうがいいと思います」

「そうなさるほうがずっといいわ」アンは深く同情して請け合った。

「そう、そのほうがずっといい」試合から戻ってきたクライヴがくり返した。「昨日のうちによくなることを願っていたんだが、モーリス、わかるよ。帰ったほうがいいというのなら、そうしてくれ」

ダラム夫人もそこに加わった。ロンドンにいるというモーリスのお相手は、微笑ましい公然の秘密になりつつあり、彼女はほとんどモーリスの求婚を受け入れそうなのだが、まだ首を縦に振っていないことになっていた。モーリスがどれほど具合が悪そうでも、どれほど妙な行動をとっても問題はない。彼は誰もが認める恋愛中の男であり、みなすべてを都合よく解釈して、モーリスは喜んでいると思いこんだ。

クライヴが車で駅までモーリスを送った。どうせ同じ方向に行くことになっていたからだ。車は森に入るまえにクリケット場の横を通った。スカダーが守備についていて、向こう見ずで美しく見えた。すぐ近くを彼らが通ると、命令するかのように一度足を踏みならした。それが見納めだった。スカダーが悪魔なのか同志なのか、モーリスにはまったくわからなかった。胸が悪くなる状況であることは確信していた。それは人生が終わるまで変わらない。だが、ひとりの人間についてはそう簡単に確信できなかった。ペンジを離れれば、はっきりとわかるのではないか。最後の砦のラスカー・ジョーンズ氏がいるのだから。

「こっちのキャプテンだったあの森番はどういう人間だい？」彼はクライヴに訊いた。まず頭のなかで質問を唱えてみて、おかしく聞こえないことを確かめたうえで。

「彼は今月出発するよ」クライヴは言った。どうやら、それで答えになると思っているようだった。折よく犬舎の横を通りすぎるところだったので、クライヴはつけ加えた。「とにかく犬の世話に関しては、彼がいないと困るな」

「ほかの面では困らない？」

「不便にはなるだろう。誰かがいなくなれば、かならずそうなる。彼はよく働くし、まちがいなく利口だ。ところが、代わりに雇おうとしている男は――」モーリスが興味を示したのがうれしくて、クライヴはペンジの暮らし向きをざっと説明した。

「まともな男なのか？」この決定的な質問をしたとき、モーリスの声は震えた。

「スカダーが？　まともと言うより、小ずるい感じかな。だがアンは不公平な評価だと言うだろうね。使用人をわれわれの正直の基準で見てはいけない。彼らにわれわれと同じ忠誠心や感謝の念を期待できないのと同じだ」

「ぼくにペンジの管理はぜったいできないな」ややあってモーリスは言った。「どんな使用人を選べばいいのかもわからない。たとえばスカダーにしたって、どんな家柄なんだい？　見当もつかない」

「親父はオスミントンの肉屋じゃなかったかな。たしかそうだ」

モーリスはあらんかぎりの力で車の床に帽子を叩きつけた。もうたくさんだと思い、両手で髪をかきむしった。

「また頭痛か？」

「頭がぼろぼろだ」

クライヴは同情して黙りこみ、ふたりとも別れるときまで口を開かなかった。その間、モーリスは両方の掌を眼に当てて屈んでいた。生まれてこのかた、彼は物事を知っているようで知らない。それが性格上の大きな欠点だ。ペンジに戻るのは危険だとわかっていたはずだった。森から愚行のもとが飛び出してくるとわかっていたのに、戻ってしまった。アンに「明るい茶色の眼のかた？」と訊かれたときには、どきっとした。寝室の窓から何度も夜のなかに身を乗り出して、「来い！」と呼んだりしないほうがいいことも、ある程度わかっていた。内なる精神はたいていの男と同じくらい刺激に敏感なのに、それらを解釈することができなかった。危機が訪れてようやくはっきりとわかったのだ。このもつれは、ケンブリッジ時代とはずいぶんちがうが、すっかり手遅れになってからもつれていることに気づく点で似ていた。リズリーの部屋に相当するのは、昨日のノイバラと待宵草の茂みだった。クリケットの試合中には、サイドカーつきのオートバイがシダのなかを走っていった。

だが、ケンブリッジが英雄を残したのに対して、ペンジが残したのは裏切り者だった。モーリスは招待主の信頼を悪用し、彼がいないあいだにその家を穢《けが》し、ダラム夫人とアンを侮辱した。家に帰ると、もっとひどい一撃が待っていた――自分の家族に対しても罪を犯していたのだ。それまで家族は重要な存在ではなく、親切にしてやるべき愚かな人たちだった。みな依然として愚かだったが、モーリスは気おくれして彼女らに近づけなかった。三人の凡庸な女性と彼のあいだに大きな溝ができ、女たちを神聖にしていた。そのおしゃべりも、何が大事かという言い争いも、運転手に対する文句も、より大きな悪である自分が彼女らに向けたことばのように思えた。母親に、「モーリー、また愉しくおしゃべりしましょう」と言われたときには、心臓が止まるかと思った。ふたりは十年前と同じように庭をのんびり散歩し、母親が野菜の名前をあげていった。十年前には母親を見上げていたが、いまは見おろしている。いまのモーリスには、あの庭番の少年に自分が何をしたかったか、わかりすぎるほどわかった。そこでいつも伝令役を務めるキティが家から飛び出してきた。その手には電報が握られていた。

モーリスは怒りと恐怖で震えた。〝戻ってほしい、今夜ボートハウスで待つ、ペンジ、アレック〟――村の郵便局が取り扱うのになんとふさわしい内容だろう！　ペンジの使用人の誰かがこちらの住所を教えたにちがいない。電報の宛先は正確だった。文句なしの状況だ！　いつ強請《ゆす》られてもおかしくない。たとえ強請《ゆすり》でないとしても、信じがたい傲慢さではないか。当然、返事は送るべきではない。もはやスカダーに贈り物をするのも論外だ。階級をわきまえない蛮行に及んだのだから、報いは受けなければならない。

しかし、その夜のあいだじゅう、モーリスの体は、意に反してアレックの体を求めつづけた。肉欲の虜《とりこ》――名づけるのは簡単だった。彼の仕事、家族や友人たち、社会的地位がそれに対抗した。その同盟には彼の意志もまちがいなく加わるはずだった。意志が階級を飛び越えられるなら、われわれが築き上げた文明はばらばらに崩壊してしまう。なのに、彼の体は納得しなかった。非の打ちどころのないチャンスがそれと結託していた。反論も脅しもモーリスの体を黙らせることはできず、朝までに疲労困《こん》憊《ぱい》して恥じた彼は、ラスカー・ジョーンズ氏に電話をかけ、二度目の予約を入れた。家を出るまえに、一通の手紙が来た。朝食中に届いたので、モーリスは母親が見ているまえで開いて読んだ。それは次のような内容だった。

親愛なるモーリス様。おれはボートハウスでふた晩待ちました。ボートハウスにしたのは、梯子ははずされたし、森は地面が湿って横になれないからです。だからどうか明日の夜か、あさっての夜、〝ボートハウス〟に来てください。ほかの紳士たちには散歩がしたくなったふりをして――簡単にできるでしょう――ボートハウスまで来てください。親愛なるモーリス様、これがお願いのしすぎでないなら、このイギリスを発《た》つまえに、もう一度だけ分かち合ってください。鍵は持ってますので、先に行って、あなたをなかに入れます。おれは八月二十九日、汽船のノルマニア号で出発します。クリケットの試合からこっち、一方の腕をあなたにまわして話したくてたまりません。そして両腕であなたを抱きしめて、分かち合いたい。それはおれにとって、ことばでは言い表せないくらいすばらしいことです。自分がただの使用人だってことは重々承知してます。どんなことであれ、あなたの愛情とやさしさにつけこんで勝手なことはいたしません。

敬具

A・スカダー

（C・ダラム様の森番）

モーリス、家の使用人が言ってるように、あなたは病気になって帰ったのですか？　これが届くころにはもとどおり回復していることを祈ります。もし来られないのなら、手紙をください。毎晩待っていて、眠れないからです。だから、何がなんでも明日の夜、それが無理ならあさっての夜、〝ペンジのボートハウス〟に来てください。

さて、これはどういう意味なのか。残るすべてを差し置いてモーリスの眼に飛びこんできたのは、〝鍵は持ってます〟ということばだった。そう、たしかに持っているのだろう。そして合鍵もあって、そちらはおそらく、共犯者のシムコックスが家のなかに保管している——彼はそういう観点で手紙全体を解釈した。母親とおば、飲んでいるコーヒー、サイドボードに飾った大学時代の優勝杯、あらゆるものが、それぞれの言い方で〝行けば身の破滅だ〟と警告していた。〝返事を書けば、その手紙はおまえに対する脅迫に使われる。かなり危うい状況だが、ひとつ救いがある。やつはおまえの手書きのものを何ひとつ持っていないし、あと十日でイギリスからいなくなる。おとなしく、脅威が去るのを待っていろ〟。モーリスは顔をしかめた。下層階級の連中は素直で愛情豊かなふりをして、そのじつ警察裁判所公報を読んで知識を仕入れている……また手紙が来たら、信頼できる事務弁護士に相談しなければならないだろう。乱れた感情についてラスカー・ジョーンズに相談するように。自分はこの上なく愚かだったが、これから十日間、慎重に手札を使えば切り抜けられるだろう。

41

「おはようございます、ドクター。今回は一発で治してもらえますか？」モーリスはいかにも軽い調子で切り出した。椅子にどさりと腰をおろし、眼を半分閉じて言った。「さあ、始めてください」

即刻治してもらいたい気分だった。この診察があると思えばこそ、吸血鬼に対抗してこられたのだ。正常になれば生活も落ち着く。人格が溶けて微妙に移り変わるトランス状態に早く入りたかった。何はなくとも、医師の思考がこちらの思考に侵入してくる五分間は、現実を忘れていられる。

「すぐに取りかかりますよ、ミスター・ホール。まず、前回からどのようにすごしたか教えてください」

「ああ、それはいつもどおりです。新鮮な空気と運動、あなたに言われたとおり。平穏無事にすごしました」

「女性とのさまざまなやりとりで喜びを感じることはありましたか」

「ペンジに何人かいました。ただ、ひと晩しか滞在しなかったので。ここに来た次の日、金曜にロンドンに戻りました。つまり、自分の家に」

「もっと長く友人たちとすごすと言っておられたように思うが」

「たしか言いましたね」

ラスカー・ジョーンズはモーリスの椅子の横に腰かけた。「では、楽にしてください」と静かに言った。

「はい」

医師は呼びかけをくり返した。モーリスは前回と同じように火かき棒の先を見た。

「ミスター・ホール、トランス状態に入ってきましたか」

長い沈黙のあと、モーリスが重々しく言った。「よくわかりません」

ふたりはもう一度試みた。

「部屋は暗くなりましたか、ミスター・ホール？」

モーリスはすぐにそうなるだろうと期待して、「少し」と答えた。たしかに少し暗くなった。

「何が見えます?」

「えー、暗ければ何も見えないはずです」

「このまえは何が見えました?」

「絵です」

「そうでしたね。ほかには?」

「ほか?」

「そう、ほかに。絨毯の――」

「穴があった」

「それで?」

モーリスは体を少し動かして言った。「その穴をまたぎました」

「それから?」

モーリスは黙った。

「それから?」説得力のある声がくり返した。

「ちゃんと聞こえます」モーリスは言った。「問題は、トランス状態じゃないことです。最初に少しぼんやりしただけで、いまはあなたと同じくらい覚めてる。もう一度やってみてもらえますか」

彼らはまた試みたが、うまくいかなかった。

「いったい何がどうなってるんです。先週は初球でぼくをアウトにしたのに。どういうことですか」

「私に抵抗しないでください」

「してませんよ」

「前回より暗示にかかりにくくなっている」

「専門家ではないので、それがどういう意味かはわかりませんが、ぼくは心の底から治してもらいたいんです。ほかの男のようになりたい。誰からも望まれないこんなはぐれ者じゃなくて――」

彼らはもう一度やってみた。

「つまり、ぼくはあなたの二十五パーセントの失敗に含まれるわけですか」

「先週は少し治療できたんだが、今回は突然こういう残念なことになりました」

「ぼくは〝突然の残念なこと〟なんですね？　落ちこんでる暇はない。あきらめないで」モーリスは大声で笑った。無理な強がりだった。

「あきらめるつもりはありませんよ、ミスター・ホール」

だが、次も失敗だった。

「ぼくはどうなるんです」モーリスは急に声を落として言った。絶望に打ちひしがれたが、ラスカー・ジョーンズ氏はあらゆる問いに答えることができた。「おそらく、ひとつだけ助言できるとすれば、ナポレオン法典を採用している別の国で生きることですね」

「意味がわかりません」

「たとえば、フランスか、イタリアか。そういう国ではもう同性愛は犯罪ではない」

「つまり、フランス人は友人と分かち合っても刑務所に入れられないと？」

「分かち合う？　性行為のことですか？　ふたりとも成人で、公然猥褻《わいせつ》でなければ問題ありません」

「そういう法律がいずれイギリスでも制定されますか」

「むずかしいでしょうね。イギリスは人間性を受け入れることにつねに消極的ですから」

モーリスは理解した。彼はイギリス人で、いまの悩みだけでもそのことを思い知らされている。悲しい笑みを浮かべて言った。「要するに、こういうわけだ。ぼくのような人間はつねにいたし、これからもいる。そして彼らはおおむね迫害されてきた」

「そういうことです、ミスター・ホール。あるいは、心理学者が好む言い方をすれば、過去にも、現在にも、未来にも、つねに想像しうるかぎりの種類の人間がいる。あなたのようなタイプがかつてイギリスでは死刑になっていたことも、忘れてはなりません」

「本当に？ とはいえ、彼らは逃げることもできた。イギリスじゅうに家が建っていたわけではないし、取り締まりもさほど厳しくなかった。ぼくみたいな人間は緑の森に逃げこめばよかった」

「そうですか？ 私にはわかりませんが」

「いや、ぼくの勝手な想像です」モーリスは診察料を払いながら言った。「ふと思ったのですが、ギリシャ人にはもっといろいろあったのかもしれない——テーバイの神聖隊にしても、ほかのことにしても。でなければ、いっしょにいられたわけがない。

とにかく、いくつかの異なる階級から集まっていたのだから」

「興味深い説ですね」

ことばがまたモーリスの口から飛び出した。「じつは、あなたに正直に話していなかったことがあります」

「なるほど、ミスター・ホール」

なんという好人物！　やはり科学は同情にまさる。これを科学と呼べればだが。

「先週ここに来たあとで、ある人物とまちがいを犯しました――相手はただの森番です。ぼくはどうすればいいのかわからない」

「そのような点について助言できることはほとんどありません」

「でしょうね。けれど、彼がぼくを眠りから引き戻していたと言えるのかもしれない。半分そういう気がしています」

「誰も本人の意志に逆らって引き戻すことはできませんよ、ミスター・ホール」

「トランス状態になるのを彼が妨げた。ぼくはそう考えます。愚かだと思われるかもしれませんが、彼から来た手紙がたまたまポケットのなかにあります。持ってこなければよかった。ここまで話しましたから、読んでください。火山の上を歩いている気がします。彼は無教養ですが、その力でぼくを捕らえている。法廷に立ったらあっちが勝つでしょうか」

「私は法律家ではありませんが」変わらぬ声が言った。「この手紙がその種の脅威になるとは思えません。弁護士に相談すべき問題ですね、私ではなく」

「失礼しました。でも、ちょっとほっとしました。じつに恐縮ですが、もう一度だけ催眠術をかけてみていただけませんか。話すべきことを話したので、今度はうまくいきそうな気がするんです。心の内を明かさなくても治してもらえるのではないかと思っていました。人が夢を通して別の人を自由に操るなんてことがありうるんでしょうか」

「もう一度やってみましょう。ただし、あなたがすべて告白したということが条件です。そうでなければ、双方にとって時間の無駄です」

もう隠していることはなかった。モーリスは恋人にも自分にも手加減しなかった。すべてを語り終えると、あの完璧な夜もほんのいっときの醜態に思えてきた。彼の父親が三十年前に耽った行為のように。

「では、もう一度坐って」

小さな音が聞こえて、モーリスの気がそれた。

「上の階で、私の子供が遊んでいるのです」

「幽霊かと思った」

「ただの子供です」

静けさが戻ってきた。午後の太陽が窓から射して、ロールトップデスクを黄色に照らしていた。モーリスはそこに注意を集中した。治療を再開するまえに、医師はアレックの手紙を取り、モーリスの眼のまえで厳かに燃やして灰にした。

何も起きなかった。

42

肉体を歓《よろこ》ばせることによって、モーリスは堅信礼を受けた——それが最終判決だった。倒錯した自分の精神に堅信礼をほどこし、ふつうの男の信徒団からみずからを切り離した。彼は苛立《いらだ》って、ことばにつかえながら言った。「ぼくが知りたいのは——あなたにもぼくにもわからないのは——どうしてあんな田舎の若者が、ぼくのことをあれほど知っていたかです。ぼくがいちばん弱っていたあの特別な夜を、どうして狙い撃ちできたのか。よりにもよって友人の家で、この体に触れさせることなどありえないはずだったのに。なぜって、くそ、ぼくは多少なりとも紳士だからです――パブリック・スクールでも、大学の代表チームでもそうだった。いまでも相手が彼だったことが信じられない」情熱をこめて抱いた相手がクライヴでなかったことを悔いながら、モーリスは最後の避難所をあとにした。医師は取ってつけたように、「それでも新鮮な空気と運動は効果抜群ですよ」と言ったが、気持ちはもう次の患者に移っていた。モーリスのようなタイプが好きではなかったのだ。バリー医師のようにショックは受けないにしろ、うんざりして、この若い倒錯者を顧みることは二度となかった。

医師宅から出たとたん、モーリスに何かが戻ってきた――おそらく、昔の自分が。というのも、苦悩しつつ歩くうちに、ひとつの声が話しかけてきて、その訛《なま》りがケンブリッジを思い出させたからだ。怖《おそ》れ知らずの若者の声が、愚か者め、と彼を嘲った。「今度こそ一巻の終わりだ」と言っているかのようだった。国王夫妻の通過のために公園の外で止まらされたとき、モーリスは帽子を脱いだ瞬間に彼らを見下した。自分とまわりの人々を隔てていた障壁が、そこで別のものに見えてきた。彼はもう怖くないし、恥じてもいなかった。つまるところ、森と夜は自分の味方であって、彼らの味方ではない。柵で丸く囲まれているのは彼ではなく、彼らのほうだった。自分はまちがった行動をとって、いまも罰を受けている――だが、両方の世界から最高のものを得ようとしたのが、そもそものまちがいだったのだ。

「でも、ぼくは自分の階級にとどまらなければならない。そこは譲れない」彼は主張した。

「いいだろう」昔の自分が言った。「さあ、家へ帰れ。明日の朝は八時三十六分の汽車で会社に行く。もう休暇は終わりだから。憶えておけ。それと、シャーウッドの森[66]にはまちがっても顔を向けるなよ、いかにもぼくはそうしそうだが」

「ぼくは詩人じゃない。そんな役立たずな――」

王と王妃が宮殿のなかに消えた。陽の光が公園の木々のうしろから射し、木々はひとつに融《と》け合って、緑の指と拳を持った巨大な生き物のように見えた。

66　十二世紀の伝説の義賊ロビン・フッドが住んだと言われるノッティンガムシャーの森。王室の御猟林だったが、無法者の巣窟でもあった。

「地上の生活だ、モーリス。おまえはそのなかにいるんじゃないのか」

「何を〝地上の生活〟と呼ぶ？　それはぼくの日々の生活と同じものだろう——社会と同じだ。一方がもう一方の上に成り立つ、昔クライヴが言ったように」

「なるほど。だがきわめて不幸なことに、事実はクライヴのことなど何も気にしていない」

「とにかく、ぼくは自分の階級から離れない」

「夜になる——急げよ——タクシーに乗れ——父親に倣って急ぐんだ、ドアが閉まるまえに」

タクシーを呼び止め、六時二十分の汽車に乗った。自宅の玄関ホールの革のトレイに、スカダーの新しい手紙が待っていた。字を見てすぐにわかった。〝ホール殿《エスク》〟の代わりに〝ミスター・M・ホール〟とあり、切手は曲がって貼られていた。モーリスは驚き、困惑したが、朝ほどではなかった。科学は彼を見捨てたが、自分ではそれほど見捨てていなかったからだ。とどのつまり、本物の地獄のほうが作り物の天国よりましではないか？　ラスカー・ジョーンズ氏の催眠術から離れたことは後悔していなかった。手紙を読まずにディナージャケットのポケットに入れ、そこにしまったままカードで遊び、運転手が辞めることになったけれど、どんな使用人が来るかわかったものではないという話を聞いた。使用人もわれわれと同じように血肉を持った人間ではないかとモーリスが言うと、おばは大声で「ちがいますよ」と反論した。就寝時間になると、モーリスは母親とキティにキスをした。もう相手を冒瀆《ぼうとく》することへの怖れはなかった。女たちの神聖さは短命に終わり、彼女らの言動のすべてはまた重要でなくなっていた。モーリスはうしろめたい思いをすることなく部屋のドアに鍵をかけ、窓から郊外の夜を五分間眺めた。フクロウの鳴き声、遠い路面電車のベル、そして、そのどちらよりも大きな自分の心臓の音が聞こえた。

手紙はむやみに長かった。便箋を開くときに体じゅうの血が荒立ったが、頭は冷静で、一文ずつではなく全体を読み通すことができた。

ミスター・ホール、いましがたミスター・ボレニアスから話を聞きました。おれに対するあなたの態度はフェアじゃありません。おれは来週、ノルマニア号で船出します。行くと手紙に書いたのに、返事もくれないのはひどいじゃありませんか。おれは立派な家族の出です。犬のように扱われるのは不当だと思います。父は立派な商人です。アルゼンチンでは自力で生きていきます。「アレック、おまえはいいやつだ」とあなたは言ったけど、手紙は書かない。おれは、あなたとミスター・ダラムのことを知ってますよ。「モーリスと呼んでくれ」と言いながら、なぜ不当に扱うのですか。ミスター・ホール、おれは火曜日にロンドンに行きます。その家を訪ねてほしくなかったら、ロンドンのどこで会うか指定してください。会ったほうがいいですよ——後悔したくないなら。ミスター・ホール、あなたがペンジを去ってから、たいしたことは起きてません。クリケットの季節は終わったようで、大きな木も葉を落としはじめました。いつもよりずっと早いです。ミスター・ボレニアスはあなたに女の子たちの話をしましたか。おれだってときには羽目をはずさずにはいられません。男だからしょうがない。でも、おれを犬みたいに扱っちゃいけません。あれはあなたが来るまえの話です。女が欲しくなるのは自然なことです。人間の本性に逆らうわけにはいきません。ミスター・ボレニアスは初聖餐[67]の講義のときにおれと女の子たちのことを知りました。いま説教されたところです。身分の高いかたとあんなことになったのは初めてです。あんな早い時間に起こされたから怒ったのですか。あなたが悪いんだ。あなたの頭がおれにのってたから。おれには仕事もあったし。おれはミスター・ダラムの使用人です、あなたのじゃなく。あなたの使用人じゃありませんから、使用人みたいに扱うのはやめてもらいます。世の中に知られたってかまいません。おれは尊敬に値する人だけ尊敬します。それはつまり、本当に紳士らしい紳士です。シムコックスは、「ミスター・ホールは八番打者ぐらいにしてくれとおっしゃっている」と言ってました。おれはあなたを五番打者にした。でも、おれはキャプテンだったから、そのことでおれを不当に扱う権利はありません。

敬具

A・スカダー

追伸――おれはあることを知ってます。

最後の一行がとくに気になったが、モーリスは手紙全体について考えることができた。どうやら裏の世界には、自分とクライヴについてよからぬ噂があるようだが、い

67　イエス・キリストの血と肉を象徴するパンと葡萄酒を初めて分け与えられる儀式。

まさらそれが重要だろうか。たとえブルー・ルームや、シダの茂みのなかをのぞき見され、誤解されたとしても、なんだというのだ。モーリスは現在のことが気になった。どうしてスカダーはそんな噂話を持ち出したのか。何をするつもりなのか。なぜいくらか卑劣で、多くは愚かで、多少やさしいことばを投げつけたのか。手紙を読むうちに、それが腐った肉のように感じられた。弁護士に即刻引き渡すべきだと考えたが、便箋を置いてパイプを手に取ると、自分自身が書きそうな手紙に思えてきた。支離滅裂？　それがどうした。まさにぼくの得意分野ではないか！　こんな手紙は欲しくなかった。何を求めているのかもわからない——求めていることはいくつもあるのかもしれない。だが、モーリスはその手紙に対して、昔『饗宴』に関してクライヴが彼にとったような、冷たく厳しい態度を貫くことができなかった。「ここに、あることが書かれている。学んでおきたまえ」などとは言えなかった。モーリスは返事を書いた——

A・S　了解。火曜午後五時、大英博物館の入口で会う。大きな建物だ。誰に訊いてもわかる。M・C・H

こうするのがいちばんだと思った。ふたりとも、はぐれ者だ。もし喧嘩になるのなら、まわりから邪魔が入らないところでやるのがいい。落ち合う場所は、あそこなら知り合いに出くわさないだろうということで選んだ。荘厳で穢れを知らぬ大英博物館には申しわけないが！　モーリスは微笑み、いたずらを企んでいるような、愉しそうな表情を浮かべた。クライヴが完全に泥沼から抜け出していないことにも、思わず笑みがこぼれた。モーリスの顔は強張り、魅力を損なうしわも出ていたが、それは一年の苦難を怪我なくしのいで立ち上がったアスリートであることの証だった。

新たに湧いた活力は、翌朝、仕事に戻るときにも続いた。ラスカー・ジョーンズの治療が失敗するまでは、仕事に行くことを心待ちにし、自分にはもったいない特権だとすら思っていた。仕事が自分を更生させてくれるから、家でも胸を張っていられるのだ、と。しかし、いまはその自信も崩れ、モーリスはまた笑いたくなった。なぜこんなにも長いあいだだまされていたのか。ヒル・アンド・ホール社の上客は中流階級のなかほどから来ていて、彼らが何よりも望むのは避難所、それも永遠に続く避難所だった。恐怖に怯《おび》えて逃げこむ暗がりの巣穴ではなく、大地と空の存在が忘れられるまで、つねに、あらゆるところにある避難所だ。貧困、病気、暴力、非礼からの避難所は、しかし最後には喜びをも排除してしまう。それは神がこっそり忍びこませた罰だった。顧客の顔を見れば――会社の事務員や共同経営者の顔もそうだが――彼らが本当の喜びを知らないことがわかる。社会はあまりにも完全に彼らの要求を満たしてきた。みな、もがいたことがない。もがいてこそ、豊かな感情と肉欲が結びついて愛になるのだ。モーリスはすぐれた恋人になれる。深い喜びを与え、受け取ることができる。だが、彼らの糸は撚《よ》り合わさっていない。あの連中は愚劣か下品のどちらかで、モーリスがいまの気分で嫌悪しないのは後者だった。彼らがやってきて、確実に六パーセント儲けられる証券を買いたいと言うと、モーリスは答える。「高利回りと安全は両立しませんよ。それは無理です」しまいに相手は言う。「資金の大半を四パーセントに投資して、残りの百を思いきったところに賭けるというのはどうかな」ともかく彼らは投機に手を出す。家計が破綻しない程度に少しずつではあるが、口にする美徳が見せかけであることが知れるには充分だ。そしてモーリスは昨日まで、そんなやつらにこびへつらっていたのだ。

なぜあいつらに奉仕しなきゃならない？　モーリスは賢《さか》しらな大学生のように自分

の職業の倫理観を問いはじめたが、列車の相客たちはまじめに取り合わなかった。「若いホールはやり手だ」という評価は消えなかった。「あんなことを言っているが、ひとりの客も失わない。あいつにそれはありえない」そしてモーリスの皮肉を、ビジネスマンに似合わなくもないと査定した。「ああ見えて、いつも安定したいところに投資しているよ。この春も、ひどく品のない話をしてただろう？」

43

雨は昔ながらの降り方で降りつづき、無数の屋根を叩いて、ときに家のなかにも入りこんでいた。煙を空から押さえつけるせいで、ロンドンの通りには石油の煙霧と湿った布のにおいが入り混じって漂っている。大英博物館の広い入口前では、薄汚れたハトや警官のヘルメットを大粒の雨が小止みなく叩いていた。あまりに暗い午後なので、館内の明かりもいくつかともり、堂々たる建物は人魂で奇跡的に照らし出された墓のように見えた。

アレックが先に到着した。ふだんのコーデュロイの服ではなく、新調の青いスーツに山高帽という、アルゼンチンへの旅立ちに備えた恰好だった。本人も自慢したとおり、パブの店主や小商いの商人がいる立派な家族の出で、彼が森の野生児になったのはまったくの偶然だった。たしかに、森や新鮮な空気や水が何よりも好きで、命を守ったり奪ったりするのも好きだが、森には〝働き口〟がないので、ひと旗あげたい若者は出ていくしかない。アレックは何がなんでもひと旗あげようと決意していた。運命がその手に罠を与え、彼はそれをしかけるつもりだった。確固たる足取りで前庭を横切り、何段飛ばしかで階段をのぼった。柱廊に入って雨をよけると、身じろぎもせずに立ち、眼だけをきょろきょろさせていた。こうした急な動作の変化は、いつも進んで斥候《せっこう》となる彼にはよくあることだった。クライヴが推薦状で書いたように、つねに〝抜かりない〟のだ。〝五カ月間、A・スカダーは当家の使用人として、てきぱきとこまめに働きました〟。その性質をいま発揮しようとしていた。獲物が車で到着すると、残酷さと怯えが相なかばする気持ちになった。紳士なら知っている。遊び相手もわかる。だが、「モーリスと呼んでくれ」などと言うホール氏はどんな階級の人間なのか。眼を細めて、ペンジの玄関前で命令を待っているときのように突っ立っていた。

　モーリスは人生でもっとも危険な日になんの計画もなく近づいたが、健康な肌の下で筋肉がうごめくように、心のなかでずっと何かがさざ波を立てていた。誇りに支えられていたわけではないが、体調は万全で、試合に臨む気満々だった。イギリス人らしく、敵の体調も万全であってほしいと願った。正々堂々と立ち向かいたい。怖くはなかった。汚れた大気の向こうにアレックの顔が輝いているのを見ると、彼の顔もわずかながら緊張し、攻撃されるまでは自分から攻撃しないことに決めた。

「さあ、来たぞ」モーリスは言い、手袋を帽子の位置まで上げた。「この雨はたまらないな。なかで話そう」

「あなたが好きな場所で」

　モーリスは多少の親しみをこめて相手を見た。ふたりは博物館のなかに入った。入るなりアレックは手を上げ、ライオンのようなくしゃみをした。

「寒いのか？　この天気だから」

「ここはいったいどういう場所です？」アレックが訊いた。

「国が所有している古いものの展示場所だ」ふたりはローマ皇帝の石像が並ぶ通路で立ち止まった。「まったくひどい天気だな。昼間よかったのはたったの二日、夜はひと晩だけだった」モーリスはからかうようにつけ加えて、自分でも驚いた。

だが、アレックはつき合わなかった。こういう出だしは望んでいなかった。自分のなかの卑しい人間が襲いかかれるように、モーリスの怯えが外に出るのを待っていたのだ。彼はモーリスの仄《ほの》めかしを受け流して、またくしゃみをした。大音声がホールに響き渡り、アレックのゆがんで震える顔に突如として渇望の色が浮かんだ。

「二通目の手紙を書いてくれてよかった。二通とも気に入ったよ。ぼくは怒っちゃいない――おまえは何も悪いことはしていない。クリケットにしろ、ほかのことにしろ、すべておまえの思いちがいだ。正直に言うと、いっしょにすごせて愉しかった。もしそれが問題だったのならね。そうなのか？ 教えてくれ。ぼくにはわからない」

「これはなんです？ あれは思いちがいじゃない」アレックは意味ありげに胸のポケットに触れた。「あなたが書いたものだ。それに、あなたとうちのご主人は――あれも思いちがいじゃない――思いちがいであればいいと、誰かは思ってるかもしれないけどね」

「そんな話を持ち出さないでくれ」モーリスは言ったが、怒った声ではなかった。奇妙なことに、怒りはまったく覚えず、ケンブリッジ時代のクライヴさえ神聖な存在ではなくなっていた。

「ミスター・ホール、わかるでしょう。いくつかのことが表沙汰になるとまずいはずだけどな」

モーリスは自分がことばの裏の意味を探ろうとしているのに気づいた。

アレックは優位に立つ方法を探りながら続けた。「それにおれは、あなたに部屋に呼ばれて慰み者にされるまでずっと立派な人間だった。上の身分の人に堕落させられるなんて、とてもじゃないけど不公平です。少なくとも兄貴はそう言ってる」最後のことばでためらった。「じつは兄貴がいま外で待ってます。いっしょに来てあなたと直接話したがってました。おれ、ものすごく叱られたんだけど、〝いや、フレッド、だめだ。ミスター・ホールは紳士だから、きっと紳士らしくふるまうよ。だからおれにまかせてくれ〟って言いました。それから、〝ミスター・ダラムも紳士だ。昔からそうだったし、これからも〟って」

「ミスター・ダラムについては」モーリスは、ここは言っておかなければと感じた。「かつてぼくが彼を、そして彼がぼくを大切に思っていたのはまちがいないが、彼は変わった。もうお互い大切に思う気持ちはない。終わったんだ」

「何が終わったんです？」

「われわれの友情が」

「ミスター・ホール、おれの話聞いてました？」

「ちゃんと聞いてる」モーリスは考えながら言い、まったく同じ調子で続けた。「スカダー、どうして女も男も好きになることが〝自然〟だと思うんだ？　手紙にそう書いてただろう。ぼくにとっては自然じゃない。自然というのは自分らしくふるまうことだ、そう思うようになった」

相手は興味を示したようだった。「すると、あなたは子供が作れないってことですか？」と強い口調で訊いた。

「ふたりの医者に相談してみたよ。どちらもぜんぜん役に立たなかった」

「つまり、無理だと？」

「無理だ」

「子供が欲しい？」敵意を抱いたかのように訊いた。

「欲しがってもなんにもならない」

「おれはその気になれば明日にだって結婚できますよ」と彼はうそぶいた。話すうちに、翼を持ったアッシリアの雄牛像が目に留まると、その顔が少年の驚きの表情に変わった。「大きいなあ。ああいうのを作るすごい仕掛けがあったんだね」

「そうだな」モーリスも雄牛に感心した。「なんとも言えないが。ここにもあるようだ」

「相棒みたいなもんですね。こいつらは飾りだったんですかね」

「こいつには肢《あし》が五本ある」

「こっちのやつもです。おかしな発想だな」おのおの怪物のまえに立ち、ふたりは顔を見合わせて微笑んだ。そこでアレックは真顔に戻って言った。「おあいにくさま、ミスター・ホール。考えてることはわかるけど、二度はだまされませんよ。言っときますけど、おれと友好的に話すほうが、フレッドを待つよりましだからね。あなたは愉しんだ。その借りは返してもらわないと」

脅迫しながらも、アレックはハンサムだった――邪悪なふたつの眼も含めて。モーリスはその瞳孔を静かに、しかし鋭く見つめた。感情の爆発からは何も生まれず、それらは泥の薄片のようにはがれ落ちた。アレックは〝あとは自分で考えてもらう〟といったことをつぶやいて、ベンチに坐った。モーリスもほどなくそこに加わった。

そんなふうにして二十分ほどたった。彼らは展示室から展示室へと移った。まるで何かを探すかのように。女神を見たり、花瓶を見たり、ふと思いついて移動したり。表向きは闘っているところだから、いっしょに歩いているのはなおさら奇妙だった。アレックが遠まわしな物言いを再開した。ぞっとするほど下劣な脅迫だったが、なぜかそれが途中の沈黙を不快にすることはなかった。モーリスは怖がることも、腹を立てることもできず、ただこれほどの混乱に巻きこまれる人間などいるだろうかと残念に思うだけだった。返事をする気になったときには、ふたりの眼が合い、モーリスの微笑みが敵の唇に移ることもあった。この状況がまやかしで――ほとんど悪ふざけだ――ふたりがともに望んでいる本当の何かが隠されていることがわかってきた。モーリスはあわてることなく、まじめに、機嫌よくつき合った。彼のほうから攻撃しなかったのは、血が熱くなっていなかったからだ。事態を動かすには外からの衝撃が必要だったが、それが偶然訪れた。

アクロポリスの模型のまえに身を屈め、眉間に少ししわを寄せて、「なるほど、なるほど」とつぶやいていたときに、その声を耳にした紳士が驚き、度の強い眼鏡の奥からのぞきこんで言った。「まちがいない！　人の顔は忘れるが、声は忘れないのだ。

ぜったいそうだ！　きみはわが校の卒業生だろう」それはデューシー先生だった。

モーリスは答えなかった。アレックが横向きに歩いてきて並んだ。

「きみはエイブラハムズ先生の学校にいたはずだ。いや待て！　待ってくれ！　名前を言わないで。思い出したいから。思い出すぞ。サンディじゃない。ギブズでもない。わかった。わかったぞ。ウィンブルビーだ」

事実をまちがえるところがデューシー先生らしい！　正しい名前を呼ばれたら、モーリスは答えていただろうが、こうなると嘘をつきたくなった。際限なくでたらめを並べられるのには飽き飽きしていた。あまりにも迷惑をこうむりすぎた。モーリスは答えた。「いいえ、スカダーですが」最初に思いついた名前を口にした。それは使われるのを待っていて、モーリスにはあとからその理由がわかった。とたんにアレック自身が口を開いた。

「ちがいます」彼はデューシー氏に言った。「それと、おれはこの紳士を真剣に告訴しますから」

「そう、真剣そのものだ」モーリスは言い、手をアレックの肩にまわして、うなじに触れた。ただそうしたかったからで、ほかに理由はなかった。

デューシー氏は気に留めなかった。疑うことを知らない彼は、それを他愛もない冗談だと思った。この浅黒い紳士はウィンブルビーではないのだろう、本人がちがうと言っているのだから。彼は言った。「じつに申しわけないことをしました。めったにまちがわないのですが」ただの愚かな老人でないことを示さなければと、彼は黙っているふたりに大英博物館の話題を振った――古代遺跡を集めただけでなく、人を案内してまわれる場所なのですよ――その――言ってしまえば、あまり知的に恵まれない人たちを――刺激的な場所で――小学生の心にも疑問が湧きます――もちろん、それに万全の答えを返すことはできません。

とうとう辛抱強そうな声が、「ベン、わたしたち待っているのよ」と言い、デューシー氏は妻のところに戻った。その間にアレックがさっと離れてつぶやいた。「もういい……おれはもうあなたを困らせない」

「真剣な告訴はどうするんだ」モーリスは急に凄みを利かせて言った。

「わかりません」完璧だが血の流れていない英雄たちの像のまえで、アレックが顔を赤らめているのが目立った。英雄たちは戸惑いも不名誉も知らない。「心配しないで。もう危害は加えません。あなたは勇気がありすぎる」

「勇気なんてくそくらえだ」モーリスは突然怒りだした。

「これでやめにします——」アレックは自分の口を押さえた。「何がおれに起きたのかわかりません、ミスター・ホール。おれはあなたを傷つけたくない。そんなこと、一度もしたことがない」

「脅迫したじゃないか」

「いいえ、それは……」

「した」

「モーリス、聞いてください、おれはただ……」

「モーリス、なのか？」

「あなたはおれをアレックと呼んだ……おれだって、あなたと同じくらいいい人間だ」

「そうは思えないな！」間ができた。嵐のまえの静けさだった。そして爆発した。

「いいな、もしおまえがミスター・デューシーのまえでぼくを裏切るようなことを言ったら、ただじゃおかなかったぞ。何百ポンドかかったって、金ならある。警察はおまえなんかより、つねにぼくの味方だ。おまえにはわからないだろうが。恐喝罪でおまえを刑務所にぶちこんで、そのあと——自分の頭を吹き飛ばしていただろう」

「自殺？　死ぬってこと？」

「そのときに気づくんだろうな、おまえを愛していたと。遅すぎる……いつだって、何もかも手遅れなのさ」並んだ古代の像がよろめくように揺れた。気づくとモーリスは言っていた。「まあいい。外に出よう。ここでは話せない」

ふたりは暖房が効きすぎた巨大な建物をあとにして、あらゆる知識を蓄えているであろう図書館のまえをすぎた。暗闇と雨を求めていた。柱廊でモーリスは立ち止まり、苦々しく言った。「忘れてた。おまえの兄さんは？」

「親父のところにいます——兄貴はなんにも知りません——脅しに使っただけで——」

「——強請るために」

「どうかわかってください……」アレックはモーリスの手紙を取り出した。「必要ならどうぞ……おれは要らない……最初から要らなかった……これで終わりです」

終わるわけがなかった。別れがたく、かといって次に何をするかもわからず、ふたりは穢れた一日の最後の光のなかを熱に浮かされたように歩いた。いつもと変わらぬ夜がようやく訪れ、モーリスも自制を取り戻して、激情がもたらした新たな状況を見つめ直すことができた。人気《ひとけ》のない広場でふたりは足を止め、木々を取り囲む柵にもたれた。モーリスは自分たちの置かれた窮地について話しはじめた。

しかし、彼が落ち着くのと対照的に、相手は気が立ってきた。まるで一方が攻撃に疲れたらもう一方が攻撃にかかるような腹立たしい不平等を、デューシー氏がふたりに押しつけたかのように。アレックは怒りもあらわに言った。「ボートハウスではこれより激しく雨が降って、これより寒かった。どうしてあなたは来なかったんですか」

「混乱だ」

「すいません、いまなんと？」

「わかってほしいんだが、ぼくはつねに混乱している。行きもしないし手紙も書かなかったのは、欲することなくおまえから離れたかったからだ。わからないだろうな。おまえはぼくを引き戻しつづけた。それがとても怖かった。医者のところで眠ろうとしたときにも、おまえを感じた。おまえは強く言ってきて、ぼくは邪悪なものを感じ取ったが、それが何かはわからなかった。だから、それはおまえだと思いこもうとした」

「結局何だったんです?」

「それは——状況だ」

「話についていけない。だからどうしてボートハウスに来なかったんです?」

「ぼくは怖かった——そしておまえの問題も、怖いことだった。あのクリケットの試合以来、おまえはぼくを怖れるようになった。だからお互い相手を倒そうとしてたんだ。いまもそうしてる」

「おれはあなたから一ペニーももらいません。あなたの小指一本傷つけません」アレックは不満げな低い声で言って、彼と木々を隔てている手すりをガタガタ揺すった。

「だが、ぼくの心のなかでは、おまえはまだぼくをひどく傷つけようとしている」

「どうしておれを愛してるなんて言ったんです」

「どうしてぼくをモーリスと呼ぶ?」

「もう話すのはやめましょう。これ——」と手を差し出した。モーリスは手紙を受け取り、その瞬間、ふたりはふつうの人間が手にしうる最高の勝利を知った。肉体的恋愛は〝反応〟であり、本質的に〝パニック〟だ。モーリスはやっと、ペンジでのふたりの原始的な自暴自棄がなぜ危機につながったのかを理解した。ふたりは互いに相手を知らなすぎた——そして、知りすぎた。だから怖くなったのだ。だから冷酷になった。モーリスは己の恥ずべき行為を通してアレックの恥ずべき行為が理解でき、うれしくなった。それが初めてではないが、苦悶する魂のなかに隠れた才能を垣間見たのだ。英雄としてではなく、同志として、モーリスは相手の空威張りに立ち向かい、そのうしろに稚気を見た。さらにそのうしろには、別の何かがあった。

そこでアレックが口を開いた。悔恨と謝罪がどっとあふれ出た。溜めていた毒を吐き出すようなものだった。そうして健康体に戻ると、アレックはもはや恥じることなく、友人にすべてを話しだした。親族について話し……彼もまた階級に深く囚われていた。アレックがロンドンにいることは誰も知らない。ペンジの人たちは彼が父親を訪ねていると思い、父親のほうはペンジにいると思っている。こんなことをするのは、とても骨が折れた。これから家に帰らなければならない。アルゼンチンに連れていってくれる兄に会う。兄は貿易の仕事をしていて、奥さんもいる……。アレックは教育のない人々がよくするように、自慢話も交えた。自分は立派な家の出である、誰にも屈しない、どんな紳士よりまともな人間だとくり返した。しかし、自慢話のさなかにも、彼の腕はモーリスの腕と絡まった。そういう愛撫があってもいい。それは不思議な感覚だった。会話が途切れ、ふいにまた始まった。思いきって言ったのはアレックだった。

「おれと泊まってほしい」

モーリスが体をずらし、筋肉と筋肉がぶつかった。すでに彼らは意識的に愛し合っていた。

「ひと晩いっしょにすごすんです。場所は知ってる」

「無理だ。約束がある」モーリスは言った。心臓が激しく打っていた。会社の仕事につながりそうな公式のディナーパーティがあって、はずすわけにはいかなかった。そんな用事があったのも忘れかけていた。「これから帰って着替えなきゃならない。だけど聞いてくれ、アレック、無茶を言うな。代わりに別の夜に会おう——いつでもいい」

「もうロンドンには来られません——親父かミスター・エアーズに何か言われちまう」

「言われて何が問題なんだ」

「今日の約束の何が問題なんです」

ふたりはまた黙った。やがてモーリスが、愛情をこめながらもがっかりした口調で言った。「わかった。約束なんかくそくらえだ」

そしてふたりは雨のなか、連れ立って歩いていった。

44

「アレック、起きろ」

腕がぴくりと動いた。

「これからのことを話さないと」

アレックが近くにすり寄った。見た目より起きていて、温かく、筋肉質で、幸せそうだった。モーリスも幸福感に包まれていた。体を動かすと、それに応《こた》えるように相手の手に力が入り、何を言いたかったか忘れた。依然雨が降っている外の世界から光が流れこんで、ふたりを照らした。見知らぬホテル、この手軽な避難所は彼らを外敵からもう少しのあいだ守ってくれる。

「起きる時間だ、ほら。朝だよ」

「だったら起きなよ」

「こんなに抱きつかれてるのに、どうやって起きるんだ！」

「逃げるのがうまいんじゃないの。見せてもらおう」アレックは慇懃《いんぎん》な態度を捨てていた。大英博物館が彼らを癒やしたのだ。アレックの休日だった。モーリスとすごすロンドン。悩みは消えた。彼は惰眠を貪り、ぐずぐずすごし、ふざけ、愛し合いたかった。

うれしいことに、モーリスも同じことを望んでいた。とはいえ、近い将来のことを考えずにはいられなかった。明るくなってきた朝の光で、いまの心地よさが現実ではないように思えてきた。話をして解決しなければならない。ああ、夜が終わる。眠りと目覚め、融け合う強さとやさしさ、温かい思いやり、闇のなかの安らぎ。そんな夜が戻ってくることがあるのだろうか。

「大丈夫かい、モーリス？」――モーリスがため息をついたからだった。「気分はどう？　おれにもっと頭をのせて。もっと好きなように……そう、こんなふうに。心配しないで。おれといっしょにいるんだから。心配しなくていい」

そう、モーリスが幸せだったのはまちがいない。スカダーは誠実で親切だった。ともにいて愉しく、愛《いと》おしく、魅力的で、千人にひとりの憧れていた夢の相手だった。だが、勇敢だろうか。

「こうしてるのがうれしい……」唇と唇が近すぎて、ほとんど会話にならなかった。「誰が予想した？　……あんたを初めて見たとき、〝あの人といっしょに……〟と思ったよ。〝おれと彼と……〟って。そしたらこうなった」

「ああ。だからぼくたちは闘うしかない」

「誰が闘いたいんです」アレックは困惑して言った。「もう充分すぎるほど闘ってきたのに」

「世界じゅうがぼくたちの敵だ。いまのうちに協力して、計画を立てなきゃならない」

「なんでわざわざそんなことを言って、いまの気分をぶち壊しにするの？」

「言わざるをえないからさ。ペンジのときみたいに、状況が変わってまた傷つくのはたくさんだ」

アレックは突然、太陽で荒れた手の甲をモーリスにこすりつけて言った。「痛いでしょう。痛いはずだ。おれはこうして闘う」

たしかに少し痛かった。悪ふざけのなかに憤懣《ふんまん》が忍びこんでいた。

「ペンジのことは話さないでほしい」アレックは続けた。「ああ、まったく。ペンジでおれはいつも使用人で、スカダーこれをして、スカダーあれをしてと言われつづける。あの年寄りの夫人が一度何を言ったと思います？　〝ご親切におすがりしたいのだけれど、この手紙を出してきてくださる？　ところで、あなたのお名前は？〟だって。あなたのお名前は！　半年ものあいだ、毎日クライヴのくそ玄関先に参上して命令を受けてるのに、あの母親はおれの名前を知らなかったんだ。あの雌犬。だからおれは言ってやった。〝あんたの名前は？　知りたくもないけど〟。舌の先まで出かかったよ。言ってやりゃよかった。モーリス、使用人がどんなことを言われるか、聞いても信じられないと思うよ。ひどすぎて、とてもことばにできない。あんたのお気に入りのあのアーチー・ロンドンも、ろくでもないやつだ。あんたもね。そう、あんただって。〝よう、そこのおまえ〟とかなんとか。知らないだろうけど、あんたのところへ行くのはやめようと何度思ったたか。呼ばれたときにも、あの梯子をのぼるのはあきらめかけた。あの人はおれを本当は欲しがっちゃいないって。来いと言ったボートハウスにあんたが来なかったときには火を噴くほど腹が立った。偉そうに、いまに見てやがれってね。おれは昔からボートハウスのことを夢見てた。あんたの名前も知らないうちから、ちょくちょく煙草を吸いにいってたんだ。鍵は簡単に開けられる。じつは鍵を持ってる……ボートハウス、池が眺められるあのボートハウスはとても静かで、ときどき魚が飛び跳ねて、おれがいい感じにクッションを並べてるんだ」

アレックはひとしきり吐き出して押し黙った。荒々しく、不自然なほど陽気に話しはじめたものの、声がか細くなって、悲しみのなかに消えてしまった。水面に浮かび上がった真実が耐えがたいものであったかのように。

「またボートハウスで会おう」モーリスが言った。

「いや、もう会えない」アレックはモーリスを押して遠ざけ、また近くに引き寄せて、まるで世界が終わるかのように力いっぱい抱擁した。「でも、あんたは思い出すよ」ベッドの外に出て、灰色の光のなかからモーリスを見おろした。両腕がだらりと垂れていた。これを憶えておいてくれと言わんばかりに。「あんたを簡単に殺すこともできた」

「それはお互いさまだ」

「おれの服は？　どこ行ったんだろう」アレックは放心状態に見えた。「ずいぶん遅れちまった。カミソリもないし。まさか泊まるとは思わなかったから……すぐに汽車に乗らないと、フレッドがあれこれ考えはじめる」

「考えさせとけばいい」

「ぞっとするよ、フレッドにおれとあんたのこんなところを見られたらと思うと」

「見られなかった」

「見られてたかも——明日は木曜でしょう？　金曜は荷造り、そして土曜にノルマニア号がサウサンプトンから出航する。それでこのイギリスにはさよならだ」

「おまえとは、この先二度と会えないということか」

「そう。そのとおりです」

雨さえやんでいれば！　昨日の大雨のあと、今朝も雨。家の屋根も博物館も、わが家も緑の森も、みな濡れていた。モーリスは自分を抑え、注意深くことばを選んで言った。「そのことを話したかったんだ。また会う約束をしようじゃないか」

「どうやって？」

「イギリスに残ればいい」

アレックはさっと振り返った。顔が恐怖にゆがんでいた。半裸で、半獣人のように見えた。「残る?」と大声で訊き返した。「船に乗らずに? 頭がいかれたんですか? いままで聞いたなかで最高の戯言《たわごと》だ。またおれに命令する気なんだね、え?」

「ぼくたちが出会ったのは、千にひとつの幸運だった。もう二度とこんなチャンスはない。おまえにもわかってるはずだ。ぼくといてくれ。ぼくらは愛し合ってる」

「かもしれないけど、だからといって馬鹿な行動をしていいことにはならないよ。残るって、どこでどうやって? こんな乱暴で汚いおれを見たら、あんたのお袋さんはなんて言う?」

「母がおまえを見ることはない。家では暮らさないから」

「じゃあどこで?」

「おまえといっしょにいる」

「へえ、そう? お断りだね。おれの知り合いはあんたをこれっぽっちも受け入れない。当たりまえでしょう。で、仕事はどうするんです。教えてもらえます?」

「辞める」

「町で働いてるから金も地位もあるのに? 辞められるわけがない」

「本気なら辞められる」モーリスは穏やかに言った。「人はなんだってできる、それがどういうことかわかりさえすれば」黄色になりかけている灰色の光を見つめた。モーリスにとって、この話は驚きでもなんでもなかった。想像できないのは、そのあと何が起きるかだった。「おまえといっしょに働く」ついに言った。宣言するときが来たのだ。

「どんな仕事をするんです」

「いっしょに見つける」

「見つけて、飢え死にだ」

「いや、いろいろ探すあいだ食いつなぐだけの蓄えはある。ぼくも馬鹿じゃない。おまえもだ。飢え死になんかするもんか。夜、おまえが寝て、ぼくが目覚めてるあいだに、そこまでは考えた」

沈黙ができた。アレックは少し丁寧に話しはじめた。「うまくいくわけがない、モーリス。ふたりとも破滅だ。わからないんですか。おれもあんたも」

「どうだろうな。そうなるかもしれない。ならないかもしれない。〝階級〟のことはわからない。ぼくたちが今日することはわかってる。ここを出て、豪華な朝食をとって、ペンジに行くか、なんでもおまえのしたいことをして、兄さんのフレッドに会う。そして彼に、移住に関しては気が変わった、その代わりにミスター・ホールといっしょに仕事につくと伝える。ぼくもいっしょに行くよ。ぼくは気にしない。誰にでも会うし、どんなことにも立ち向かう。勝手に推測する連中には、させておけばいい。もうぼくはうんざりだ。フレッドに、もう船の切符は要らないと言うんだ。ぼくがその分は返す。そこからぼくたちの自由が始まる。そして次のことに取りかかろう。危険はあるけど、それを言えば、なんでもそうだ。それに人生は一度きりだ」

アレックは冷ややかに笑い、服を着つづけた。強請ではないが、態度が前日に似てきていた。「自分で生計を立てたことがない人の物言いだね。愛してるとかなんとかってことでおれをだまくらかして、これからの人生を台なしにしたいわけだ。アルゼンチンでちゃんとした仕事が待ってるんだ。わかってんの？　ここでのあんたの仕事みたいに。ノルマニア号が土曜に出発するのは残念だけど、事実は事実だ。服も切符も全部買ってあるし、フレッドと奥さんはおれが来ると思ってる」

モーリスは強がりの裏にみじめさを見て取った。だが、洞察力がいまさらなんの役に立つ？　いくら洞察力があってもノルマニア号の出航は止められない。彼の負けだった。モーリスの苦悩は確実に続くが、アレックのほうはすぐに終わるのかもしれない。新しい人生に船出すれば、身分ちがいの男と羽目をはずしたことなど忘れ、そのうち結婚するのだろう。己の利益になることを抜け目なく知っている労働者階級の若者は、すでにその美しい体を見苦しい青のスーツに押しこめていた。そこから飛び出した顔は赤く、手は茶色だった。髪をぴったりなでつけて、「じゃあ、行くよ」と言い、それでまだ言い足りないかのように、つけ加えた。「考えてみりゃ、そもそも会ったのが残念だった」

「そんなことはないさ」モーリスは言い、ドアのボルト錠をはずす相手から眼をそらした。

「もうこの部屋の代金は払った？　階下《した》におりても止められないね？　最後に不愉快な思いをしたくないから」

「それも大丈夫だ」

モーリスはドアが閉まる音を聞き、ひとりになった。愛する相手が戻ってくるのを待った。待たずにはいられなかった。やがて眼がちくちくと痛くなり、経験上、涙が出てくるのがわかった。このときには自分を抑えることができた。起き上がって、外に出ると、いくつか電話をかけて説明した。母親をなだめ、パーティの主催者に謝り、ひげを剃り、身だしなみを整えて、いつもどおり出社した。山のような仕事が待っていた。人生は何も変わっておらず、その人生には何も残っていなかった。モーリスはクライヴ以前の孤独、クライヴ以後の孤独、そしてこれから永遠に続くであろう孤独に戻った。彼はやりとげられなかったが、いちばん悲しいのはそのことではなく、アレックもやりとげられないのを見たことだった。見ようによっては、彼らはひとつの人格だった。愛は挫折したのだ。愛はときに愉しむための感情であって、何かを達成するものではなかった。

45

土曜になると、モーリスはノルマニア号を見送るためにサウサンプトンに出かけた。現実離れした決断だった。無意味で、みっともなく、危険だった。家を出たときには、行く気などまったくなかったのだが、ロンドンに着いてみると、夜ごと彼を苦しめていた渇望が表に出てきて獲物を求めた。モーリスはアレックの顔と体以外のすべてを忘れ、それらを見られる唯一の手段を選んだ。愛する相手と話したり、声を聞いたり、体に触れたりしたいわけではない――そういう部分は完全に終わっている。あの姿を、永遠に消えてしまうまえにもう一度、眼に焼きつけておきたいだけだった。哀れでみじめなアレック！　誰が彼を責められるだろう。ほかの行動がとれたわけがない。だが、それによって本人もモーリスも悲惨な思いをしていた。

モーリスは夢うつつで船に近づき、目覚めて新たな不快を味わった。アレックはどこにもおらず、乗客係が忙しそうに働いていて、しばらくすると、彼はスカダー氏のところに案内された。ぱっとしない中年男で、見るからに卑しい商人――兄のフレッドだった。いっしょにいるのは、ひげを生やした年嵩《としかさ》の男で、おそらく父親、オスミントンの肉屋だ。アレックの大きな魅力は、髪の生え際の生き生きした肌の色だが、フレッドのほうは、顔は同じでも肌はキツネのようにくすんだ茶色で、陽だまりの暖かさはなく、脂ぎっていた。アレックと同じくフレッドもプライドが高いが、兄の誇りは、肉体労働ではなく商売の成功から来る自惚れだった。たまたま乱暴に育った弟が好きではなく、それまで話を聞いたこともないミスター・ホールが主人風を吹かせて現れたと思っているので、横柄だった。「リッキーはまだ乗船してない。荷物はもう積んでるがね」と言った。「荷物を見たいかい？」次いで父親が、「まだ時間はたっぷりある」と言って、腕時計を見た。母親は唇を引き結び、「あの子は遅れませんよ。リッキーが何かやると言ったら、かならずやりますから」と言った。フレッドも続けた。「遅れたいなら遅れればいい。あいつがいなくたって、おれはかまわないが、二度とおれの援助を受けられると思うなよ。あいつに払った金ときたら……」

これがアレックのいる場所なのだ、とモーリスは思った。自分よりこの人たちのほうが彼を幸せにできる。パイプにこの六年間吸ってきた煙草を詰め、恋愛感情がしおれていくのを感じた。アレックは英雄でも神でもなく、自分と同じように社会に組みこまれた男なのだ。海も、森も、爽やかな風も、彼を神格化してはくれない。あの夜、ホテルでいっしょにすごすべきではなかった。あのせいで希望がふくらみすぎた。雨のなかで握手して別れるべきだったのだ。

醜いものに惹《ひ》きつけられるように、モーリスはスカダー家から離れられなかった。家族の卑しい会話に耳を傾け、彼らの動きのなかに友の所作を見ようとした。明るくふるまって会話に加わろうとしたが、うまくいかない。自信を失った。鬱々と考えこんでいると、静かな声が言った。「こんにちは、ミスター・ホール」

モーリスは答えられなかった。驚きが大きすぎた。ボレニアス牧師だったのだ。モーリスの最初の沈黙、怯えた眼、唇からあわててパイプを引き抜いた仕種が、互いの記憶に残った。まるで牧師に喫煙を禁じられたかのように。

ボレニアス氏は一同に丁寧に自己紹介した。ペンジからさほど遠くないので、今日は若い教区民を見送りにきた、と。彼らはアレックがどういう経路で来るか議論した――そこは多少不確かなようだった。ややこしい状況になったので、モーリスはこっそり抜け出そうとしたが、ボレニアス氏が止めた。「甲板に行くのですか？　私も行きます。私も」

ふたりは大気と太陽のもとに戻った。まわりにはサウサンプトンの金色の浅瀬が広がり、ニュー・フォレストにつながっていた。夕方の美観もモーリスには破滅の予兆のように思えた。

「あなたもずいぶん親身なかただ」牧師はまたいきなり切り出した。お互い社会への奉仕者だからという口調だったが、モーリスは相手の声にベールがかかっている気がした。答えを返そうとしたが――二言三言、口にすればすむ――何も出てこず、不満のある少年のように下唇が震えた。

「私の記憶が正しければ、あなたは若いスカダーにあまり好印象を持っていなかったようだから、なおさらです。ペンジでいっしょに食事をしたときに、たしか〝生意気な動物〟と評したのではなかったかな。同じ人間に対してきつい表現だなと驚きました。ここであなたが彼の家族といるのを見て、わが眼が信じられませんでしたよ。たださがいなく、ミスター・ホール、彼は気にかけてもらったことを喜ぶと思います、たとえ表には出さなかったとしても。ああいう人間はまわりの人たちが思っているより感受性が強いのです。いいことであれ悪いことであれ」

モーリスは話をやめさせようとして言った。「ところで……あなたはどういうわけで？」

「私？　どうして私が来たか？　聞けば笑いますよ。ブエノスアイレスにいるイングランド国教会の牧師宛に、彼の紹介状を書いて持ってきたのです。あちらに着いたあとで堅信礼を受けてくれるのではないかと思いまして。馬鹿げてるでしょう？　ですが、私はヘレニストでも無神論者でもないから、おこないは信仰にもとづくと考えています。もし誰かが〝生意気な動物〟だったら、原因は神の誤解にあるはずだ。異端のあるところには、遅かれ早かれ不道徳が生まれる。ですが、あなたはどうして出航時刻を正確に知っていたのですか」

「それは……広告を見たので」モーリスの全身に震えが走り、服が体に張りついた。よるべないパブリック・スクール時代に戻ったかのようだった。牧師は推察したにちがいない。牧師は推察したにちがいない。あるいは一瞬閃《ひらめ》いたか。世俗の人間なら何も怪しまないだろうが――デューシー先生はそうだった――聖職者のこの男には特別な感覚があって、眼に見えない感情を嗅《か》ぎ取ることができる。禁欲と敬虔には、洞察力が得られるという実利的な面があることに、モーリスは遅まきながら気づいた。ペンジでは、司祭平服《カソック》を着た色白のこの牧師に男の愛情など想像できるわけがないと高をくくっていたが、正統派の教会が、まちがった方向からであれ、見ていない人間性の秘密などないのだ。宗教は科学よりはるかに鋭敏であり、洞察力に判断力が加わるだけで、この世でもっとも強大なものになるのだと悟った。宗教をまったく持たないモーリスは、それを持つ他者と対峙したことがなく、衝撃はすさまじかった。彼はボレニアス氏を怖れ、憎み、殺したいとさえ思った。

そしてアレックも、ここに到着すれば罠に飛びこんだようなものである。アレックのような人々は、危険を冒すことのできないちっぽけな存在だ――たとえば、クライヴやアンよりずっと小さい。ボレニアス氏はそれを知っていて、自由に使える唯一の手段で彼らを罰しようとしている。

声がまた話しはじめた。標的が答えたくなったときのために、少し間を置いていたのだ。

「正直に申し上げると、あの若いスカダーには、どうしても安心できないところがありましてね。私には、今週火曜にペンジを出てご両親のところへ行くと言っていたのですが、結局そちらに現れたのは水曜でした。そのあとの話し合いはさんざんでした。スカダーはじつに頑固で、私に抵抗しました。堅信礼のことを話すと、鼻で嗤《わら》うのです。じつは――あなたが彼に寛大な関心をお持ちでなければ、こんなことを打ち明けたりはしないのですが――じつのところ、彼は肉欲の罪を犯していたのです」間ができた。「複数の女性と。そのうちあの冷笑、あの頑固さの意味がわかりますよ、ミスター・ホール。姦淫というのは、その行為自体をはるかに超える影響を及ぼしますから。たんに行為だけであれば、私としても破門までは考えなかったでしょう。しかし、乱交に及ぶ者はいずれ例外なく神を否定する。私はそう思います。性的な異常性がすべて、――一部ではありませんよ――刑罰で禁じられないかぎり、教会はイギリスを取り戻せません。彼がいなくなった夜、ロンドンですごしたと信じるに足る理由があるのです。まずまちがいなく――あ、いま着いた汽車に乗っているのではないかな」ボレニアス氏は船内におりていった。完全に打ち砕かれたモーリスがあとに続いた。さまざまな声が聞こえたが、何を言っているのか理解できなかった。そのうちのひとつはアレックの声だったかもしれない。それすらどうでもよかった。「今度もうまくいかなかった」ということばが、黄昏時に戻ってくるコウモリさながら、モーリスの頭のなかを飛びまわりはじめた。彼はまたクライヴと自宅の喫煙室に居た。クライヴが「ぼくはもうきみを愛していない。すまない」と言い、モーリスは人生が一年の周期でつねに同じ日食へと返ってくるような気がした。「太陽のように……一年かかる……」祖父に話しかけられていると思った。すると靄が晴れ、アレックの母親が言った。「リッキーらしくないわ」彼女はわけのわからないことをしゃべりながら消えた。

誰らしくないって？　鐘が鳴っていた。汽笛も鳴った。モーリスは甲板に駆け上がった。体の能力が戻ってきて、大群衆がふたつの方向に動いているのが、異常にくっきりと見えた。イギリスにとどまる人々と、船出する人々。モーリスには、アレックがとどまるのがわかった。午後の世界が砕けて栄光に包まれた。金色の水と森の上を白い雲が流れていた。壮大なパノラマのまんなかで、フレッド・スカダーが、情けない弟め、最後の列車にも乗り遅れやがって、とわめき立てていた。女たちが乗船通路で急き立《せ》てられて抗議し、ボレニアス氏とスカダーの父親が係員に泣き言を並べていた。すばらしい天気と新鮮な空気は別にして、それらがみなどれほど取るに足りない存在になってしまったことか。

モーリスは埠頭《ふとう》におり立った。興奮と幸福感で酔ったようになっていた。汽船が動きだすのを見つめるうちに、ふと少年のころぞくぞくして眺めた『ヴァイキングの火葬』[68]を思い出した。大きな弧を描いて埠頭から離れ――フレッドが甲高い声で叫んでいる――歓声を浴びながら向きを変えて水路に入り、光り輝く生贄《いけにえ》の船は、入り日に薄れゆく煙と、木の桟橋に当たって消えるさざ波を残して、ついに去っていった。モー

68　ヴァイキングの遺体を船に乗せて火葬にするさまを描いたフランク・ディクシーの絵（一八九三）。

リスは長いことそれを見つめたあと、イギリスに向き直った。彼の旅は終わりかけていた。これから新しい家に向かう。モーリスはアレックのなかの男を引き出したが、今度はアレックが彼のなかの英雄を引き出すときだった。何を求められるかはわかっていた。どう答えなければならないかも。彼らは階級の外で生きるしかない。人とのつながりも金もなく、ふたりで働き、死ぬまで互いに支え合わなければならない。とはいえ、イギリスは彼らのものだ。それがふたりにとって、結びつき以外の報酬だった。イギリスの大気も空も彼らのものだ。臆病な何百万の人たちのものではない。人々は息詰まる小さな箱のような家は持っているが、みずからの魂は持っていない。

モーリスは、なすすべもなくなったボレニアス氏と向かい合った。アレックは完全に牧師を打ち負かした。男同士の愛情は下劣でしかないと考えていたボレニアス氏には、起きたことが理解できなかった。たちまち平凡な牧師になって、皮肉は影をひそめた。素直で呆《ほう》けたようにも見える表情で、若いスカダーはいったいどんな災難に巻きこまれたのだろうとひとしきり論じて、サウサンプトンにいる友人たちを訪ねることにした。モーリスは彼のうしろから、「ミスター・ボレニアス、見てください。空が燃えるように真っ赤だ」と叫んだが、牧師は燃える空に用などなく、そのままいなくなった。モーリスは興奮も覚めやらぬまま、アレックが近くにいると感じたが、いなかった。いるわけがない。アレックはこの輝きのどこかにいて、これから探さなければならない。モーリスは一瞬もためらわずにペンジのボートハウスへと出発した。ペンジ、ボートハウスの二語が血のなかに入りこんでいた。それはアレックの切なる願望と脅迫の一部であり、最後の死にもの狂いの抱擁でモーリス自身がした約束の一部だった。頼りになるのはボートハウスだけだった。モーリスは来たときと同じように本能にしたがって、サウサンプトンをあとにし、今度こそ物事が悪い方向には行かない、行くはずがないと感じた。宇宙が本来の場所に収まっていた。小さな田舎列車が義務を果たした。地平線はまだ息を呑む美しさで輝き、最大の光が弱まったあとに火がついた小さな雲を燃え立たせて、ペンジの駅から静かな野原を歩くときにもまだ充分な明るさがあった。

いちばん低い境界の生け垣の隙間から敷地に入ると、その荒廃ぶりにあらためて驚いた。基礎を築いて未来に進むのに適した場所ではとうていない。夜が近づいていた。鳥が鳴き、動物が藪《やぶ》のなかを走った。彼も足を早め、ついにちらちらと光る池にたどり着いた。池を背景に、密会の場所が黒く浮かび上がる。水の当たる音がした。着いた。すぐそこだ。モーリスは依然として自信にあふれ、大きな声でアレックを呼んだ。

返事はなかった。

もう一度呼んだ。

静けさとともに、夜が濃くなってきた。モーリスの計算ちがいだった。何が起きようと自分を失ってはならない。クライヴのときにそれは充分経験して、なんの益にもならなかった。この灰色の荒野で崩壊したら、狂ってしまうかもしれない。くじけないこと、落ち着いていること、信じていること――それらはまだひとつの希望だった。しかし、いきなり落胆したことで、体がどれほど疲れているかに気づいた。早朝から駆けまわることばかりで、あらゆる種類の感情に翻弄され、いまにも倒れそうだ。これからどうするか、すぐに決断しなければならないが、頭が割れそうなほど痛み、体の節々も痛いか、使いものにならなかった。どうしても休息が必要だった。

ボートハウスがちょうどいい。なかに入ると、愛する相手が眠っていた。アレックは積み上げたクッションの上に横たわり、いましも消えかけたその日の光で、かろうじてその姿が見えた。目覚めたアレックは興奮もせず、困った様子も見せずに、モーリスの腕を両手でやさしくなでてから言った。「電報を受け取ったんだね」

「電報?」

「今朝、家に送った。あんたに……」そこであくびをした。「ごめん。疲れてる。いろんなことがありすぎてね……ぜったいここに来てもらいたいという電報だ」モーリスがしゃべらない、というより、しゃべれないのを見て、アレックは続けた。「おれたちは、もう離れればなれにならないよ。それは終わった」

46

有権者に訴える印刷物が気に入らず——読み返してみると、どうも恩着せがましい感じがする——クライヴがゲラ刷りを修正しかけたときに、シムコックスが来客を告げた。「ミスター・ホールです」

訪問にはあまりにも遅い時刻で、外は暗い夜だった。壮麗な日没の名残は空から完全に消えていた。玄関ポーチからは何も見えないが、音だけはやたらと聞こえた。なかに入ろうとしない友人が砂利を蹴る音や、小石を藪や壁に投げつける音が。

「やあ、モーリス、入ってくれよ。いまさら水臭いな」クライヴは少し困惑していた。自分の顔は陰に入って見えないので、わざわざ微笑んだりはしなかった。「戻ってきてくれてよかった。また元気になってるといいが。あいにく、ぼくはいま手が離せないんだが、ラセット・ルームは空いてる。なかに入って昔みたいに泊まってくれ。会えて本当にうれしいよ」

「ほんの数分しか話せない、クライヴ」

「おいおい、それはないだろう」クライヴはもてなす気持ちで闇のなかに踏み出した。手にはまだゲラを持っていた。「泊まってくれないとアンがかんかんに怒る。こんなふうに訪ねてくれてじつによかった。いまちょっとつまらない仕事をしているが、許してくれ」そのとき、まわりの闇のなかに闇の源のような存在を感じ取って、クライヴは急に不安になり、大声で言った。「まさか悪いことがあったんじゃないだろうな」

「すべて順調だ……言うなればね」

クライヴは政治を脇に置いた。これは恋愛問題にちがいないと悟ったからだ。同情のことばを探しはじめたものの、もっと忙しくないときに来てくれればよかったのにとも思った。クライヴは持ち前のバランス感覚にしたがい、月桂樹のうしろの人のいない小径《こみち》にモーリスを連れていった。待宵草の花が光り、夜の壁に浮き彫りのようにほのかな黄色を添えていた。彼らは本当にふたりきりになった。クライヴはベンチを探り当てて坐り、両手を頭のうしろにまわして背もたれに体をあずけてから言った。

「相談に乗るよ。だけど、ぼくからの助言は、今晩はうちで寝て、明日の朝アンに話すということだ」

「助言は要らない」

「もちろんそれでかまわないが、われわれは友人としてきみの将来の希望をいろいろ聞かせてもらっている。ぼくは女性の問題については、つねに別の女性に相談するんだ。とりわけ、アンのように異常に鋭い観察眼の持ち主がいる場合にはね」

向かいの花々が消えてはまた現れた。クライヴは、花のまえで体を揺すっている友人が夜になってしまったように感じた。声が言った。「きみにとって状況ははるかに悪い。ぼくはきみの森番と恋に落ちた」

まったく思いがけず、意味をなさないことばだったので、クライヴは「ミセス・エアーズか?」とまぬけな問いを発して、背筋を伸ばした。

「いや、スカダーだ」

「ちょっと待て」クライヴは叫んで闇を一瞥《いちべつ》した。まわりに誰もいないことに安心すると、硬い声で言った。「なんてグロテスクな話なんだ」

「この上なくグロテスクだ」声がくり返した。「だが、なんと言っても、きみには借りがある。だからこうして訪ねて、アレックのことを話さなければと思った」

クライヴは最小限のことしか把握できなかった。〝スカダー〟というのは〝ガニュメデス〟[69]のような、ことばの綾《ファソン・ド・パルレ》だろうと思った。社会的に劣る人間と親密になることが想像もつかなかったのだ。じつのところ、気がふさいで腹も立った。ここ二週間、モーリスがふつうになったと思いこみ、だからこそアンとも仲よくさせたのだ。「われわれはできるだけのことをした」彼は言った。「きみの言う〝借り〟を返したいなら、病的な考えはきれいさっぱり捨ててくれ。そんな話を聞いて心底がっかりしている。きみは鏡の向こうの世界をついに乗り越えたと言ったじゃないか、ラセット・ルームでこの問題を徹底的に議論したときに」

「きみがぼくの手にキスをする気を起こしたときにね」モーリスはあえて苦々しくつ

け加えた。

「そんなことは言わないでくれ」クライヴは顔を赤らめた。それが最初でも最後でもなく、無法者《アウトロー》はそのために一瞬だけ彼を愛した。だが、クライヴは知性主義に立ち戻った。「モーリス、ぼくはことばでは言い表せないほど残念だ。心から頼む、どうか妄想のぶり返しに抵抗してくれ。抵抗すれば、そんなものは永遠に消える。仕事に精を出すもよし、新鮮な空気や、友人たちや……」

「さっき言ったように、ぼくは助言してもらいにきたんじゃない。思想や考え方の話をしにきたのでもない。ぼくは生身の人間だ。もしきみがそういう低いレベルまでおりてくれるなら――」

「そう。ぼくは不愉快な理論家だ。認める」

「――そしてアレックを名前で呼んでくれるなら」

それはふたりに一年前の状況を思い出させたが、このとき怯《ひる》んだのはクライヴだった。「もしアレックがスカダーのことなら、じつはもううちの使用人ではないし、イ

69　ギリシャ神話に出てくる美少年。

ギリスにもいない。まさに今日、ブエノスアイレスに向けて旅立った。だが、続けてくれ。少しでもきみを助けられるのであれば、甘んじて議論を再開しよう」

モーリスは息をふうっと吐いて、長い茎についた小さな花を摘み取りはじめた。花は夜のあいだに燃え尽きた蠟燭《ろうそく》のように、ひとつずつ消えていった。「ぼくはアレックと分かち合った」深く考えこんだあとで言った。

「何を?」

「持っているものすべてを。体を含めて」

クライヴは嫌悪のうめき声とともに、ぱっと立ち上がった。眼のまえの怪物を殴り倒して逃げたかったが、礼儀をわきまえているので、そう思ったのもつかのまだった。つまるところ、ふたりともケンブリッジ出身……社会の柱石である。暴力を振るってはいけない。クライヴはそうせず、最後まで穏やかに援助しようとした。ところが、そこにわずかに漂う嫌悪感と否認、教条主義、心の愚かさが、モーリスの神経を逆なでした。彼が敬意を払えたのは、憎しみだけだった。

「嫌な言い方だったな」モーリスは続けた。「だが、理解してもらわなきゃならない。きみとアンが留守にしていたあの夜、アレックはぼくとラセット・ルームで寝たんだ」

「モーリス――ああ、なんてことだ」

「そして、ロンドンでも。それから――」あとは言わなかった。

吐き気にみまわれながらも、クライヴは一般論を語りはじめた。精神をぼんやりさせておくのは、結婚で学んだことだった。「しかし、ぜったいに、男同士の関係で言いわけが立つのは、それが純粋にプラトン的なときだけだ」

「ぼくにはわからない。とにかく、自分のしたことをきみに伝えにきた」

そう、それが訪問の理由だった。二度と読むことのない本を閉じるためだ。開いたまま汚れるまで放っておくより、閉じてやるほうがいい。彼らの過去の一巻は本棚に戻さなければならず、ここ――闇のなか、滅びる花に囲まれたここ――がその場所だった。アレックのためにも、こうしなければならない。新しいものに古いものを混ぜて、アレックを苦しめてはならない。いかなる妥協も、ごまかしであるがゆえに危険だった。告白を終えたいま、自分を育ててくれた世界から消え去らなければならなかった。

「彼がしたことも話しておかないとな」モーリスはこみ上げる喜びを抑えて続けた。

「彼はぼくのために自分の将来を犠牲にした……ぼくが彼のために何かをあきらめる保証もないのに……昔のぼくならあきらめなかっただろう……ぼくはいつも物わかりが悪いんだ。プラトン的かどうかはわからないけど、彼はそうした」

「犠牲って、どうやって？」

「ぼくは港に見送りにいったが、彼はいなかった」

「スカダーは船に乗らなかったのか？」地主は怒って叫んだ。「ああいう連中は信じられん」そこで将来に直面して押し黙った。「モーリス、モーリス」彼はいくぶんやさしく話しかけた。「モーリス、どこへ行く？《クォ・ヴァディス》[70]　きみは頭がおかしくなりかけてる。常識というものがなくなって――これからどうするつもりか、教えてくれないか」

「いや、教えられない」モーリスはさえぎった。「きみは過去の人間だ。ここまでのことは何から何まで話せるが、先のことは話せない」

「モーリス、モーリス、ぼくにはまだ、きみへの気持ちが少し残ってるんだ。でなきゃ、いま言われたことに耐えられるはずがない」

モーリスは手を開いた。なかで花びらが光っていた。「そう、ぼくへの気持ちは少し残ってると思う」彼は認めた。「でも、その少しに自分の人生をまるごと預けるわけにはいかない。きみの人生にはアンがいる。彼女との関係がプラトン的かどうかなんて心配する必要はなく、ただ人生を預けられるぐらい大きいとわかってればいい。ぼくのほうは、きみが彼女と政治から離れた五分間に自分の人生を預けられない。きみはぼくのためになんでもしてくれるが、会うことだけはできないじゃないか。それがこの地獄の一年だった。家を自由に使わせてくれて、いつまでもあの手この手でぼくの結婚のお膳立てをしてくれるが、それは厄介払いしたいからだ。たしかに、ぼくへの気持ちは少し残ってるだろう。それはよくわかる」――クライヴが反論したので――「けれど、取り立てて言うほどでもないし、愛してるわけでもない。きみがぼくを離さずにいたら、ぼくは死ぬまできみのものだった。でもそれはまえの話で、いまのぼくは別の誰かのものだ。永遠に泣き言を言ってるわけにはいかない。そして、彼はぼくのものだ。きみにはショックだろうが、そんなことは気にせず自分の幸福を追求すればいい」

70 「クォ・ヴァディス」はラテン語。ヨハネ伝福音書第十三章第三十六節、ペトロが最後の晩餐でイエスに投げかけた問い、「主よ、何処にゆき給うか」に由来する。

「そんなしゃべり方を誰に習った？」

「誰かいるとすれば、きみだ」

「ぼく？　そういう考えをぼくのせいにするとはひどいな」クライヴは続けた。低級な人間の知性をさらに腐らせてしまったのだろうか。クライヴには、ふたりがどちらも、二年前にクライヴ自身がいた地点より下にいることがわからなかった――ひとりは世間体によって、もうひとりは反逆によって。ふたりがさらに異なる人間になっていくことも理解していなかった。彼らがいるところは汚水溜めであり、選挙でほんのわずかでもそのにおいを嗅がれたらクライヴは破滅する。とはいえ、己の義務から尻込みしてはいけない。旧友を救わなければならなかった。次第に勇気が湧いてきて、クライヴは、どうすればスカダーを黙らせることができるだろう、強請で高額を要求してくるだろうかと考えた。こんな夜更けに手段を検討しても埒《らち》が明かないので、翌週、ロンドンの行きつけのクラブでいっしょに夕食をしようとモーリスに持ちかけた。

返事は笑いだった。クライヴは昔からモーリスの笑い声が好きで、こんなときにも、その柔らかい響きに相手の幸せと安心を感じ取って意を強くした。「それでいい」クライヴは言って、月桂樹の茂みに握手の手を伸ばすことまでした。「ぼくがお定まりの長い演説をするよりよほどましだ。そんなものじゃ、きみもぼくも納得しないんだから」そして最後に、「来週の水曜、そうだな、七時四十五分にしようか。ディナージャケットでいい、わかってると思うけど」と言った。

それが彼の最後のことばになった。モーリスはもうそこにいなかった。いたことを示すものといえば、地面に落ちて重なった待宵草の花びらだけだった。それらは消えかけた火のように、死の悲しみを放っていた。モーリスがどの時点で離れていったのか、クライヴには生涯わからなかった。老境に近づくにつれ、そんな瞬間があったことにすら自信が持てなくなった。ブルー・ルームがおぼろに光り、シダが波打つ。永遠のケンブリッジで、彼の友人が手招きしはじめる。太陽をまとい、五月学期のにおいと音を振りまきながら。

しかしこのときには、友の非礼に腹を立て、似たような過去のあやまちと比べただけだった。これで妥協の余地なくきっぱりと終わったことがわからなかった。モーリスの進む道を二度と横切ることもないし、彼を見た人と話すこともなくなるとは、夢にも思わなかった。クライヴは小径でしばらく待ったあと、家に引きあげて、ゲラを修正し、アンから真実を隠す手立てを考えた。

著者によるはしがき[71]

いまもほぼ原形のまま残っている『モーリス』の初稿は、一九一三年にまでさかのぼる。執筆の直接のきっかけとなったのは、ミルソープのエドワード・カーペンター[72]を訪問したことだった。当時カーペンターは、今日では理解しがたい尊敬を一身に集めていた。その時代にふさわしい反逆者であり、情に篤く、生来聖職者であったことから、洗礼と聖餐《せいさん》に重きを置いた。産業至上主義には目もくれない社会主義者、独立した収入のある質素な生活者、精神の気高さが体力を上まわるホイットマン的な詩人、そして最後に〝同志愛〟[73]の信奉者で、同志たちを〝天上人《ウーラニアン》〟[74]と呼ぶこともあった。孤独だった私は、彼のこの最後の面に惹《ひ》かれた。短いあいだ、彼があらゆる問題の鍵を握っているように思えた。私はロウズ・ディキンソン[75]をつうじてカーペンターに連絡をとった。救世主にすがる気持ちだった。

カーペンターの聖地を二度目か三度目に訪ねたときだったと思う。小さな火がともった。彼と同志のジョージ・メリルが結びついて強い印象を与え、私の創造の泉に触れたのだ。ジョージ・メリルは私の腰にも触れた——尻のすぐ上に、そっと。ほとんどの人にそうしていたのだろう。だが、私は異様に興奮し、いまでも大昔に抜けた歯の位置を憶《おぼ》えているように、あの感触を思い出す。物理的であるのと同じくらい心理的な衝撃だった。何か考える間もなく、腰から一気に私の考えに到達したような気がした。もしそんなことが起きたのなら、それはカーペンターのヨガにもとづく神秘主義と完全に符合するし、まさにその瞬間、作品の構想が浮かんだことの証明になるだろう。

私は母が療養していたハロゲイトに戻ると、さっそく『モーリス』の執筆に取りか

71 一九六〇年に、著者がまだ出版されていない本作を振り返って書いたもの。
72 一八四四—一九二九年。イギリスの詩人・社会主義思想家・同性愛活動家。
73 ラブ・オブ・コムラッズ。ウォルト・ホイットマンの詩に由来することばで、同性愛とほぼ同義。
74 語の起源はプラトンの『饗宴』。
75 一八六二—一九三二年。イギリスの政治学者・哲学者。

かった。こんな始まり方をした小説は初めてだった。全体の筋立て、三人の登場人物、そのうちふたりにとってのハッピーエンドが、いっせいに私のペンに飛びこんできて、一度も滞ることなく最後まで書き終えた。それが一九一四年のことだ。草稿を読んだ男女の友人たちは気に入ってくれたが、人選には気を配った。この作品はまだ批評家や大衆の目に触れていない。私自身はあまりにも深く、かつ長いあいだこれにかかわってきたので、客観的に判断できない。

ハッピーエンドは必須だった。そうでなければ、そもそも書きはじめなかった。とにかく小説のなかでは、ふたりの男が恋に落ち、その小説が許すかぎり永遠にそのままでいることにしようと心に決めていた。その意味で、モーリスとアレックはいまも緑の森を歩きまわっている。この作品を、冒頭に記したとおり〝より幸せな一年〟に捧げたゆえんである。本作の基調は、幸せだ。ところが、そのことが予期せぬ結果をもたらした——出版がさらにむずかしくなったのだ。ウルフェンデン報告[76]が法になるまで、おそらく本作は原稿のまま残しておかなければならないだろう。若者が縛り首になるとか、心中の約束をするような不幸な結末だったら、万事うまくいったかもしれない。ポルノグラフィや未成年の誘惑は含まれていないからだ。しかし、愛し合う者たちは罰せられずに逃げきり、結果的に犯罪を奨励している。ボレニアス氏は能力不足で彼らを捕まえることができず、社会が科すことができた唯一の罰は追放であって、ふたりはそれを喜んで受け入れる。

三人の男について

私は『モーリス』で完全に自分（ないし私の自己イメージ）とは異なる人物を創り出そうとした。ハンサムで健康、肉体的な魅力があって、精神的には不活発、ビジネスマンとしてまずまずの成功を収め、俗物らしい人物を。その組み合わせに、彼を戸惑わせ、目覚めさせ、苦しめ、最後に救う要素を加えた。あまりにも平凡な環境が、主人公を苛立《いらだ》たせる。母親、ふたりの妹、快適な家、立派な仕事が、次第に地獄へと変わる。彼はそれらを粉砕するか、それらに粉砕される。三番目の道はない。そのような登場人物で作品を書いていくこと、彼がときに逃れ、ときに陥る罠をしかけて、

76　一九五七年に作成された報告書で、イギリスの反自然的性行為禁止法（ソドミー法）と、男性による〝重大な猥褻《わいせつ》行為〟を禁じる法律の廃止を勧告した。立法化は一九六七年。

最後に粉砕させるのは、やりがいのある仕事だった。

モーリスが郊外族だとすれば、クライヴはケンブリッジだ。私はケンブリッジを少なくとも一部くわしく知っているので、クライヴを生み出すのはたやすく、彼に関する最初のヒントを、いくぶん学究肌のひとりの知人から得た。落ち着き、優越した精神的態度、明晰さ、知性、確固たる道徳規準、ブロンド、弱さではない繊細さ、法律家と地主の融合。これらはすべてその知人と同じ方向性だが、私はクライヴにヘレニストの気質をつけ加え、モーリスの愛情あふれる腕のなかに飛びこませた。そこに入ったクライヴは、主導権を握り、その尋常ならざる関係がたどる道筋を示した。彼はプラトン的な制限を設けるべきだと信じていて、モーリスをしぶしぶしたがわせる。私にはそんなこともありうるように思われた。

その段階でモーリスは経験も浅く、謙虚で、愛情深い。監獄から解放された魂であり、純潔を守れと救世主に言われればそうする。結果として、ふたりの関係は三年間続く——不安定で、理想主義的で、とりわけイギリス的な関係だ。イタリアのどんな青年がこれに耐えられるだろう。けれどもそれはクライヴが女性に興味を抱くまで続き、関係が終わるやモーリスは監獄に逆戻りする。以後、クライヴは崩れていく。彼に対する私の態度もおそらく冷たくなる。私はクライヴに苛立った。作者として難癖をつけすぎたかもしれない。クライヴの無味乾燥な性格、政治的な気負い、髪が薄くなってきたことなどを強調し、彼や妻や母親がやることは何から何まで的はずれだと書いた。それはモーリスにとって好都合だった。地獄への転落が早まり、最後の無謀な登攀《とうはん》に向けて強く鍛えられるからだ。一方、悪気はなかったのに最終章で私から最後の鞭《むち》を受けるクライヴにしてみれば、不公平だったかもしれない。ケンブリッジの旧友が、こともあろうにペンジで昔の病を再発させ、しかも相手は森番だというのだから。

アレックはミルソープでの体験から生まれた。彼は腰に触れたあの手だった。とはいえ、生真面目なジョージ・メリルとそれ以上のつながりはなく、多くの意味で予兆のような存在だった。書き進めるうちに彼のことがよくわかるようになったのは、個人的な経験の一部が役立ったからだ。同志という面が弱まり、ひとりの人物としての存在感が増して、アレックはより生き生きと力強く行動しはじめ、自分の居場所を広げたがった。この小説の追加部分（削除はほとんどなかった）については、すべて彼に責任がある。アレックのモデルになる人物はあまりいなかった。気短なD・H・ロレンスの森番より先に書かれたので[77]、彼らを参考にすることはできなかった。私の『いと長き旅路』に登場するスティーヴン・ウォナムには会っていたかもしれないが、ビール一杯ぐらいの共通点しかない。モーリスが到着するまえの彼の生活は、どのようなものだったのだろう。クライヴの若いころはたやすく想起できるが、アレックのそれは、呼び出そうとしても概説のようになって捨てざるをえなかった。アレックが何事にも反対しないのは確かだ——それしかわからない。モーリスも彼と会ったときにはそのくらいしか知らなかった。初期の草稿を読んでくれたリットン・ストレイチー[78]は、それがふたりの破滅のもとになると考えた。愉快だが不安にもなる手紙を私にくれて、ふたりの関係は好奇心と肉欲に支えられているので、せいぜい六週間しかもたないだろうと書いていた。ここにもエドワード・カーペンターの影が差す（リットンは彼の名前が出るたびに、何度か甲高い声をもらす）！　カーペンターは、天上人は互いに永遠に誠実でありつづけると信じていた。私の経験でも、誠実さは当てにならないが、つねに望ましく、めざして努力すべきものであり、もっとも意外な土壌でも育ちうる。郊外族の若者も、田舎育ちの若者も、誠実さを育むことができる。トリニティの聡明な大学生リズリーにはできないことだ。リズリーは、リットン自身が認めて喜んだように、じつは彼がモデルである。

アレックのせいで小説にあとから追加したことがふたつある。というより、ふたつのグループに分かれるというべきか。

まずアレックは、そこへつながる存在でなければならない。読者に彼を少しずつ見せていく必要があった。モーリスがペンジに着いたときに通りすぎる男の影から、ピアノの横に屈む人物、チップを拒む使用人、茂みの渉猟者、アンズの盗人、そして愛を与え受け取る相手へと発展させるのだ。無からぼんやりと浮かび上がって、最後には世界のすべてにしなければならず、これには慎重な扱いが必要だった。読者は何が近づくのかわかりすぎると、退屈するかもしれない。逆に、わかることが少なすぎると困惑するかもしれない。ボレニアス氏が去ったあと、暗い庭でふたりが交わす五つか六つの会話で事態がはっきりしてくる。そこの書き方によって、明らかになる度合いが変わる。私の書き方は適切だっただろうか。

77　D・H・ロレンス『チャタレー夫人の恋人』（一九二八）で夫人が恋に落ちる森番を指す。

78　一八八〇―一九三二年。イギリスの伝記作家・批評家。

あるいは、見まわり中に荒々しい孤独の叫びを耳にしたアレックはどうするか。すぐに応じるべきか、それとも――私が最終的に決定したように――何度かくり返されるまで、ためらうべきか。こうした問題の解決に必要な技術は、ヘンリー・ジェイムズ[79]が考えるほどむずかしくはないが、最後の抱擁に共感してもらいたいなら、それなりにうまく用いなければならない。

第二にアレックは、どこかへつながる存在でなければならない。彼は危険を冒し、ふたりは愛し合う。その愛が続くことを保証するものはあるか？ ない。したがって、彼らの性格や互いに対する態度、ともに味わう試練は、愛の継続を仄《ほの》めかさなければならず、この本の最後の部分は当初の予定よりはるかに長くならざるをえなかった。大英博物館の章は伸び、そのあとにまるごと新しい章が入った――情熱的で取り乱した二度目の夜に関する章だ。モーリスはそこでさらに一歩、明るい世界に出ていくが、アレックはついていこうとしない。最初の草稿では、ここまでしか書かないつもりだった。同様に、サウサンプトンのあとでアレックもすべてを危険にさらしたとき、私は彼らが最後にまた会う場面を書いていなかった。ふたりが互いに最大限のことを知り合うには、それを書き足す必要があった。彼らが一定の危険と脅威を乗り越えて、初めて幕をおろすことができたのだ。

彼らが再会したのちにモーリスがクライヴを苛立たせる章は、本書に可能な唯一の結末だった。とはいえ、私にしろ、ほかの人たちにしろ、いつもそう考えていたわけではなく、エピローグを書くことも勧められた。数年後、キティが森のなかでふたりの木こりに出会うという内容だったが、まったく満足のいかないできだった。エピローグはトルストイ[80]にまかせる。私のそれが失敗した理由は、この小説が一九一二年ごろの出来事を描いており、〝数年後〟にはイギリスが第一次世界大戦に突入して別の国のように様変わりするからだ。

本書は執筆開始から長い時間がたっていて、最近ある友人から、今日の読者には年代物としての興味しか湧かないのではないかと指摘されたりもした。それは極端だと思うけれど、古めかしいのは確かだ。時代錯誤の記述はいくらでもある――半ポンド金貨のチップ、自動ピアノの巻き取り譜、狩猟用のノーフォーク・ジャケット、警察

79　一八四三―一九一六年。アメリカ生まれでイギリスで活躍した作家。心理小説の大家。
80　一八二八―一九一〇年。十九世紀ロシア文学を代表する文豪。

裁判所公報、ハーグ会議、自由党、急進派、国防義勇軍、知識不足の医師や、腕を組んで歩く大学生など。しかし、より根本的なちがいは、まだ行方不明になることができたイギリスの産物であることだ。この物語は〝緑の森〟の最後の時期に属する。『いと長き旅路』も同じ時代背景を持ち、随所で雰囲気が似かよっている。イギリスの緑の森は否応なく、壊滅的に消え去った。ふたつの世界大戦が厳格な社会統制を要求し、後世に残したからだ。公共機関がそれを採用、拡大した。科学も力を貸して、もともとより広くなかったわれわれの島の野生の地はたちまち踏み荒らされ、ものが建てられ、警備されるようになった。今日、われわれが逃げこめる森や丘はなく、丸くなって眠れる洞窟もない。社会を改革することも腐敗させることも望まず、ただ放っておいてもらいたい人々のための人里離れた渓谷もない。それでも逃げる人はいて、映画のなかでは毎夜のごとく見ることもできるが、彼らは無法者《アウトロー》ではなくギャングであり、文明の一部だからこそ、それから身をかわせるのだ。

同性愛

ここまで使わなかったことばについて。『モーリス』の執筆以来、社会の態度には変化が見られた――無視と恐怖から、熟知と軽蔑への変化だ。それはエドワード・カーペンターがめざした方向ではなかった。彼はこの感情が社会に寛大に受け入れられ、原初からあるものがふたたび常識の範疇に入ることを望んでいた。私も彼ほど楽観的ではないにせよ、知ることによって理解が進むと思っていた。われわれは、同性愛に関して大衆が忌み嫌っているのは、同性愛そのものではなく、それについて考えなければならないことだというのを理解していなかった。もし誰にも気づかれずにわれわれのなかに入りこめたり、一夜にして法令で認められたりすれば、抗議の声はほとんどあがらないだろう。だが不幸なことに、合法化できるのは議会だけであり、議員たちは考える義務を負うか、考えるふりをしなければならない。その結果、ウルフェンデンの勧告は無期限に拒絶され、警察による訴追は続き、裁判官席のクライヴは被告席のアレックに有罪を宣告しつづける。モーリスは刑罰を免れるかもしれない。

一九六〇年九月

解説

松本　朗《ほがら》
（上智大学文学部教授）

エドワード・モーガン・フォースター（一八七九〜一九七〇年）の評論は、第二次世界大戦後に、主に英文学者によって日本に紹介されたが、その小説が日本の読者に広く知られるようになったのは、一九八〇年代半ば以降、フォースターの作品を原作とする一連の映画――『眺めのいい部屋』（一九八五年）、『モーリス』（一九八七年）、『ハワーズ・エンド』（一九九二年）――が、アメリカ合衆国のマーチャント・アイヴォリー・プロダクションによって製作、公開され、興行的に成功してからである。じじつ、一九八〇年代から一九九〇年代前半にかけては、フォースターだけでなく、ウィリアム・シェイクスピア、ジェイン・オースティン、カズオ・イシグロなど、イギリス文学の作品を原作とする、〈ヘリテージ映画〉というジャンル名で知られる映画群が世界各地で人気を博しており、その後日本でも、そうした動きと連動するかのように、フォースターの小説や評論が、二〇世紀イギリスを代表するリベラル・

ヒューマニストの知識人作家の著作として、錚々《そうそう》たる英文学者の面々によって翻訳された。なかでも『モーリス』は、男性の同性愛を描く先駆的な作品として、フォースター・ファンやセクシュアリティの問題に関心のある読者に読まれるだけでなく、映画と小説の両方に見られる耽美的な同性愛の表象によって、〈ボーイズ・ラブ（BL）〉と呼ばれる、男性（少年）同性愛を題材とする小説や漫画の一ジャンルの形成に一役買ったと言われており、英文学作品が商品化される際の新しいかたちを指し示している。

本稿では、フォースターの生涯をふり返った上で、一九一三年から一九一四年にかけて執筆されながら、同性愛が聖書では「口にするのも憚《はばか》られる罪」とされ、イギリスの法律では一九六七年まで犯罪とされていたために、フォースターの死後の一九七一年まで出版されなかった小説『モーリス』を、二〇世紀前半から現在までの同性愛に関する言説のなかに置き直して再考したい。それによって、ときに「古めかしい」と批判される『モーリス』の同性愛の表象が有する現代的意義の一端を明るみに出し、この作品が、フォースター自身にとっても、イギリス文学にとっても、比類なき重要性をもつことを示すことができればと考えている。

E・M・フォースターの生涯とキャリア

エドワード・モーガン・フォースターは、一八七九年一月一日に、建築家エドワード・モーガン・ルウェリン・フォースターとその妻アリス・クレアラ（リリィ）・ウィチローの長男として、ロンドンのメルカム・プレイス六番地で生まれた。父方の家系は、一八世紀末から一九世紀にかけてイギリスで社会改革運動を牽引しつつ福音主義や中流階級の価値観の維持に貢献してきたクラパム派のメンバーを含む聖職者の一族で、母方の祖父は、スペイン出身の芸術家であった。母リリィは芸術家の父親が若くして急逝したために、住み込みの家庭教師として働くなど経済的苦労を経験したが、縁に恵まれて上層中流階級の男性と結婚し、エドワード・モーガンを授かったのである。

だが、結婚生活も束の間、一八八〇年一〇月、息子が二歳になる前に、夫が結核で他界する。リリィは、夫が遺した七千ポンドの遺産をもとに、一人息子を育てていくことになる。この母子にとって幸運だったのは、夫の伯母マリアン・ソーントンが小さな甥を気に入り、近隣で庇護者的な役割を果たしてくれたことである。周りはメイドを含めて過保護な女性ばかりの環境で、幼少期にはフランシス・ホジソン・バーネット作『小公子』の主人公のように育てられたことがフォースターの後の人格形成に大きな影響を与えたとも言われるが、それ以上に重要だったのは、この大伯母が一八八七年に死去した際に八千ポンドの遺産を信託で遺してくれたことである。当時はイギリス帝国が植民地や海外貿易で経済的利益をあげていたせいで、イギリス国内では金利が高く投資の機会も潤沢であった。つまり、この遺産と投資による利益が、フォースターが十分な教育を受けることはもちろんのこと、大学卒業後も職に就かずに、イタリア、ギリシャ、インド等で見聞を広めて物を書くなどする金利生活者の身分に落ちつくことを可能にしたのである。

フォースターは、予備校時代を経て、一八九三年にトンブリッジ・スクールという二流のパブリック・スクールに進学し、寄宿生よりステイタスの低い通学生の身分で自宅から通い始める。イートン校やラグビー校といった代表校の存在で知られるパブリック・スクールは、イギリスの上層中流階級の子息が学ぶ寄宿制の名門私立学校だが、内気で運動が苦手なフォースター少年にとって、パブリック・スクールはいじめが蔓延《はびこ》る陰湿な空間だった。後年パブリック・スクールについてフォスターは、実利主義、俗物性、民族的・階級的優越感といったイギリス中流階級の特徴が身につけられ、「よく発達した身体に発達した知性と、未発達の心情」をもった人間が生産される、イギリス帝国の支配体制に直結する教育制度として、評論「イギリス国民性覚書」等で批判するだけでなく、『ロンゲスト・ジャーニー』、『インドへの道』等の小説でも、パブリック・スクール卒業生を人の心の機微に疎い道徳的欠陥を抱えた存在として描いている。

そのような学校時代を送ったフォースターの人生観が一変するのは、一八九七年の秋にケンブリッジ大学キングズ・カレッジに入学してからである。当時のキングズ・カレッジは、人間性に絶対的な信頼を置く急進的な教育観を有するカレッジとして知られていた。ここで彼は、理性と感情、人生と芸術、知性と愛情といった、一般に対照的と見なされる要素が融合する豊かな人生のあり方を、古典学の指導教授ナサニエル・ウェッドとの師弟関係を通じて経験することになる。当初の専攻は古典学で、三年目に卒業試験第一部を受けるも成績は第二級で、フォースターは歴史学専攻に転じてもう一年大学にとどまることを決める。その大学四年目に「使徒会」と呼ばれる団体に選ばれて入会し、哲学や倫理についての討論会を通じて、後にブルームズベリー・グループと呼ばれる知識人グループのメンバーとなる多くの人物に出会うことになる。真実、美、人間の関係等を率直に議論する使徒会の先人には、後の哲学者アルフレッド・ノース・ホワイトヘッド、後の伝記作家・批評家リットン・ストレイチーがおり、フォースターと同時期には、二〇世紀を代表する経済学者となるジョン・メイナード・ケインズ、美術評論家になるロジャー・フライ、ヴァージニア・ウルフの後の夫で作家・政治評論家となるレナード・ウルフらがメンバーとして名を連ねていた。

歴史学の卒業試験第二部でも第二級の成績を取得したフォースターは、すぐに職業に就く必要を感じなかったため、一九〇一年に母親を伴ってイタリアへ長期旅行に出る。一九〇二年には、今度はキングズ・カレッジの知りあい数名と三週間のギリシャ諸島周遊の旅に出るが、この旅が人生最良の経験となったらしい。ギリシャ訪問は、短篇「コロノスからの道」のインスピレーションの源となって創作欲を刺激しただけでなく、フォースターは、この旅によって、高い知性を有する男性の友人との対話こそが、自分が何よりも欲するものであると認識したと言われている。

一九〇四年から一〇年弱の間、フォースターは、サリー州のウェイブリッジの母親との住居を拠点に、キングズ・カレッジの友人が編集に参加していた定期刊行物に寄稿したり、ワーキング・メンズ・カレッジ（勤労者を対象にした学校）やケンブリッジでラテン語やイタリアの美術・歴史について教える機会をもちつつ、小説の執筆に勤《いそ》しんだ。この時期に執筆されたのは、世間体にこだわるイギリスの中流階級と、芸術や人生を情熱的に愛するイタリア人を対照的に描く第一作『天使も踏むを恐れるところ』（一九〇五年）、ケンブリッジ大学を卒業した若者がパブリック・スクールで教鞭をとる自伝的小説『ロンゲスト・ジャーニー』（一九〇七年）、イタリアとイングランド郊外の対照的な価値観の間で揺れる若いイギリス人女性が、家柄は良いものの人間的魅力に欠ける婚約者に別れを告げ、イタリアで出会った下層階級ながら感受性豊かでリベラルな思想をもつイギリス人青年を結婚相手に選ぶまでを描く『眺めのいい部屋』（一九〇八年）、知的で芸術の価値を信じるドイツ系のシュレーゲル姉妹と、イギリス帝国の屋台骨を支える実際的なビジネスマン一家ウィルコックス家の葛藤と結びつきを描いて英国の状況を問う代表作『ハワーズ・エンド』（一九一〇年）である。『眺めのいい部屋』と、とりわけ『ハワーズ・エンド』は高い評価を受け、フォースターは、三一歳にして、イギリスの主要な小説家としての評価と商業的成功を手にする。そして、孤独を好む性格に反して、パーティや文学的な会合への招待や、講演の依頼が絶えない有名人となっていく。

このように公的には華やかな生活を送りつつも、私生活では不満を抱えていた。一つには、自身の作品の価値を理解しない上に、息子の同性愛者的傾向に気づきつつあった母親との関係に疲労していたこと。そして、同性愛者であることを自覚し始めたことである。この時期にフォースターが同性愛的感情を抱いた相手は、ケンブリッジ大学以来の友人で古典学者のH・O・メレディスと、家庭教師としてオックスフォード大学入学のための勉強を個人指導したインド人学生サイイド・ロース・マスードであったが、二人は愛情を返してくれはしたものの肉体的な交渉を望むフォースターの欲求にこたえることはなく、また時期がくると女性と結婚した。これらの「友人」たちが結婚するたびに、フォースターは孤独感を募らせていく。

一九一二年にフォースターは、ゴールズワージー・ロウズ・ディキンソンなどケンブリッジ大学以来の友人数名とインドへの旅に出る。旅の目的の一つは、依然として愛情を抱いていたマスードに会いに行くことであったが、周囲の目もあり彼とは二人きりになる時間をなかなかもてなかった。だが、この旅は、イギリスとインド、イギリス人男性とインド人男性の友愛関係、イギリスの植民地支配等について考察を深める多くの題材を与えてくれ、フォースターはもう一つの代表作『インドへの道』（一九二四年）の準備を始めることになる。

インドから帰国後、本書に収録されている「著者によるはしがき」に記されているエドワード・カーペンターとの出会いがあり、カーペンター宅で彼の粗野で逞しい労働者階級の恋人ジョージ・メリルに腰のあたりを触れられたことに性的「興奮」と「心理的な衝撃」を覚え――フォースターが本当に性的経験をしていなかったことがわかる逸話であると言われる――、一九一三年から一九一四年にかけて集中して『モーリス』を書き上げることになる。

だが、フォースターが同性愛に関する考察を実際の経験として深めたのは、第一次世界大戦が勃発した後、一九一五年から一九一九年にエジプトの地中海岸の都市アレクサンドリアで国際赤十字の事務局職員として勤務したときであった。アレクサンドリアは、商業的繁栄の下に多様な人種が行き交う、活気ある猥雑さに満ちた大都市で、当時三〇代後半であったフォースターは、おずおずとではあったものの、階級や国籍の異なる多くの人々と知りあいになった。赴任当初、彼は事務局職員として、傷を負った労働者階級の若い兵士たちから戦場経験に関する聞き取り調査を行い、戦場の恐怖と狂気を語る彼らの話から、〈男性的〉な振る舞いを要求されるイギリス人男性が表面の下に傷つきやすさや優しさを持っていること、塹壕では兵士同士がケアしあう関係にあり、男性同士の友愛関係や愛情が密かに、しかし自然なかたちで育《はぐく》まれることを発見した。言いかえれば、セクシュアリティやジェンダーに関するイギリスの規範が、自身の内部の名づけえぬ欲望や非規範的な男性性を抑圧してきたことを別の角度から認識したわけである。「戦争中のできごと」と題されたこのときのノートは公刊されていないが、フォースターはこの土地で、自身の内なる欲望を肯定的に捉えることができるようになり、同性愛にたいする罪悪感と性的抑圧から解放されていく。一九一七年に当地で出会った市街電車の車掌モハメッド＝エル＝アデルとのつきあいは、アデルの結婚や病気等、さまざまな障害から長くは続かなかったが、フォースターに深い満足を与えるものとなった。その後も、一九三〇年に友人の作家J・R・アカリーのロンドンの自宅で出会った警察官ロバート・ボブ・バッキンガムと安定した親密な関係を築き、二人の関係は、バッキンガムの結婚後もその妻メイと息子を交えるかたちで、フォースターが死ぬまで続いた。

アレクサンドリアでは、フォースターの思想が形成される上でもう一つ重要なできごとがあった。フランドルの戦場で未曽有の戦死者を出し兵力不足に陥ったことを理由に、イギリス政府は一九一六年一月に兵役法を成立させ、一八歳以上四一歳未満のすべての独身男性が徴兵されることになったのである。四〇歳を目前に控えていたフォースターは、国家への服従と奉仕を強制する政府のやり方に憤り、徴兵される恐怖に戦《おのの》きつつも、友人リットン・ストレイチーやダンカン・グラントがしたように「良心的兵役拒否者」の宣言を行うことは拒んだ。その一方で、なんとか徴兵されないための論理を構築しようとしたものの、同時に良心の呵責に苛まれ、倒れてしまう。最終的に、健康上の理由から兵役検査で不合格とされる皮肉な結果となるのだが、このときの国家と個人の良心をめぐる省察はフォースターの思想を深化させることとなった。ノートに、「われわれの国の軍隊の定員を満たしておくためには、栄養十分な下層階級が大量に必要なのだ」との戦争の教訓を皮肉に書きつけたフォースターは、文明への不信や社会的偽善といったテーマについてそれまで以上に真剣に考察するようになり、同性愛嫌悪《ホモフォビア》の問題も、宗教的禁忌というよりは社会的病理であるとの確信を深める。社会の力に静かに抵抗する個人を讃えるフォースターの思想は、後に、評論「民主主義に万歳二唱」（後に「私の信条」と改題）における有名な一節「私は、国家というものが嫌いであり、国家を裏切るか友を裏切るかと迫られたときには、国家を裏切る勇気をもちたいと思う」に結実することとなる。

その後、一九二四年に出版された大作『インドへの道』を最後に、フォースターは小説を書かなくなる。彼は、精神的・性的欲求が満たされず苦しんでいた一九一〇年代のほうが創作力が漲《みなぎ》っていて、そうした欲求が満たされるとむしろ創作できなくなるタイプであったと結論づける研究者もいるが、その真偽のほどはわからない。いずれにしても、一九三〇年代になると、フォースターは、リベラルな良心を有する知識人として定期刊行物やBBCラジオで発言することが多くなり、戦時下でも、個人、自由、寛容の精神の重要性を唱え続けていく。

一九四五年にフォースターは母親を看取る。その後、ケンブリッジ大学キングズ・カレッジより名誉特別研究員《フェロー》に選任され、恩師ウェッドが使用していた部屋を与えるとのオファーを受けると、フォースターはケンブリッジに戻り、一九七〇年に死去するまで、友人や知りあいの芸術家と交流をもったり、ときに講演旅行に出かけたりしながら、その地で静かに過ごした。晩年は心臓発作等の病を患うことが多くなっていたフォースターは、一九七〇年五月末にキングズ・カレッジの自室で最後の心臓発作を起こす。先が長くないことを察知した彼は、残りの時間をロバート・ボブ・バッキンガムと過ごすことを望み、駆けつけたバッキンガムは彼をコヴェントリーの自宅へ連れ帰った。最後の数日、フォースターはバッキンガムの家族から愛情のこもった世話を受け、一九七〇年六月七日に息を引き取った。葬儀は故人の希望通り、スピーチも賛美歌も祈禱も省略した形式で執り行われ、遺書には、バッキンガム夫妻を筆頭に、フォースターと個人的関わりをもった多くの人に遺産を遺すことが記されていた。

ただし、後日談をつけ加えるなら、こうした経緯によってバッキンガムは、二人の同性愛的関係に世間の人々が感づくのではないかと恐れ、フォースターと自身の関係を、父親代わり的な役割を果たした親切な庇護者と被庇護者としてのそれとして語った。何も気づかずにいた妻メイは、夫が死去した後にようやく、フォースターと夫が恋人同士であり、フォースターが最期の瞬間に夫を抱きしめ愛を告げたことを受け入れることができたという。同性愛者あるいは両性愛者の男性を愛した女性の心理もまた、複雑であったことが想像される逸話である。

『モーリス』と同性愛に関する言説

フォースターの死後に『モーリス』と短篇集『永遠の命 その他』（一九七二年）が刊行され、それまで著者が黙して語らなかった彼の同性愛的指向が公になると、興味本位の大量の記事にくわえて、批評家や作家からも、同性愛的欲望の抑圧が彼の作家生命を損ない、彼が小説を書かなくなった原因である等のコメントが出された。それまでフォースターの作品を高く評価していた保守的な批評家には、彼の同性愛的指向を知って軽いパニックを起こした者もあったという。イギリスで成人男性間の性交渉が合法化されたのは一九六七年だが、それ以降も、そして一九九〇年以降にクィア研究が興隆した後の現代も、このように同性愛に関する無理解や偏見はなくなっていないことを踏まえると、フォースターが一九六七年以降も『モーリス』の出版を躊躇したのは当然のことと思われる。同じ同性愛者、作家としてフォースターを尊敬していた友人クリストファー・イシャウッドは、『モーリス』を先駆的作品と見なして再三フォースターに出版を促したが、一八九五年のオスカー・ワイルドの「同性愛裁判」はもちろんのこと、それ以降も、一九五二年には数学者アラン・チューリングが同性愛の罪で告発され、同性愛的指向の矯正のためにホルモン治療を受けさせられたこと、一九五三年に名優ジョン・ギールグッドが同性愛の廉《かど》で逮捕されたこと（幸い彼の俳優生命はこれによって断たれなかった）、冷戦期のアメリカ合衆国では共産主義者だけでなく同性愛者への弾圧も行われたこと、一九六九年にニューヨークでストーンウォール事件（一九六九年六月二八日、ニューヨーク市のゲイバー「ストーンウォール・イン」で警察による踏み込み捜査が行われ、それに対して、ゲイ・コミュニティに属する人々が初めて暴動を起こした）が起きたこと等を同時代人として目撃していたフォースターにしてみれば、『モーリス』の草稿は、自身の存命中は、英米の同性愛者のネットワークのなかで厳重に管理しつつまわし読みをするのに留めておくのが安全だと思われたのだろう。

そうしたネットワークのなかで、『モーリス』は基本的に称賛されたようである。フォースターが「著者によるはしがき」で「ハッピーエンドは必須だった」と述べるとおり、主人公がアレックとの関係を恥じることなく、二人で生きていく決心を表明するエンディングは、ファンタジー的な世界への逃走にも見えるとはいえ、性的マイノリティである同性愛者の存在を誇り《プライド》をもって描くことで、ゲイ解放運動に繋がる革新的な未来を指し示すと解釈できるからである。その一方で、イシャウッドを含め若い世代の同性愛者は、同性愛の描写の仕方に関しては「古めかしい」と感じたらしいし、リットン・ストレイチーのように、モーリスとアレックの性交渉の場面に嫌悪感を示す読み手もいた。こうした異なる評価は、『モーリス』というテクストの時代性と、同性愛をめぐる言説の歴史的文脈に関わると思われる。以下では、『モーリス』という小説の構造を押さえた上で、この小説におけるセクシュアリティの表象の問題を簡単に整理したい。

『モーリス』は、ビルドゥングスロマンと呼ばれる、若い主人公が子どもの頃から成長するまでを描くヨーロッパの近代小説の一ジャンルに属する。このジャンルの特徴は、平凡な人物を主人公にして、その人物が異なる階級の人々と交渉し、またさまざまな社会的な力と渡り合って最終的な位置に収まるさまを示すことによって、主人公の道徳・教養・経済面での〈成長〉のあり方と背景にある社会の構造と全体性を映し出すことができる点にある。そのように考えるとき、『モーリス』は、主人公モーリス・ホールの性的かつ社会・経済的な意味での〈成長〉を、ケンブリッジの友人クライヴ・ダラムとの関係、クライヴの邸の森番アレック・スカダーとの関係、という二段階で示し、後者によって前者に内在する問題を乗り越えさせる、とひとまずは解釈できるだろう。

クライヴとモーリスの関係は、一九世紀後半に活躍した詩人・批評家ジョン・アディントン・シモンズが大衆に売れた著作で示唆したように、プラトンやソクラテスに見られるギリシャ的な男性同士の友愛関係に近いと一部の研究者には考えられている。じじつ、学究肌のケンブリッジの上級生クライヴが、郊外出身で凡庸な下級生モーリスにたいして、ギリシャ的な師弟愛を想起させるかたちで、優れた古典書や音楽について指南し、その見地からキリスト教やイギリスの中流階級の規範を疑問視することの重要性を教え説いていく。クライヴによれば、二人の友愛関係は、知性を媒介にして肉体的接触を最小限にとどめるプラトン的なものだからこそ、肉体を媒介にする男女間の愛情よりも高次元であると見なせるのである。

だが、そのクライヴが突然、異性愛者に転じて結婚する。言いかえれば、クライヴは、単にモーリスを捨てるだけでなく、カントリーハウスを所有する地主にして、法律家出身の国会議員になるという、イングランドやその中流階級的規範を象徴的にあらわす側に軌道修正するのである。クライヴの変化はモーリスを精神的危機に陥れ、モーリスは、同性愛者から変わることができない自分は病気なのではないかと苦悶し、医師の診察を受けるまでに至る。このあたりは、犯罪者や精神病患者に関する報告に基づいて、同性愛は「道徳的堕落」と関係する「病理」であるとの非科学的な議論を一九世紀末に示したオーストリアの精神科医リヒャルト・フォン・クラフト＝エビングの議論の影響力を示唆するものだろう。実際には、一九世紀末から二〇世紀初頭にかけては、性科学者ハヴロック・エリスが、性に関して〈正常〉とされていることと〈異常〉とされていることの間に客観的な境界線を引くことは不可能であり、性的倒錯は多くの人々の心に潜んでいるものであると論じるなど、性をめぐっては複数の言説が流通していた。いずれにしても、自身の内部の名づけえぬ欲望とイギリス的な規範の抑圧に悩むモーリスの姿は、一部の精神医学の医師が同性愛を病理化し、その〈科学〉的知見をもとに国家が既存の規範に反する性的欲望をもつ者を取り締まり、ある種の〈人種〉として排除してきた、その歴史的文脈を逆照射するものとなっている。

モーリスの救いは、森番アレックとの結びつきが確実になるエンディング近くで訪れる。クライヴとの関係と異なり、アレックとの関係は、詩人・作家で、社会主義思想家・同性愛活動家でもあるエドワード・カーペンターの思想と関連づけられることが多い。アメリカ合衆国の詩人ウォルト・ホイットマンの友人で、ホイットマンの詩に見られるような、民主主義に基づいた、いかなるラベル付けにもこだわらずにあらゆるものを受け入れるオープンなセクシュアリティのあり方を支持したカーペンターは、そうした解放された同性愛観を労働制度の改革や社会民主主義へと発展させるラディカルな思想を展開した。肉体関係を伴い、最終的に二人で階級の障壁を越えてイギリス社会に背を向けることを選ぶアレックとモーリスの関係は、確かに、「著者によるはしがき」で『モーリス』誕生のきっかけを間接的に作ったことが示唆されているカーペンターの思想を意識しているように思われる。

とはいえ、『モーリス』は、こうした二種類の同性愛を段階的に描いてモーリスの性的〈成長〉を描くビルドゥングスロマンであるだけの単純な小説ではない。再読するとよりよくわかるが、『モーリス』には、先行するイギリス文学の作品群を意識しつつずらす、メタ文学の伝統的な仕掛けなど、複雑な意匠が凝らされている。たとえば、主人公が成長するビルドゥングスロマンというジャンルの形式を借用しながら、エンディングに至ると、通常は主人公が結婚や職業的成功によってイギリスの中流階級に収まるこのジャンルの規範を笑うかのように、モーリスがイギリス社会に背を向けるアンチ・ビルドゥングスロマンに転じる。また、表面的には、クライヴのカントリーハウス、クリケット、ケンブリッジ、パストラルの伝統に通じる緑の風景など、規範的で特権的なイングランドらしさを象徴するイメージが随所にちりばめられるなか、同性愛的な感情が交わされる夜の闇の場面では、階級が下の人物が梯子《はしご》を登って二階の窓から忍び込むなど、階級や障壁が乗り越えられることが空間的に示唆されるほか、同性愛の暗号《コード》化されたメタファーである水辺の風景がケンブリッジの川や池などのかたちで代用され、同性愛的欲望がイングランドの夜の風景のなかに隠し絵のように織り込まれて、同性愛の場面をひときわ眩惑的で美しいものにしている。これは、同性愛的なものがワイルドなどそれまでの文学作品では都会のクラブや公衆便所といった悪徳的な汚穢《おわい》とか、地中海や植民地などの異文化との猥雑なコンタクト・ゾーンと関連づけられてきたことの反転でもあるだろう。性的倒錯や名づけえぬ欲望は誰の内部にも潜んでおり、だからこそ〈規範〉にこだわる異性愛社会は、パニック的に、そうした欲望を否認しなければならないわけだが、『モーリス』の炯眼《けいがん》は、そのようなセクシュアリティとイギリス社会との倒錯した複雑な関係を、イングランドらしさの規範的イメージをめぐる美学の表面下に表現している点にある。

終わりに

フォースターが、第二次世界大戦後の日本において、リベラル・ヒューマニズムを代表する知識人として、名だたる英文学者によって紹介されたことはすでに述べたとおりである。こうしたかたちのリベラル・ヒューマニズムの輸入は、新興のアメリカ合衆国とは異なる文化、思想、政治・経済体制を有すると考えられたイギリスの価値を権威づけるために戦略的に行われた側面もあるのだが、その後、一部では別の流れが台頭した。一九六〇年代後半から一九八〇年代にかけて、西洋中心主義を批判するポスト構造主義が興隆するなかで、自由で自己決定可能な個人という概念を基盤とするリベラル・ヒューマニズムが、人間の能力を新たなかたちで強調したヨーロッパ・ルネサンス期の価値と理想を指す人文学《ヒューマニズム》という一九世紀イギリスを代表する概念とともに、厳しい批判にさらされることになったのである。この時期、フォースターのような、イギリス帝国によってさまざまな恩恵を被った立場から、個人の自律性を疑うことなく評論を執筆したリベラル・ヒューマニズムの作家を留保なしに論じたり評価したりすることは理論的に困難になった。

しかしながら、ポスト構造主義の隆盛は、そのニヒリズムゆえに、人間の生が本来政治的なものであることを直視せずに政治的な発言を避ける作家・知識人や、細分化された狭い専門分野に閉じこもり、自身の研究を社会にたいして開く試みから遠ざかる研究者を数多く生み出すこととなった。そうした事態への反省から、とりわけ二〇〇〇年以降、人文学《ヒューマニズム》やリベラル・ヒューマニズムの価値について、また文化・芸術と政治の関わりについて、現代世界の複雑さを踏まえつつ新たなかたちで、あらためて考察することが喫緊の課題であるとエドワード・W・サイードなど現代を代表する知識人が唱えるようになっている（ただし、サイードは二〇〇三年に他界している）。

フォースターの著作は、この文脈で決定的な重要性を有すると思われる。なぜなら、フォースターこそ、人間の生の複雑な政治性を見据えた作家にして知識人だったからである。たとえば、フォースターは、イタリアとイギリス、インドとイギリス、帝国主義的ビジネスマン一家と芸術を愛するボヘミアン的一家、情熱と理性、といった対立する要素を検討するかたちで小説を構成する作家であったが、彼の手にかかるとき、いかなる要素も無垢なまま放置されることはない。たとえば、フォースターが作品で金利生活者を描くとき、その人物は、たとえ芸術を愛するリベラル・ヒューマニストであっても、イギリス帝国が植民地インドで搾取をつづけて得た利益で生活しているという意味では帝国主義の共犯者であるという事実からは免れ得ないことが示されるのである。

物事を単純化することを拒み、複雑な現実を複雑なままに捉えるこのような知性のありかたは、セクシュアリティの問題を表象する際にも見られる。その一つのあらわれが、さきに述べた、イングランドの規範の表面下に潜む倒錯的な美学としてあらわされる同性愛のメタファーであり、また、同性愛者として国家の取り締まりを非難しながらも、上層中流階級のイギリス人男性として、そして、独身者の知識人が珍しい存在ではないケンブリッジという組織に守られて、安全かつ安泰に後半生を送った自身にたいする意識でもあっただろう。彼は、自分がイギリス社会のエリート知識人であり、その存在自体が、下層階級、女性、有色人種が差別される構造の上に成立することを熟知していた。

そのように考えるとき、フォースターが重視した〈寛容 tolerance〉の複雑さと重要性がわかりかけてくる。彼が信念を抱く〈寛容 tolerance〉の精神とは、問題となっている事柄にたとえ不賛成であり、それを止める権力を有していたとしても、あえて自己を抑制して他者の自由と権利を全面的に認める精神のことを指す。彼が多くの労働者階級や女性や有色人種にたいして示した寛容さは、このような、感情的には理解できない部分があったとしても、変化し多様化する世界情勢に鑑みれば当然認めるべきとの認識および信念から示されたものであり、そこには現代社会にたいする抜き差しならない危機意識と認識の深さがある。これは、一部には、下層階級に革命を起こされることを恐れる保守の立場に身を置く者特有の、ずるさとしたたかさを秘めたリベラルな精神を含むものかもしれないが、しかしそのような知性に基づいた寛容さこそ、フォースターが性的マイノリティについてイギリス社会や世界中の人々に期待し、生前に獲得が叶わなかったことであった。

そうした複雑な人間の生の観察者、フォースターの『モーリス』および評論は、この複雑化した現代世界において、いままさに読まれるべき著作である。リベラル・ヒューマニストとして文化と芸術を社会に開くことをめざしていたフォースターの重厚な魅力が、日本の読者に新たなかたちで発見されることを願っている。

参考文献

Bennett, Tony, Grossberg, Lawrence and Morris, Meaghan,ed. *New Keywords: A Revised Vocabulary of Culture and Society*. Oxford: Blackwell, 2005.

Forster, E. M. *Abinger Harvest and England's Pleasant Land*. London: Andre Deutsch, 1996.

Furbank, P. N. *E. M. Forster: A Life*. 2 vols. New York: Harcourt, 1977, 1978.

Martin, Robert K. and Piggford, George. *Queer Forster*. Chicago: U of Chicago P, 1997.

Moffat, Wendy. *A Great Unrecorded History: A New Life of E. M. Forster*. New York: Farrar, Straus and Giroux, 2010.

Rosner, Victoria. *The Cambridge Companion to the Bloomsbury Group*. New York: Cambridge UP, 2014.

Summers, Claude J. *Gay Fictions: Wilde to Stonewall: Studies in a Male Homosexual Literary Tradition*. New York: Continuum, 1990.

レイモンド・ウィリアムズ『〔完訳〕キーワード辞典』椎名美智・武田ちあき・越智博美・松井優子訳、平凡社、二〇一一年。

フランシス・キング『E・M・フォースター評伝』辻井忠男訳、みすず書房、一九九五年。

エドワード・W・サイード『人文学と批評の使命――デモクラシーのために』村山敏勝・三宅敦子訳、岩波書店、二〇〇六年。

エドワード・W・サイード、デーヴィッド・バーサミアン（インタヴュアー）『文化と抵抗』大橋洋一・大貫隆史・河野真太郎訳、筑摩書房、二〇〇八年。

中村美亜『クィア・セクソロジー――性の思いこみを解きほぐす』インパクト出版会、二〇〇八年。

E・M・フォースター「わが信條」中野好夫訳、『展望』筑摩書房、一九四六年一月号。

三浦玲一・早坂静編著『ジェンダーと「自由」――理論、リベラリズム、クィア』彩流社、二〇一三年。

森山至貴『LGBTを読みとく――クィア・スタディーズ入門』筑摩書房、二〇一七年。

E・M・フォースター年譜

一八七九年　一歳
一月一日、ロンドンのメルカム・プレイス六番地で、父エドワード・モーガン・ルウェリン・フォースターと母アリス・クレアラ（リリィ）・ウィチロー・フォースターの第一子として生まれる。父親と名前が同じなのは、洗礼式で赤ん坊の名前を尋ねられた際に、父親がうっかり自分の名前を答えてしまったからだと言われる。

一八八〇年　一歳
一〇月、父が結核で他界。妻子に七〇〇〇ポンドの遺産を遺す。

一八八三年　四歳
ハートフォードシャーのスティーヴニジの家「ルークス・ネスト」に母と一緒に引っ越す。この一軒家は『ハワーズ・エンド（*Howards End*）』のハワーズ・エンド邸のモデルで、フォースターは後に、この地で過ごした一〇年ほどの歳月は、地上の楽園的な日々であったと述べている。

一八八七年　八歳
大伯母マリアン・ソーントン死去。リ

リィに二〇〇〇ポンド、その他信託で八〇〇〇ポンドをフォースター母子に遺す。

一八九〇年　一一歳
サセックスの予備校ケント・ハウスに通い始める。

一八九三年　一四歳
ルークス・ネストから立ち退きを迫られる。母とともにトンブリッジへ引っ越し、トンブリッジ・スクールに通い始める。

一八九七年　一八歳
ケンブリッジ大学キングズ・カレッジに入学。当初は古典学を専攻。

一九〇〇年　二一歳
歴史学専攻に転じる。

一九〇一年　二二歳
「使徒会」に選任され、入会。
大学卒業後、母とともにイタリア旅行に出かける。
イタリア滞在が長引くにつれ、友人の歴史家G・M・トレヴェリアンから「早く帰国して、研究生活に入るか就職するかの選択をするべきだ」との忠告の手紙を受け取る。

一九〇二年　二三歳
イタリア旅行から帰国。
ブルームズベリーに仮住まいの居を定め、ワーキング・メンズ・カレッジ（勤労者を対象にした学校）で週一回、ラテン語の授業を担当し始める。労働者階級の逞しい若者たちとの交流はそれなりに楽しい経験だったという。

一九〇四年　二五歳
ウェイブリッジの一軒家に母とともに住み始める。

一九〇五年　二六歳
一〇月、第一作『天使も踏むを恐れるところ（*Where Angels Fear to Tread*）』刊行。

一九〇七年　二八歳
四月、『ロンゲスト・ジャーニー（*The Longest Journey*）』刊行。

一九〇八年　二九歳
『眺めのいい部屋（*A Room with a View*）』刊行。

一九一〇年　三一歳
一〇月、『ハワーズ・エンド』刊行。高い評価を受け、年末までに四刷を数える。

一九一二年　三三歳
最初のインド旅行に出かける。

一九一三年　三四歳
ミルソープのエドワード・カーペンター宅を訪問。カーペンターの著作には以前から親しんでいた。この訪問の際に、カーペンターの恋人ジョージ・メリル（粗野で逞しい労働者階級の男性）がフォースターの腰のあたりに触れるというちょっとした「事件」が起きる。そのときの衝撃と興奮から、『モーリス（*Maurice*）』の執筆を開始。

一九一四年　三五歳
第一次世界大戦勃発。
『モーリス』脱稿。ただし、その後も

たびたび草稿に手を入れている。カーペンターは草稿を読んで称賛したが、リットン・ストレイチーは小説内の男同士の性交を「病的」であると批判する書簡を送ってくる。

一九一五年　三六歳
国際赤十字の事務局職員として勤務するため、エジプトのアレクサンドリアへ出発。戦闘中に行方不明になった兵士に関する情報を求めて、負傷した兵士に聞き取り調査を行う。

一九一六年　三七歳
アレクサンドリアで、初めて男性と性的交渉をもつ。解放感からいくつかの恋を試みる。

一九一七年　三八歳
アレクサンドリアの市街電車の車掌モハメッド＝エル＝アデルと出会い、イギリス人コミュニティの目を気にしながらも、情熱的な恋を経験する。

一九二一年　四二歳
一九一二年のインド旅行の際に知り合ったデーワース・シニア藩王国の藩王から、臨時の私設秘書として勤務してほしいとの依頼を受け、二度目のインド訪問。当地でサイイド・ロース・マスードと再会。

一九二四年　四五歳
六月、『インドへの道（*A Passage to India*）』刊行。批評家から絶賛される。

一九二八年　四九歳
女性小説家ラドクリフ・ホールが執筆

した女性同性愛者を描く小説『孤独の井戸（*The Well of Loneliness*）』が発売禁止処分を受けたことにたいして、表現の自由にたいする関心から、裁判に弁護側証人として出廷することに同意。しかし、裁判では文学的な証言が認められないことを理由に、出廷を取りやめる。

一九三〇年　五一歳

作家J・R・アカリーのロンドンの自宅で、生涯交際を続けることになる警察官ロバート・ボブ・バッキンガムと出会う。バッキンガムは、男らしい黒髪の美男子であったという。

一九三四年　五五歳

伝記『ゴールズワージー・ロウズ・ディキンソン（*Goldsworthy Lowes Dickinson*）』刊行。友人ディキンソンの人生を、書簡や回想をもとに愛情をこめて書きあらわした伝記。ディキンソンは同性愛者であったが、その点に関する言及はない。

一九三五年　五六歳

パリの国際作家会議でファシズムを批判するスピーチを行う。

一九三九年　六〇歳

第二次世界大戦勃発。戦争が終結するまでBBCラジオで定期的に政治や文学について語る。

一九四四年　六五歳

ロンドンで開催されたPEN（国際ペンクラブ。詩人、劇作家、小説家、エッッセイスト、編集者で構成される国際組織）の国際大会で友人の代理として議長を務め、国家機密は最小限に抑えられるべきだとするアピールを行い、称賛を受ける。

一九四五年　六六歳

三月、母リリィ死去。享年九〇。

一九四六年　六七歳

ケンブリッジ大学キングズ・カレッジより名誉特別研究員《フェロー》に選任され、恩師ナサニエル・ウェッドが使用していたカレッジの部屋を提供される。ケンブリッジに引っ越す。

一九五一年　七二歳

評論集『民主主義に万歳二唱（*Two Cheers for Democracy*）』刊行。

一九七〇年　九一歳

五月末、数度目の心臓発作。

六月七日、コヴェントリーのロバート・ボブ・バッキンガム夫妻の自宅で死去。

一九七一年

『モーリス』刊行。

一九七二年

短篇集『永遠の命その他（*The Life to Come and other stories*）』刊行。短篇「永遠の命」は、ヨーロッパの白人宣教師と先住民の男性との間で同性愛感情が生まれ、性的交渉がなされながら、悲劇に終わるさまを描くものである。

訳者あとがき

E・M・フォースターについては、一九八〇年代に『眺めのいい部屋』や『モーリス』が映画化されて話題になったことは知っていた。けれども、私が彼の小説に親しむようになったのは、アメリカの作家スコット・トゥローの推薦文を読んだことがきっかけだった。二〇一二年の『東西ミステリーベスト100』のリニューアルに際して、法廷ミステリーの名手であるトゥローが、フォースターの『インドへの道』を歴代ベストテンの作品に選んでいたのだ(ちなみに、一押しはメルヴィルの『ビリー・バッド』だった)。大好きな作家が〝二十世紀文学における傑作中の傑作〟と激賞する本を読まないわけにはいかない。〝作中人物の欠点を余すところなく理解し、にもかかわらず彼らに対して共感を抱いている点では、フォースターはチェーホフに比肩《ひけん》しうる〟というほどの高評価だったのだ。

そうして読んだ『インドへの道』に、すっかり魅了されてしまった。佳境の裁判シーンはもちろんすばらしいが、インド人医師アジズとイギリス人のムア夫人がモスクで出会う最初の場面から、物語に強く引きこまれた。次いで『ハワーズ・エンド』、『眺めのいい部屋』、『モーリス』と読み進め、フォースターへの興味はいや増すばかり。ついにどうしても訳したくなって、光文社古典新訳文庫の編集のかたに話を持ちかけたところ、この『モーリス』を訳させてもらうことになった。出版社への持ちこみ企画は不首尾に終わることのほうが多いから、これほどうれしいことはない。

とはいえ、いざ翻訳を始めてみると、一筋縄ではいかないことがわかった。まず全体的に、not unwelcome、not unkindly、not unimpressed、not unseemly といった二重否定の文が多く、明確な物言いをしない。さらに、if he made no offensive it was because his blood wasn't warm などのように、no や not や条件節をいろいろ組み合わせるので、頭にすんなり入ってこない。楽に訳せる作家ではなかった。

現実の出来事のなかにいきなり観念的な描写が割りこんで、まぎらわしいこともある。とくに顕著なのが、モーリスの少年時代からケンブリッジ入学までで、夢の話や〝人生の影の谷〟のイメージがくり返し挿入され、夢かうつつかわからないような雰囲気を作り出している。

モーリスにとってきわめて重要な、ダラム家の庭でアレックと接触する場面さえ、どちらがどんなことをしたのか判然としない。ただこれは、ぼかしがうまい効果をあげている例で、ふたりの行動とモーリスの思考が一体となって、待宵草の香り漂う闇に浮かび上がるかのようだ。

一方で、くっきりとした印象を与える場面もあって、そうなると翻訳も先に進めやすかった。好きな相手の部屋に窓から飛びこむ場面が鮮烈なのは当然だが、ほかにも、モーリスとクライヴが授業をサボってオートバイで遠出した一日や、雨のなかモーリスとアレックが互いに相手を疑いながら再会した大英博物館などは忘れがたい。

そしてなんといっても、屋敷チームと村チーム対抗のクリケットの試合がある。そういえば、人気ドラマ『ダウントン・アビー』にも似たような屋敷チーム対村チームの試合があった。クリケットでは、縦長のピッチの両端にウィケットと呼ばれる柱状のものが刺さっていて、ふたりのバッツマンが同時に二箇所のウィケットのまえに立つ。そして対戦相手の投げたボールを一方のバッツマンが打ち、ふたりで互いに反対側のウィケットに走って、双方到達したときに得点となる。つまり、バッツマン同士のコミュニケーションと協力が不可欠で、だからこそ身分のちがうモーリスとアレックのあいだにあの強い絆が生まれ、世界を相手取って戦っている気持ちになったのだ。ここは本書のなかでも燦然と輝く場面だろう。

イギリス上流階級の人間関係の機微も、フォースターらしいとらえ方、描き方だと思った（それが本格的に描かれるのは『ハワーズ・エンド』や『インドへの道』だが）。たとえば、17章のモーリスに対するダラム家の人々の態度や、19章のクライヴの花嫁探しのやりとりには、この作家の鋭い人間観察の一端がうかがえて、はっとさせられた。つまるところこの観察眼が、いまなお彼の作品が広く読まれている理由のひとつだろう。

個人的には、同性愛が違法ではない現在だったら、フォースターがこの物語をどう書いたかということに興味がある。心の奥底の願望から発してはいるが、厳しい制約のなかで書かれた『モーリス』は、たとえば二オクターブの制限内で作ったピアノ曲のようなものである。それが八十八鍵使えるとなったら、作者はどこまで話を広げるだろうか。それとも、このまま置いておくだろうか。いや、もとより二オクターブに見えて、じつはもっと広い音域の曲なのか。あれこれ想像しだすと止まらない。創作の深いテーマにかかわる問題という気がするのだ。

翻訳作業中、辞書を引いてもネットで検索してもわからないことは、その方面にくわしい人に教えてもらうにかぎる。モーリスが初めてクライヴと親しくなった夜、クライヴが自動ピアノ（ピアノーラ）でチャイコフスキーの悲愴交響曲をかけるが、そこに出てくる〝5／4〟というのが、当初わからなかった。ネットで調べると、オランダにピアノーラ博物館、イギリスにピアノーラ・インスティテュートというのがある。試しに問い合わせてみたところ、すぐに両方から返事が来て、悲愴交響曲の第二楽章の拍子であることが判明した。

おもしろいのはここからで、イギリスから回答してくれたレックス・ローソン氏は、ピアノーラの現役の演奏家で、なんと映画版『モーリス』の撮影に使われた楽器を提供し、俳優たちに演奏の演技指導をしていたのだ。メールで話は弾み、映画撮影時の様子やピアノーラの演奏法をくわしく知ることができた。なお、そのローソン氏をもってしても、〝ラルゴ〟がどの曲を指すかはわからなかった。訳注を付したとおり、音楽用語（速度記号）だが、悲愴交響曲のどこにも使われていない。ラルゴですぐに思い浮かぶのは『ヘンデルのラルゴ』（日本では『オンブラ・マイ・フ』でよく知られる）だが、美しい曲だから、モーリスの〝愉快からほど遠かった〟という感想は当てはまりそうにない、やはり悲愴交響曲の終楽章だろうか、というのが氏のコメントだった。こうした予想外の出会いもあり、編集部のかたがたにも大いに助けていただいて、苦労はしたものの充実した仕事になった。

あとは読者の皆さんが、ほぼ三十年ぶりとなる『モーリス』の新訳を愉しまれることを、心から願っている。

二〇一八年四月

kobunsha classics
光文社古典新訳文庫

モーリス

著者　フォースター
訳者　加賀山卓朗《かがやまたくろう》

2018年6月20日　初版第1刷発行

発行者　田邉浩司
印刷　慶昌堂印刷
製本　ナショナル製本

発行所　株式会社光文社
〒112-8011東京都文京区音羽1-16-6
電話　03（5395）8162（編集部）
03（5395）8116（書籍販売部）
03（5395）8125（業務部）
www.kobunsha.com

落丁本・乱丁本は業務部へご連絡くだされば、お取り替えいたします。
ISBN978-4-334-75378-8 Printed in Japan

いま、息をしている言葉で、もういちど古典を

長い年月をかけて世界中で読み継がれてきたのが古典です。奥の深い味わいある作品ばかりがそろっており、この「古典の森」に分け入ることは人生のもっとも大きな喜びであることに異論のある人はいないはずです。しかしながら、こんなに豊饒で魅力に満ちた古典を、なぜわたしたちはこれほどまで疎んじてきたのでしょうか。

ひとつには古臭い教養主義からの逃走だったのかもしれません。真面目に文学や思想を論じることは、ある種の権威化であるという思いから、その呪縛から逃れるために、教養そのものを否定しすぎてしまったのではないでしょうか。

いま、時代は大きな転換期を迎えています。まれに見るスピードで歴史が動いていくのを多くの人々が実感していると思います。

こんな時わたしたちを支え、導いてくれるものが古典なのです。「いま、息をしている言葉で」——光文社の古典新訳文庫は、さまよえる現代人の心の奥底まで届くような言葉で、古典を現代に蘇らせることを意図して創刊されました。気取らず、自由に、心の赴くままに、気軽に手に取って楽しめる古典作品を、新訳という光のもとに読者に届けていくこと。それがこの文庫の使命だとわたしたちは考えています。

このシリーズについてのご意見、ご感想、ご要望をハガキ、手紙、メール等で翻訳編集部までお寄せください。今後の企画の参考にさせていただきます。
メール　info@kotensinyaku.jp